NIGHT HEAD《ナイトヘッド》 2041
（上）

飯田讓治
協力 梓河人

講談社
タイガ

カバー写真 ― Shutterstock.com
デザイン ― 坂野公一（welle design）

目次

NIGHT HEAD 2041(上)

この世界の主権は意識にある。

すべては点から始まる。
あらゆる場所で生まれた点が、線を作り、面を成し、立体へと育っていく。
それはつながりを求め、ねじれてはつながり、途切れ、形を変えていく。
世界はそうして成り立っている。
人の歴史も、人のうねりも。

そしてある夜、またひとつの大きなうねりの源になる点が生まれた。

少女は宇宙を漂いながら、まだ黒い鎖に縛られている地球を見つめていた。
無益な争い、足ることを知らない欲望、大規模な自然破壊。
それらを引き起こす分裂が延々と繰り返されている、苦しげな青い星。
少女はその痛みに耐えながら、ずっとこの点を待っていた。

錆《さ》びた鎖がちぎれ、母なる地球が自由になるかどうか。
光へと続く道ができるかどうか。

それは、その新しい点にかかっている。

かつてあの地上にいたとき、少女は双海《ふたみ》翔子《しょうこ》と呼ばれていた。

第一章

1

『政府からの大事なお知らせです。

神仏信仰は思想犯罪です。信仰はあなたの人生を破壊し、家族、友人をも破滅させます。物理的に不確かな事象にすがることはやめましょう。


超常現象、精神エネルギー、空想上の人物や物語など、これらを題材にした商品全般、図書やデータなどの製造販売、流布することを政府は固く禁じています。

もし、身近に思想犯罪者の心当たりがある場合、速やかに当局にお知らせください。

みなさんには通報義務が課せられています』

大都会が人工光に彩られた夜を迎えるころ、繁華街のスピーカーから響いているのは流行りの音楽でも人気アニメの主題歌でもない。政府広報によるプロパガンダだ。明るい女性の声で、この時間になると日本全国、学校や住宅街にも流されている。

二〇四一年、東京・渋谷《しぶや》。猥雑《わいざつ》な街にはひと昔前のような混雑は見られず、まばらな通行人がほどよい間隔で歩いている。政府のアナウンスは聞き流され、いちいち反応する者はいない。いつもの親の小言に耳が慣れてしまうように、もはやBGMと化しているのだ。

人口が減った今、うるさい店員の呼び込みもなくなり、喧騒《けんそう》を忘れた繁華街には眠たくなるようなアナウンスだけが聞こえている。それをかき消すように、腹に響く重たいエンジン音が響いてきた。いち早くその独特な重低音を聞きつけ、露店で買い物をしていた若者が振り向く。

「かっけぇっ」若者は歓声をあげた。

三台連なってゴロゴロ走ってくる巨大な車両。それは、国家保安隊の装甲車だ。隣の大型トラックが小さく見える。道路に君臨するような堂々とした姿だ。

「四〇《ヨンマル》式装甲車じゃんっ」

「すげえ、乗ってみてえ」

目を輝かせてスマートフォンを向けるのはミリタリーマニアたちばかりだ。他の買い物客はちょっと振り向くが、興味なさげにまた商品に目を戻す。カモフラ柄《がら》のファッションに身を包んだカップルの女が彼氏の手を振りほどき、近づいてくる装甲車に駆け寄った。

「いっしょに撮ってー」

装甲車とツーショットを決めようと、彼氏のスマホに向かってピースを作りながら、女はガードレールからぐいと身を乗り出した。

※

危ない——先頭の装甲車を運転していた黒木《くろき》ユウヤはヒヤリとした。前方にいきなり女の上半身が飛び出した。彼の指がクラクションを鳴らすより早く、危険を感知した自動センサーが声をあげる。

ビビーッ。驚いて振り向いた女のアイラインの濃い目が、運転席のユウヤと助手席の黒木タクヤをとらえる。そんな危険な状況にもかかわらず、その目ははっと見開かれた。憧《あこが》れの眼差《まなざ》し。その瞬間、装甲車のコンバットタイヤすれすれに女のロングヘアが吹きあがった。ユウヤはぞっとしてバックモニターを確認した。うっとりとして装甲車を見送っている女が映っている。かすり傷を負ったのはミーハーな女心だけのようだった。

うんざりだ。ユウヤはほっとため息をつき、隣に座っている六歳上の兄をちらりと見た。かっこいいデジタル柄の戦闘服を着た保安隊員は、ミリタリー系好きの女性にはちょっとスリリングなアイドルみたいなものらしい。まあ、その気持ちはわからないでもないが。

黒木タクヤはドライブにでもいくようにリラックスして、戦闘ブーツを履いた嫌味なくらい長い脚をダッシュボードに乗せている。無造作に結んだ伸ばしっぱなしの栗色《くりいろ》のロングヘア。きっとさっきの女は兄貴に見とれたのだろう、とユウヤは思った。どう見ても女たらしの容姿だが、本人には不思議というより心配になるほど自覚がない。かわいい女性隊員よりも犯人逮捕や筋トレマシンに夢中だ。

「あっぶねえな」タクヤは言った。「アルファ隊員になったからって緊張すんなよ」

「緊張なんかしてない」

ユウヤは数日前、保安隊のエリートである特務部隊、アルファチームに選ばれたばかりだ。その選考基準は謎《なぞ》に包まれており、どんなに運動能力が優れていても、功績を立てても意味はない。兄のタクヤは四年前からアルファ隊員だが、兄弟そろって選抜されたのは初めてのことらしく、保安本部タワーを歩いているだけでヒラ隊員たちのやっかみの視線を浴びた。実は、自分でも笑えるほど張り切っている。今夜の初陣で手柄《てがら》を立ててみんなに認められたい。ユウヤは深呼吸し、前方のビルの大型デジタルディスプレイを見た。

〈世の中は物理である〉

政府のスローガンだ。乱立する新旧のビル、地上に建ち並ぶ露店の店先、バスの車体。

そこここに同じ言葉があふれている。あやふやなものがすっかり排除された街には、ひと昔前のようなパワーストーンやいかがわしい占いの店はもうどこにもない。未来的なスマートさと不器用さがコラボレーションしている街の上空を、鉄製のカブトムシのようなレトロなロープウェイが動いていく。やがて行く手に日本一有名なスクランブル交差点が見えてきた。

ここだけは相変わらず人ごみが溜《た》まっていて、歩道のふちからあふれている。時計を見ると、午後七時半。緊急出動命令が出てから二十分、集合時刻にはぎりぎりだ。ユウヤは信号が変わりかけて点滅しているのにかまわず交差点に侵入していった。すぐに歩行者用信号が青になる。装甲車などものともせず、人々はいっせいに横断歩道を渡り始めた。

「すげーな、こいつら」タクヤが呆《あき》れた声を出した。「保安隊をなんだと思ってんだよ」

国家の保安より個人の用事が優先か。やむなくユウヤは交差点のド真ん中で車を停車させた。

「戦争なんて、もう十八年前のことだし」

「だから?」目にかかった前髪の陰《かげ》からタクヤの切れ長の目がこちらを向く。

「そんだけ、平和になったってことだろ」

戦争——そういうユウヤも子供のころのことで記憶がない。二〇二三年に起きた、通称〝ゴッドウィル〟。世界人口が三分の一になったという空前絶後の惨事だが、自分は政府の広報映像で観《み》たことがあるだけだ。

「なあ、ユウヤ。おまえ、俺たちこれからなにしに行くかわかってるよな」

まるでバカな子供に言い聞かせるような口調。兄弟の立場というものは永遠に平等にはならない。

「悪徳教祖の逮捕」ユウヤはむっとして言った。

指名手配されていた〈パワーオブソース〉の教祖、ミラクル・ミックが、都内のゴーストタウンに潜伏している――その情報を保安本部がどこから入手したのか、ユウヤたちにはわからない。わかっているのは、武装したラディカルな信者集団が教祖を命がけで守っていること、そして自分たちがそのわけのわからない連中とこれから一戦を交えるということだ。

「ハハ、よかった、おまえまで平和ボケしちまったかと思ったぜ」タクヤは緊急モードのスイッチに手を伸ばした。「さっさと行くぜ、後ろが詰まってる」

ウィーン、ウィーン……装甲車のサイレンが鳴り出し、点滅するブルーのライトが窓ガラスに反射する。たちまち歩行者たちは背中をどやされたように左右に散った。モーゼの海割りみたいに道ができる。ユウヤがアクセルを踏み込もうとした、そのときだった。

おしゃべりに夢中の三人の女たちが装甲車の前に飛び出してきた。ユウヤはあわててブレーキを踏んだ。女たちはすれすれに止まった装甲車を見て口をポカンと開けて立ちすくみ、それからふたりに目をとめてキャアキャアつつきあいながら小走りで去っていった。

「またかよ」タクヤが体を起こした。「危うくおまえを逮捕するところだ」

「兄貴があせらすからだよ」ユウヤは横目で兄を睨《にら》んだ。

ビビーッ。後続の装甲車がイライラとクラクションを鳴らしてくる。アルファチームは先頭の一台だけ、あとの二台に乗っているのはヒラ隊員だ。あとで皮肉でも言われたらかなわない。ユウヤが急いで発進しようとしたとき、いきなり、兄弟の後ろにある小窓がガッと開き、怒れる男が顔を出した。

「おまえらっ、なにしてるっ」

ヤクザのように怖い顔。丸刈り頭に稲妻のようなギザギザの二本の剃《そ》り込み、首元にはドラゴンのタトゥー。おまけに飲み過ぎた翌日の朝みたいなガラガラ声ときたら、迫力がありすぎて仲間とは思われたくないタイプだ。曽根崎道夫《そねざきみちお》はアルファチームの先輩で、後部スペースに乗り込んだ六人の中でいちばん偉ぶっている。その肩越しにはアルファの紅一点、武藤玲佳《むとうれいか》の心配そうな顔が見えた。

曽根崎は児童養護施設出身組だ。保安隊には全国の施設から子供のうちにスカウトされたメンバーが何人もいて、寮で生活しながら特殊教育を受けていた。曽根崎の頭の剃り込みは、実は親の虐待でついた傷をカモフラージュしたものらしい。サバイバルモードでたくましく育ってきた子供特有のパワーを発散していて、運動神経抜群、そして闘争本能は野獣並み。特にタクヤとユウヤには意味不明のライバル心を燃やしてくる。迷惑な男だった。

「さっさと出せよっ」曽根崎はピシャリと小窓を閉めた。

「はいはい」タクヤは肩をすくめた。「使えねえ兄弟だって言われねえように、頼むぜ、ユウヤ」

兄にポンと肩を叩《たた》かれ、ユウヤはむっとしながらまたアクセルを踏み込んだ。三台の装甲車が再びその力を誇示するように走り出す。タクヤはため息をつき、車内ディスプレイをタッチして今夜のターゲット情報画面を出した。

「しかし、なーんでこんなのが崇拝されるかね」

オールバックの白髪混じりの髪、べっ甲メガネ、細い口ヒゲの小太りの中年男が画面に映っている。ミラクル・ミック、五十歳。身長百六十五センチ。その姿は超能力者というよりはコメディアンのようで、とても危険人物などには見えない。これが教団〈パワーオブソース〉の信者にかかると、百年にひとりの超能力者なのにちっとも偉ぶらない人格者、ということになる。

「おかしなトリックにだまされた連中が信者やってるんだろ」

ユウヤは通りすがりのビルのディスプレイに目をやった。

〈占いは詐欺《さぎ》！　だまされないで〉

まったく、どうしてこういう根拠のないものを信じられるのだろう。戦前には当たり前のように占星術や手相、タロットカード、得体の知れない存在からのチャネリングまで流行していたという。ユウヤにはロジックも証拠もないものを信じる人間がいること自体が信じられなかった。ミラクル・ミックは未来予知をしたり、前世を視《み》たり、はたまた空中浮揚まで披露していたらしい。その中でも、もっとも彼を有名にしたのはヒーリング能力だった。なんでも医学では治せなかった歩行困難の子供が歩けるようになったとか、ガンが消えたとか。そんな話などいくらでもでっちあげられる。だが、噂《うわさ》は噂を呼んで水面下で広まり、全国から救いを求める難病の病人や障害者が集まったという。そして、救われた人々はミックを神のように崇《あが》めるようになった。

「信者どもからすれば、並はずれた超能力ってことらしいぜ」タクヤが言った。

「バカげてる」ユウヤは首を振った。「どうせニセモノだ、いつになったら、本物の能力者と対面できるんだろう」

タクヤは奇妙なことを聞いたように弟を向いた。

「ニセモノも本物も関係ないさ。俺たちの目的は、能力者と名乗るやつらを駆逐《くちく》することだ」

「でも、どこかにいるかも……本物も」

「能力者なんていねえよ」兄はまたバカにする口調になった。「政府は国民に対して、スーパーナチュラルは存在しないってはっきり言ってんだ。かつて人間は、目に見えねえものを信じて頼りすぎた。それが混乱を呼んで、戦争へとつながったってことよ」

「つまり、人々にスーパーナチュラルを信じさせないことが、安定した社会の継続につながる」

「そうさ」

「それって要するに、スーパーナチュラルの否定は社会を維持するための政策だってことだ。俺は、兄貴よりもこの社会の仕組みを深く理解してるぞ」

「生意気言うな、新人」

タクヤは政府の方針にみじんも疑問を持っていないようだ。子供のころにわけあって保安隊に引き取られ、みっちりと特別教育を受けてきた兄弟は、自分たちが違反者を取り締まる正しい側にいると確信している。そのベースは決して揺るぎない。だが、ユウヤには、実際にすべての能力者がニセモノなのかどうかよくわからなかった。

『目的地周辺です』カーナビが声をあげた。

ゴーストタウンだ。ユウヤは気を引き締めて進入禁止の道を進んだ。シャッターの下りた商店街、カラスがたかっている明かりのない高層マンション。かつて大勢の人が住んでいた場所は、今はサハラ砂漠よりも寂《さび》しい。人気のまったくない道沿いのディスプレイには、今夜の任務にぴったりのスローガンが浮かびあがっていた。

〈目に見えないものにすがるのは弱者〉

行く手にミラクル・ミックが潜伏している元メディアセンターの廃ビルが見えてくる。そのスクエアなシルエットを目にしたとき、ユウヤの髪の毛が魔城でも見たようにぞくりと逆立《さかだ》った。同時にふっとある思いが浮かんだが、それを兄の前で口に出したらまたバカにされる。ユウヤは心の中でそっとつぶやいた。

ひとりぐらいなら、本物の能力者がいてもおもしろいんだけどな。

2

廃ビルから少し離れた道に装甲車がうなりをあげて停《と》まると、黒木タクヤはやれやれとドアを開けて現場に降り立った。あたりには古いビルやマンションが建ち並び、いかにも犯罪者の巣になりそうな淀《よど》んだ空気が漂っている。ペンキスプレーの落書き、打ち捨てられた粗大ゴミ、錆びた廃車。以前は賑《にぎ》やかな街だったのだが、戦争をきっかけにゴーストタウン化してしまった、そんな地区はこの都会にいくらでもある。

俺たちもミックに舐《な》められたもんだ。どこか遠くの過疎地にでも逃げたかと思えば、こんな目と鼻の先に潜伏していたとは。

後部ハッチが開き、アルファチームが次々と降りてきた。まずは無駄に肩をいからせている曽根崎道夫。タクヤを見るなりフンと横を向き、大きな舌打ちをする。どんなときでもマウントを取らずにいられない習性はお見事だ。

「タク兄、なに緊張してんの」

その後ろから武藤玲佳がピョンと降り立った。ぴったりとした戦闘スーツがプロポーションのいい体にフィットし、しなやかな動きも大きな目もサーバルキャットを思わせる。いつだったか、保安隊の飲み会で本人が語ったところによると、なんと彼女は留置場で保安隊にスカウトされたという。容疑は過剰防衛。自分を襲ったチカンをボコボコにして、相手を病院送りにしたらしい。その闘争心は保安隊のトレーニングでさらに磨《みが》かれ、正義感は国に役立つよう方向性を与えられ、先日ついにアルファ隊員に抜擢《ばってき》された。

「別に緊張なんかしてねーし」

「ふーん、かわいい弟がいるからか」玲佳は装甲車から降りてきたユウヤに目を向けた。

タクヤは新しい場所にきた犬のように空気の匂《にお》いを嗅《か》いでいる弟を見た。やんちゃな顔に挑むような目つき。くせ毛をラフに立たせたショートカットが似合っている。以前、年下の女性隊員とつきあっていたようだが、今はどうなっているか、もう兄には話してくれない。弟の視線を追って上空を見上げたタクヤは、目を細めてヘルメットのバイザーを下ろした。

ドローンが二台、地上五階建ての廃ビルの周りをクマバチみたいにホバリングしている。赤く点滅しているのはカメラの目だ。このかわいいドローンたちは建物内部をスキャンして、保安本部のオペレーションルームと、隊員のバイザー内モニターに同時にデータを送ってくれる。特にありがたいのは、生体反応を感知する機能だ。おかげで隠れていた敵の不意打ちを食らうこともなくなった。この優秀な相棒がいなければ、無謀なタクヤなど今までに三回は死んでいる。

『ようし、よく聞け』ボスの声がイヤホンに響いた。『これよりミラクル・ミック捕獲作戦にかかる』

その姿が見えなくとも、隊員たちは反射的にさっと背筋を伸ばす。声の主は本部長の本《ほん》田大輔《だだいすけ》、五十二歳。本田は保安本部のオペレーションルームで大画面モニターを見ながら、総体的な視点で指令を下す。現場で点になって動いている隊員は、文字どおり彼に命を預けているわけだ。

『作戦に変更はない。アルファチームはタクヤを先頭に、エリア制圧からターゲットの捕獲、これを速やかに実行しろ。おまえたちは保安隊から厳選された精鋭部隊だ。それを自覚し、実力を見せてくれ』

全員が気を引き締める。タクヤは隣の弟をちらりと見た。腰ベルトの銃を無意識になで、そわそわしているようだ。だけどこいつはビビってるんじゃなくて、初陣でいいところを見せたいんだ。

『報道部は到着している』本田は続けた。『悪党退治は大衆の大好物だ』

振り向いたタクヤは、すでに向かい側のビルに待機している国営放送の中継車に気づいた。大物逮捕は政府のもっとも効果的なプロパガンダだ。彼はさっき装甲車の写真を撮っていた若者たちを思い出した。明日、ニュースでミックの逮捕を知ったら、この作戦に向かう装甲車を撮ったと喜んでネットに投稿してくれるだろう。

『信者たちは全力で抵抗してくるだろう。油断するなよ。いかれた危険思想を一網打尽にするぞっ』

本田の気合を入れた声を合図に、全員がいっせいに銃を抜いてかまえる。高まる闘志。タクヤは先頭に立って目標のビルに小走りで向かった。ユウヤはすぐ後ろにつき、曽根崎、玲佳、他《ほか》の隊員たち二十名がそのあとに続いてくる。三分後、一隊はメディアセンタービルの正面エントランスに到着した。

ビルは一階に広いロビーがある。かつてはモダンだったガラス張りのエレベーターは無《む》残《ざん》に割れ、建物は大地震にあったようにボロボロだ。隊員たちはひび割れだらけの外壁に張りついて周囲をうかがった。攻撃の気配はない。

「目標地点に到着しました」タクヤは報告した。

『生体反応なし』イヤホンからオペレーターの吉本《よしもと》の声が響く。

吉本郁男《いくお》は中学生のときに厳重なセキュリティでガードされた政府機関をハッキングし

て捕まり、保安隊にスカウトされたという早熟なハッカーだ。彼は人と目も合わせられないくせに、現場のタクヤたちでは見えないものをネット上に見ることができる。ＩＱは曽根崎の約二倍。生意気で礼儀知らず、ヴァーチャルリアリティにヨメがいるとかいう宇宙人系だが、作戦の成否はこの吉本の頭脳と分析力にかかっていると言っても過言ではないだろう。

ドローンはまだ敵の存在をとらえていない。タクヤは全員に合図を出した。隊員たちはすばやく三チームに分かれ、それぞれ外階段、正面、裏口へと小走りで向かう。

タクヤとユウヤ、曽根崎、玲佳のチームは正面玄関組だ。銃のライトをオンにし、薄暗いホールに身を低くして侵入する。汚れ、荒《すさ》んだ空間。ブーツがジャリッとガラスの破片を踏む。動くものはなにもない。タクヤは自分のバイザー内モニターを凝視した。３Ｄの見取り図に現れているのは、自分たちを示す緑色の点だけだ。

『地上階にはいないようだな』本田の指示が聞こえた。『アルファチーム、地下に進め』

忠実なドローンが建物の中に飛んできて、人間よりも先に中央階段から地下へ潜っていく。タクヤたちはそれを追うように階段を下りた。地下一階に到着すると、無言で二手に分かれる。曽根崎と玲佳は左、タクヤとユウヤは右。兄弟はいっそう暗い廊下を銃をかまえて進んでいった。

地下階には窓がなく、湿気《しっけ》がこもってじめついている。はがれ落ちた壁材、血文字風の落書き。昔の人間なら幽霊が出そうな、と形容しそうな薄気味悪い雰囲気だ。気がはやっているユウヤが横並びになり、タクヤを追い越しそうになった。

「俺の背後につけ」タクヤは囁《ささや》いた。

「え」ライトの輪の中にユウヤの不満そうな顔が浮かびあがる。

幼《おさな》いときからやんちゃな弟にはヒヤヒヤさせられてきた。初陣でいきなりケガでもされたらかなわない。保安隊の体力測定によると、兄弟はふたりとも反射神経が人並みはずれて優れていて、もはやカンとしか思えないレベルで反応しているという。だが、ユウヤは性格的に勇みすぎて先走る傾向がある。

『依然、反応なし』吉本の声がした。

『遭遇時には、激しい抵抗が予想される』本田の声。『油断はするな』

『了解』隊員一同の声が響く。

この先に最初の曲がり角がある。タクヤはうむを言わさず弟の前に出た。ドローンを信用して角を曲がる。

誰もいない。

通信は沈黙している。まだどのチームも人っ子ひとり発見していないようだ。まさか情報がまちがっていたのか。タクヤがそう思ったとき、不意にヘルメットのセンサーからノイズ音が聞こえた。とっさにコンクリートの柱に身を隠してイヤホンに手をやる。

「兄貴?」ユウヤも柱に背中をつけながらかがみ込んだ。

「――シグナル」タクヤはすばやく言った。

ユウヤが眉《まゆ》をひそめる。どうやら弟のセンサーにはキャッチされていないようだ。

『生体反応? どこからだ』本田の声がする。

『こちらでは信号確認できない』不思議そうな吉本の声が返ってくる。『おかしいな』

機器の不具合か。だが、タクヤの耳にははっきりとノイズが聞こえた。まさか俺の耳の不具合じゃないだろうな。

そのとき、ユウヤがなにかに気づいたようにはっと顔をあげた。

「誰かいる」

人の気配だ。生体反応が確認できていなくても、まちがいない、柱の向こうに誰かがいる。ふたりは間近で目を合わせた。

「ゴー」

タクヤの合図で銃をかまえていっせいに柱の陰から飛び出す。前方に人影。それに向かってふたり同時に狙《ねら》いを定めた。ふたつのライトがターゲットをとらえる。次の瞬間、タクヤは驚いて立ちすくんでいた。

そこにぽつんと立っているのは、少女だ。

茶色がかったツインテール、前髪を下ろしたあどけない顔。白いシャツの胸元に赤いリボン、白いニットのベストと紺のスカート。どうやらどこかの高校の制服らしい。武器どころか、バッグすら持っていない。

なぜこんなところに女子高生がいるのか。紫がかった丸い光の中で、少女は廃墟《はいきょ》に似つかわしくない澄んだ目でまっすぐに見つめてくる。まるで殺伐《さつばつ》とした荒野の中に咲く一輪の花のようだ。

「動くなっ」タクヤは戸惑いを隠して声をあげた。「そのまま両手をゆっくりあげろ」

この少女はミックの信者なのか。それとも信者に拉致《らち》された少女なのか。

「ミックはどこだ」ユウヤも声を張りあげた。

少女はなにも答えず、ただ静かにたたずんでいる。暴力性は少しも感じさせない。だが、なにかこちらを威圧するオーラを感じる。強《し》いて言えば畏怖《いふ》のようなもの。タクヤは逡巡《しゅんじゅん》した。このままこの無害そうな少女に銃を向けていてもいいのか。

そのとき、かすかに空気が揺らいだ。一瞬、映像が乱れたように目の前の光景がぶれる。と、少女はロウソクの火を吹き消したように消えていた。

「消えた……?」タクヤは唖然《あぜん》としてつぶやいた。

ユウヤも銃をかまえたまま絶句している。弟も見たのだ。今のは目の錯覚ではない。

『いったいなにと話している……?』本田の怪訝《けげん》そうな声が聞こえた。

『こちらでは生体反応なし』吉本の声。『センサー、映像ともに確認できない』

『あいつらのセンサーにだけ反応したのか？』

『それはあり得ないし。システムは正常に作動している』

どういう意味だ。タクヤは背中がぞくりとした。なぜ、本部ではあの少女を確認できなかったのか。俺たちだけに見えたなんて、それこそ――。

そのとき、視界の隅《すみ》にライトの光が走った。銃をかまえた曽根崎と玲佳が周囲を警戒しながらやってくる。

「こっちは誰もいなかったぜ」曽根崎が言った。

「……なにかあったの？」玲佳が兄弟を見るなり眉をひそめて立ち止まった。

ユウヤの顔は毒でも盛られたように引きつっている。きっと自分も同じだろう。まさか幽霊を見たかもしれないなんて、保安隊仲間の前で言ったら一生笑いものになる。玲佳が心配そうにユウヤに近づいてきた。

バーン。突然、一発の銃声が鳴り響き、その体がぐらりと傾いた。

「あっ」ユウヤが叫ぶ。

ヘルメットに銃弾を受け、玲佳はうめき声をあげながら倒れ込んだ。もちろん防弾仕様だが、頭にパンチを食らったくらいのダメージはある。ユウヤは急いで倒れた彼女に駆け寄ろうとした。

ダッ、ダダダッ。その一撃を合図にして、四方からいっせいに銃弾が飛んできた。ユウヤの足元の床が削れ、白い煙があがる。いつの間に近づいてきていたのか、白い衣を着て頭からすっぽり灰色の覆面を被《かぶ》った信者たちが次々と姿を現した。その手から火を噴《ふ》いているのは、AK自動小銃だ。こんな武器をいったいどうやって手に入れたのか。

「待ち伏せだっ」タクヤは声をあげた。

五人――いや十人か。後方にドラム缶でバリケードが作られていて、その向こうにもまだいるようだ。いったいなぜ、この人間たちは今までセンサーに反応しなかったのか。

ユウヤと曽根崎はすばやく撃ち返しながら左右に散った。玲佳も体を回転させて柱の陰に逃げ込む。ダダダダッ――それを追って砂埃《すなぼこり》が曲線を描く。

「ウジャウジャ湧《わ》いてきたぜっ」曽根崎が嬉《うれ》しそうに吠《ほ》えた。

「どこに隠れてたのっ」玲佳は転がったまますばやく撃ち返す。

命中。ぐわっと声をあげて信者の男が後ろへ吹っ飛ぶ。ユウヤが柱の陰からさらにふたりを撃った。こちらも命中。ドラム缶のバリケードの後ろからなかなかの精度で撃ちまくってくる男がいる。タクヤはそこに向かってジグザグに走り出した。走りながら狙いを定め、撃つ。

命中。マシンガンの音が止《や》み、男がドラム缶の下にフレームアウトする。と、その後ろから銃をかまえた別の信者が立ちあがった。正面からタクヤを狙ってくる。

危ない。タクヤより一瞬早く、ユウヤが飛び出してきて撃った。

のけぞった男の体を、ひらりとドラム缶に飛び乗ったタクヤが蹴《け》り倒す。男は仲間のひとりを押し倒して床に転がった。コンクリートに頭を打つ音が鈍《にぶ》く響く。ふたりとも戦闘不能だ。

「ボケッとすんなよ」ユウヤがタクヤに駆け寄ってきた。

「言ってくれるねえ」

再び銃弾が飛んでくる。ふたりはさっとバリケードの陰に伏せた。目の前に気を失った信者が倒れている。タクヤはその白い衣の下に灰色のゴムのような素材が見えているのに気づいた。

なんだこれは。手で触れると弾力がある。覆面も同じ素材でできていた。

「やつら、電波吸収体を着込んでいる」タクヤは声をあげた。「これではレーダーで感知できない」

だから信者たちの生体反応がなかったのだ。タクヤは弟と顔を見合わせた。まるで保安隊の作戦を知っていたかのようではないか。

『あわてるな』本田の声がした。『想定外のときこそ、訓練が生きる』

ウォォッ——ひときわ大きな雄たけびがあがる。見れば、曽根崎が舞うように飛びあがって銃を連射しながら前後の敵を一度に倒していた。闘争本能を極限まで解放したその姿は、ジャングルに放たれたトラのように嬉々《きき》としている。

兄弟もすばやく立ちあがり、背中合わせになって銃撃を再開した。信者たちは次々と倒されていく。圧倒的に保安隊が優勢だ。やがてすべての音が止み、四人のアルファ隊員は息を荒らげながら床に転がる白い衣の群れを見回していた。

だが、どこにも赤い血は見当たらない。顔をぶつけて鼻血を流している者以外は。保安隊が撃ったのは麻痺《まひ》弾だ。強力な作用であと二時間は目を覚まさない。すぐに別隊が彼らを回収しにやってくるだろう。

「ターゲット、いた？」玲佳が駆け寄ってきた。

その表情はまるでトライアスロンでひと汗かいたように爽《さわ》やかだ。戦いのダメージは、ヘルメットに残った銃弾による凹《へこ》みだけ。こんなに保安隊向きの女がいるだろうか。

「いや」タクヤは首を横に振った。

『各チームに確認したが、ミラクル・ミックはまだ発見されていない』本田の声がした。

『念のために上階も探している。戦前のことだが、あるカルト宗教の教祖が保安隊に踏み込まれたときに、棺桶《かんおけ》みたいな秘密の小部屋にじっとこもって隠れていた』

「電波吸収体の小部屋の中で震えてるのかも」ユウヤが言った。

「チクショウ、どっかにいるはずだ」曽根崎がうなり声をあげた。「必ずふん捕まえてやるぞ」

そのとき、バイザー内モニターに地下一階の見取り図が現れた。一部がピッと拡大され、その真ん中の四角いスペースが赤く光る。

『五時の方向の部屋だ。壁の中に不自然な空間がある』吉本の声がした。

ユウヤが兄を振り向き、ほらな、というように笑った。


ガンッ、ガンッ、ガンッ。

問題の場所に怪しい壁のヒビを見つけ、タクヤと曽根崎は力任せにマシンガンの銃底でぶっ叩いていた。ユウヤと玲佳はその後方で銃をかまえて息を詰めて見守っている。教祖を隠すために急いで工事をしたのか、薄い壁にはすぐに裂け目が入り、やがてぽっかりと穴が開いた。

「気をつけろ」

ミラクル・ミックがヤケクソで最後の攻撃をしてくるかもしれない。タクヤはすばやく横の壁に背をつけた。だが、中から聞こえてくるのは鼻息だけだ。怯《おび》えた人間の息遣い。そっと中をのぞくと、頭を抱《かか》えて震えながらうずくまっている悪趣味なローズピンクのスーツを着た男が見えた。

「た、助けてくれ」ミックは甲高《かんだか》い哀《あわ》れな声を出した。

三畳ほどの狭い空間。壁にはグレーの電波吸収体が張り巡らされている。恐々とこちらを向いたミックの顔は泣き濡《な》れ、みっともなく引きつっていた。口ヒゲは砂埃まみれ。あたりは小便臭く、飲みかけのペットボトルと懐中電灯が転がっている。もはや教祖の威信はひとかけらもない。信者がこの情けない姿を見たら、幻滅して即脱会することまちがいなしだ。

タクヤはやれやれと天井をあおいだ。偽りの教祖様は自ら戦わない。

「ターゲット発見」ユウヤが白《しら》けた声で報告した。「ミラクル・ミックを確保しました」

あっけなくミッション終了。保安隊員たちはため息をつき、疲れたように銃を下ろしてホルスターに収めた。

『ご苦労だった』本田の声がした。『これより報道部に取材を許可する。曽根崎、武藤、両名で速やかにミックを建物外に連行しろ』

「了解しました」

曽根崎が瓦礫《がれき》をまたいで隠し部屋に乗り込み、ミックの腕をつかんで乱暴に立ちあがらせる。ミックは拘束の必要もないほど弱々しく、無抵抗だった。玲佳と曽根崎に左右を挟まれ、足の悪い老人のようによたよたと階段に向かって歩き出す。

「オラ、さっさと歩けっ」曽根崎の恫喝《どうかつ》が響いた。

戦いは終わった。上の方から報道ドローンの音が響き、階段の方が急に明るくなる。待機していた中継車がこの建物をライトアップしたのだ。廃ビルから連行されていく悪徳教祖、ミラクル・ミックの姿を大々的に全国ライブで流すために。それをテレビやネットで観た人々はまた思い知るだろう。超能力者をかたる行為が重大な思想犯罪で、保安隊の力は絶対であることを。

階段をのぼっていく三人を見送り、タクヤは汗ばんだヘルメットを脱いだ。髪の間にすっと冷たい空気が入ってくる。

「お疲れさん」タクヤは弟に声をかけた。

まあまあの初陣だった。あの少女についてはあとで話し合うことになるだろうが。ウェストのフックにヘルメットをかけ、タクヤも心地よい疲労を感じながら階段へ向かおうとした。ユウヤもヘルメットを脱いで少し遅れてついてくる。

ジャリッ。そのとき、後方でかすかな音がした。ガラスを踏む音。なにげなく振り向いたタクヤは、そこに信じられない光景を見て立ちすくんだ。

日本刀を振りかぶった信者がユウヤに背後から襲いかかろうとしている。

残党。タクヤの頭は真っ白になった。銃を抜く間もない。なにも考えられず、反射的に左手が伸びる。だが、敵との距離は五メートル。間に合わない。振り向いた弟の顔に日本刀の影が落ちる。露出した頭に迫る鋭い刃。限界まで差し出された自分の指と、驚きに目を見開くユウヤがスローモーションで見えた。

「ユウヤッ」

助ける、絶対に――。

その瞬間、脳に衝撃が走った。激しい感情が電流となって頭蓋骨《ずがいこつ》の中でショートしたように。タクヤの指先が炎にかざしたようにカッと熱くなった。

「ぐわっ」

信者の体は宙を舞い、後ろに吹っ飛んだ。日本刀がカラカラと回転しながら床を転がる。男は背中から壁に激突し、そのままずるりと落ちて動かなくなった。

タクヤとユウヤは声もなく、呆然《ぼうぜん》と立ちすくんだ。

今のは、なんだ。

思考が現実に追いつかない。次の瞬間、いきなりあたりがブラックアウトした。すべての照明が落ち、暗闇《くらやみ》の中に青白い閃光《せんこう》が弾《はじ》ける。いや、それは、脳内のフラッシュだ。

「うわあっ」

ふたりは電撃を食らったようなショックを受け、頭を抱えてその場に倒れた。建物のあちこちからあがる叫び声。なにかが建物にぶつかり、爆発音が響く。ドローンだ。

いったいなにが起きているのか。すべてが、自分の肉体もが機能を失っていく。

遠ざかる意識の中で、タクヤは白い霧に浮かびあがってくる人影を見た。ツインテールと高校の制服。それは、さっき見たあの消えた少女だ。

騒乱と対極の静謐《せいひつ》。淡い光の中で少女の花びらのような唇《くちびる》が震える。タクヤは夢のようにその声を聞いた。ひたむきな目でこちらを見つめながら、澄んだ声で告げる言葉を。

「結界が、破られた」

3

夜の森を吹き渡る風が髪をなで、耳元で音階のない歌を奏《かな》でる。夢の合間に遠く、少女の囁きを聞いたような気がした。霧原直人《きりはらなおと》は木々のざわめきの中でゆっくりと目を開けた。

鼻先をくすぐる草のカーペットの、濃厚な緑の匂い。なぜ、こんなところに寝ているのか。頭がぼんやりしてなにも思い出せない。とてもとても大事な忘れ物をしているような気がする。直人ははっと身を起こし、ずれたメガネを直した。

直也《なおや》はどこだ。

あたりを見回すと、月の明かりに照らされて、少し離れた草の上に倒れている弟が見えた。青みがかったボブカットヘア、ペパーミントグリーンのジャケットに豹《ひょう》柄のストール、黒いパンツと黒いショートブーツ。その顔は反対向きで見えない。

まさか――。

「おい、直也」

急いで駆け寄って抱きかかえ、呼吸とぬくもりを確認した直人はほっとため息をついた。よかった、ただ気を失っているだけだ。女の子とよくまちがえられる小さな顔は血の気がなく、長いまつ毛に縁取られた目は固く閉じている。いったいなにがあったのか。

ここは、森のはずれ——。

まちがいない、研究所の出口だ。振り向くと、十五年間、自分たちを阻《はば》んできた忌《い》まわしいロープがぐるりと敷地《しきち》を囲んでいるのが見えた。そして正面には、ふもとに下りる山道が続いている。

嘘《うそ》だ。直人は自分の目が信じられなかった。今いるこの場所は、柵《さく》の内側ではない。

「……兄さん」か細い声がした。

まつ毛を震わせ、霧原直也がうっすらと目を開ける。その眼差しは新しい夜明けの光だ。直人は胸の高鳴りを感じながら、最高の知らせを弟に告げた。

「外だ。俺たち外にいるぞ」

感慨の声が森に沁《し》みていく。直也が驚いて起きあがり、まだ夢から覚めていないようなまなざしで左右を見渡した。直人はその目が喜びに大きく見開かれるのを見た。

「とうとうきたんだ」直人は嚙《か》みしめるように言った。「このときが——」

ホオー——暗い森のどこかで、フクロウが同意するようにひと声鳴いた。

※

憧れの自由な世界は、思いがけず少し怖かった。直也はふもとへ向かう一本道を兄と並んで歩きながら、おずおずと暗い森を見回していた。森の木々たちのざわめきは、ふたりを祝福する拍手のようにも、心配の声のようにも聞こえる。直也はそろりと後ろを振り返った。

もうあの白いロープは見えない。ついに目に見えない殻を破って鳥は外に飛び出したのだ。

「もうここは外の道だよね」直也は背の高い兄を見あげた。

黒いハーフフレームのメガネ、フェイクファーをあしらった黒いコート、シャツもパンツも黒。兄は黒がよく似合う。そのしたたかな強さに見合うように。

「ああ、知らない道だ」直人が言った。

いや、正確には十五年前、たった一度だけ御厨《みくりや》恭《きょう》二朗《じろう》の車で通った道だ。当時、直也は六歳、兄は十二歳。御厨に睡眠薬で眠らされていたから記憶にはないが。目覚めたときには知らない古い屋敷《やしき》に連れてこられていた。屋根に風見鶏《かざみどり》がついた、魔女が住んでいそうな洋館。およそ研究所らしくないその建物が、ミクリヤ超能力研究所だった。

そのときのことを思い出すと、直也の胸がきゅっと縮む。ひたすらお母さんとお父さんに会いたかった。すぐに帰れると思っていた。それがまさか、自分たちにとって一方通行の道になり、十五年もの月日が過ぎてしまうとは。その間、所長の御厨は決して幽閉という言葉を使わず、あくまでも保護だと言い張っていた。

兄弟は肩を寄せ合って研究所で育った。外の世界に出たい出たいと切望しながら、あらがうこともできずに。成長し、大人になってもその状態は変わらなかった。

だが、ついに今日という日がきたのだ。

「とりあえず、この森から離れよう」直人がちらりと自分を見た。

兄が過保護な親のように心配しているのが直也にはよくわかった。外の世界に出たら、繊細な弟がどうなってしまうかを。ふたりとも、いわゆる普通の人間ではない。だが、直也に言わせれば、心配なのはむしろ兄のほうだ。

直也はジャケットのポケットに手を入れた。空っぽだ。コインひとつ、キャンディ一個持っていない。兄もそれを見て自分の服を調べた。身分証明書も携帯電話もなし。まずいな、という顔で直也と目を合わせる。やっと研究所から脱出できたのはいいが、ふたりともノラ犬レベルの一文無しだ。

おまけにここは人里離れた山奥で、研究所の関係者以外はサルやシカやイノシシしか住んでいない。いったいこれからどう生きていけばいいのか。

「おい、見ろ」直人が立ち止まった。

道の前方に、待ち伏せするように一台の車が停まっているのが見えた。月明かりに輝くシャープなフォルムのシルバーの乗用車。兄がとっさに弟を後ろにかばう。誰かが兄弟を連れ戻しにきたのかもしれない。直也は目の前の兄の肩が緊張でこわばるのを見た。

まさか、御厨さんが――。

だが、車からは誰も降りてこない。直也は兄の後ろからそっと意識の触手を伸ばした。

「兄さん……誰も乗ってないみたいだ」

ふたりはほっと力を抜き、森の風景から浮いているピカピカの車に近づいていった。どうやら新車のようだ。

「こんな車、見たことないぞ」直人がウィンドウガラスに顔を近づけ、手を触れた。

ピピッ。電子音とともに、ガラスに円い解錠表示が浮かびあがる。『YOU HAVE CONTROL』――同時にドアが羽を開くように上方向にあがり、直人は驚いて一歩下がった。兄のサイコキネシスではない。指紋認証キーだ。運転席のインパネがふたりを歓迎するように明るく点灯した。

この車は、ぼくたちにプレゼントされたカボチャの馬車だ。

憮然《ぶぜん》とした顔で立ち尽くす直人に、直也はよかったね、というように今夜初めて微笑《ほほえ》んだ。

「いずれ変革が訪れたら、おまえたちは外に出られる」

研究所から出られなくなり、兄弟が悶々《もんもん》と落ち込む日々を送っていたころ、御厨は慰めるように言った。

「変革？」幼い直也は訊《き》いた。

「ああ、地球がアセンションするときだ。次元が上昇して、人類の意識が進化するんだよ。スーパーシフトが起きる」

「スーパーシフト？」

御厨の話し方ときたら、子供に理解できるかどうかなんておかまいなしだった。おまけにニコチン中毒で、ひっきりなしにタバコを吸っていて子供の受動喫煙にも無頓着《むとんちゃく》だった。そういうマイペースな人間でなければ超能力研究所など運営できないのかもしれない。

「そのときがきたら、おまえたちの力は受け入れられるようになる。多くの人が変化するからだ」

「みんな、ぼくたちみたいになるの？」

「みんなかどうかわからない。だが、脳は変容する力を持っているんだ。隠された機能をオンにしたらバージョンアップできる。神を求めるヨガの修行、先住民族の薬草の力で覚《かく》醒《せい》する秘儀やイニシエーション……人類はオフになっている機能をオンにするために、さまざまな方法を行ってきた」

御厨はフーッとタバコの煙を吐《は》いた。直也はゆらゆらと空気に溶けていく煙を見ながら、わからない言葉をイメージでとらえていた。頭の中の窓をクリックすると、ぱあっと開いてどんどん光が差し込んでくる……みたいな感じ。

「わたしはその、まだオフになっている脳の機能を、〝ナイトヘッド〟と名付けた」

「〝ナイトヘッド〟？」

「ああ、空を飛ぶ仙人とか、何百年も先の未来を視たり神の言葉を伝える予言者、重力を変えて重い石を動かす魔法使い。彼らはみな〝ナイトヘッド〟がオンになった者たちだ。おまえたちのように生まれつきオンの者もいる。それは宇宙に与えられた才能だ」

「俺は、そんな才能なんかいらなかった」直人がぶすっとして言った。

「持っていることには必ず意味がある」

「どんな意味だ？」

御厨は一瞬、出来のいい息子を見る親バカみたいな変な顔になったが、急いでタバコをくわえて渋《しぶ》い表情を作った。

「そのうちにわかる」

十五年たってもなにもわからない。直人は御厨のことを思い出しながら、自動運転モードに設定した車を慎重に走らせていった。運転免許はないが、いつか脱出できた日に備えてイメージトレーニングは積んでいた。明るいヘッドライトが山道を照らし、スムーズにカーブを曲がっていく。だいぶ車に慣れてきたところで、助手席に座って黙り込んでいる直也の様子をうかがった。

初めて電車に乗った子供のように、ずっと窓にへばりついて外を見ている。ぽつぽつと光る街灯《あか》り、遠くに流れる他の車のライト。リアルな外の世界が新鮮なのだろう。

「……どうして出られたんだろう」直也が急に振り向いた。「家に帰りたいとは思っていたけど。ついに変革が訪れたってこと?」

ずっとそのことを考えていたらしい。直人は今日のあやふやな記憶を探った。

覚えているのは、夕食前、直也が犬のハリィを岬《みさき》老人のロッジまで散歩に連れていくというので、二階の自室から下りていったことだ。アンティークタイルの玄関ポーチでハリィをなでている弟が見えた。肌寒いので直人はファー付きのコートを着て、直也もジャケットにストールを巻いていた。

岬というのは御厨の古くからの知り合いで、ひとり静かに研究所の森に隠遁《いんとん》している、ちょっと風変わりな老人だ。屋敷での生活を拒否し、童話の『3びきのくま』に出てきそうな丸太のロッジに住み、森の恵みを採取して湧《わ》き水《みず》を汲《く》みながら、森の動物たちといっしょにエコロジカルな生活を送っている。白髪で白いヒゲ、ヤギのような優しい目。兄弟に対してはいつもにこにこして、クルミやクリやアケビをくれた。老人からもらったものは不思議とおいしい。ふたりとも岬老人が好きで、特に直也は自分の祖父であるかのようになついていた。

ハリィはそのロッジ付近をうろついていた野犬だ。どうしてこんな山奥に迷い込んだのか、白い毛は汚れて灰色になっていた。脚を痛めて化膿《かのう》していたが、岬老人は森で摘んだ葉っぱを巻いて治してしまった。こんな辺鄙《へんぴ》な研究所の森に住む老人が普通の人間であるわけはない。直人は最初に会ったときから魔法使いではないかと怪しんでいた。

ハリィは直也にひと目惚《めぼ》れだった。運命の相手にでも出会ったように、いつも弟のあとをくっついて回っていた。だが、直人にはちっとも懐《なつ》かない。まるで彼が正体を隠している宇宙人かなにかのように警戒している。今日の散歩のときも、直人を見たとたんにハリィの白い耳はペタンと伏せられ、敵意のヒコーキ耳になった。直也がため息をつき、すまなそうに兄を見あげた、そのときだった。

突然、頭の中で青白いフラッシュが弾けた。体を駆け抜けた電流のようなショック。そして、気づいたときにはあの森の地べたに転がっていた。そう、ワープでもしたように。

「どうして出られたのか、よくわからない」直人は言った。「とにかく十五年間、ずっと待ち続けたことが今夜、叶《かな》ったんだ」

「御厨さんが言ってたように、その日がきたんだね」

常日頃、御厨はふたりの幽閉状態を弁解するように、見えない力を認めない社会は必ず終わるとのたまっていた。これから新しい時代にシフトする。おまえたちが外に出られるのはそのときだと。正直、直人は御厨の言うことなど半信半疑だったが、ついに現実になっている。予知能力などカケラもないくせに、御厨はこの説明のつかない現象がいつか起きるとわかっていたのだ。

「これでいいんだよね、兄さん？」直也が確かめるようにおずおずと訊いてくる。

「ああ」直人はうなずいた。「俺たちを受け入れてくれる、新しい時代がきたんだ」

直人は感慨深い思いで街の灯りを見つめた。御厨が言っていたことが本当なら、アセンションとやらが起きた世界がこの先に待っているはずだ。

「兄さん。今だからわかるんだ。ぼくたちがあのまま、外の世界にいたら……外の世界は……ぼくたちを生かしておいてはくれなかったと思う」

直人は弟の言葉を重く受け止めた。かつては恐ろしいものとして怖がられた自分たちの異質な力。だが、それを当たり前に受け入れてくれる世界がもうすぐそこにある。直人は抑えがたい希望が湧いてくるのを感じた。同じような力を持った仲間にも会えるかもしれない。

「あれ？　なんだろう」直也がひょいと頭を下げてグローブボックスに手を伸ばした。

茶色い紙がはみ出している。引っ張り出したのは分厚い茶封筒だ。見覚えのある「MIKURIYA」のロゴ。いったいどんな需要があるのか、ミクリヤ超能力研究所にはスタッフが数名いて、MRIやCTスキャンなど先端医療を行う脳外科病院並みの設備も揃《そろ》っていた。だが、十五年間そこに住んでいても、他の入所者はひとりも見たことがない。いったいどうやって運営していたのだろう。

「見て」直也はうれしそうに札束《さつたば》を見せた。

「御厨だな」

「こんなにたくさん。見たことないデザインのお札だね」

研究所内では現金など使うことがなかった。御厨と調和的関係を築いていた弟は現金支給に素直に感激している。だが、直人は単純には喜べなかった。つまり、このすべては御厨の計画どおりに進んでいるということだ。それが直人をかえって不安にさせた。あれだけの施設で俺たちを長い間研究していた。それなのになぜ、こんな簡単に解放したのだろう。

「兄さん」直也がさりげない口調で言った。「このお金で、どこかでなにか食べていこうよ」

直人は思わず弟の無邪気な顔を見た。普通の人間なら当たり前のことだが、自分たちにとってはかなりハードルの高い提案だ。

「平気か？　そういう場所は他の人間もたくさん集まってるだろうし……無理しなくてもいいんだぞ」

「兄さんだってお腹《なか》ペコペコでしょ」

「だけど――」

　まだ外に出たばかりで普通の社会に対する免疫がない。たしかに腹も減っているし喉《のど》もカラカラだが、今夜はどこかでコンビニエンスストアでも見つけたほうが安全だ。特に、直也にとって他人との接触は致命的なことになりかねない。

「大丈夫」直也は明るい顔で胸に手を当てた。「心に鍵《かぎ》をかけておくから」

　心の鍵――それは、御厨が弟に教えた防御法だ。彼はオリンピック選手でも育てるように、他人の思念がブロックできるまで何年もみっちりトレーニングしてくれていた。だが、はたしてそれは外の世界で実用可能なのだろうか。

　直也が生まれつき抱えた特殊な能力、それはリーディング能力だ。御厨によると、松果体――いわゆる第三の目が発達しているおかげで、高次元の情報にアクセスできるのだという。他の人の心を読めることは、一見便利そうだが、実はまったく正反対だ。人間の心にはあらゆる感情が渦巻き、知られたくない秘密もある。ときには闇《やみ》を抱えている。だが、コンピューターウィルスをブロックするように悪い念だけを選別して除き、それ以外を受信するのは不可能だ。

恨み、憎悪、悲しみ、破壊的願望——人のネガティブな潜在意識につながってしまうと、弟は攻撃を受けたようにダメージを食らった。それを防ぐには、他人との隔離がもっとも有効であることは言うまでもない。

直人は切ない思いで弟のつぶらな瞳《ひとみ》をじっと見つめた。そんなふうに微笑んでいても、本当は一抹の不安を隠している。だが、外の世界に出た今、自分の力を試したがっているのも事実だろう。その言葉を信じ、できれば願いを叶えてやりたい。

「そうだな」直人はゆっくりとうなずいた。「行ってみるか」

直也はパッと顔を輝かせた。直人はその子供のような笑顔から目をそらし、近づいてきた信号のライトや家々の光を見つめた。そのどこかに自分たちの居場所があることを願いながら。

4

深夜営業のドライブイン、〈スティンガー〉のガラスドアを押すと、ドアベルがカランと音を立てた。ずらりと並ぶ酒類とグラスの棚、レトロなシャンデリア、木製カウンターと赤いスツール。店内にはどこかで聞いたことのあるジャズが流れ、天井からぶら下がったテレビから響くアナウンサーの声と入り混じっている。三十人ほどが入れるスペースは空席ばかりで、客は四人しかいなかった。

　これくらいなら大丈夫だ、と直也は思った。というよりも、自分に言い聞かせた感じだ。酒を飲む店など、ドラマでしか見たことのない異次元の世界だった。

「ああ、いらっしゃい」

　カウンターの中にいたマスターとママが振り向き、通りすがりの客に愛想《あいそう》のいい顔を向けてくる。きっと今夜はあがったりなのだろう。貸切《かしきり》状態でボックス席に陣取って騒いでいた四人がこちらの方を向き、兄弟を見るなりぴたりと話をやめた。

　赤毛のセクシーな美人と、その肩を抱いてふんぞり返ったチャラい男、スーツ姿の三十ぐらいの男、茶髪にピアスのチンピラっぽい若者。よっぽどよそ者が珍しいのか、じろじろと遠慮なくふたりを観察してくる。舐めるように見てくる女と目があった直也は、あわててテレビに目をそらした。夜九時のニュースをやっている。

「食事、できますか?」直人が落ち着いた声で尋《たず》ねた。

「ええ、どうぞ」マスターがうなずいた。

　兄についていけば大丈夫だ。直也はぎくしゃくとロボットのように歩き、カウンター席に並んで座った。ここなら通路を隔《へだ》てているから四人に接触することはないはずだ。

「ご注文は?」花柄のエプロンをしたママがのったりと近づいてきた。

　直人がまるでいつもやっているみたいにさりげなくメニューを開く。直也は感嘆してその様子を見ていた。兄さんたら普通の人みたいだ。

「ミックスピザと、飲み物は……」直人が問うように自分を見た。

「えっと」直也はあわてて言った。「ジ、ジンジャーエール」

緊張のあまりつっかえてしまった。ただ注文するのにすごいことをしている気分だ。

「ミックスピザとジンジャーエールふたつね」

ママがメニューを下げてまたのったりと離れていく。無事に注文が済んだ……直也がほっとしたのもつかの間だった。後ろからバカにするようなクスクス笑いが聞こえてきた。

「ジ、ジンジャ〜エ〜ルゥ」

振り向くと、チャラい男が直也のマネをしてにやついていた。グラスを持つ手に金時計が光っている。おもしろくもないイジリに、スーツの男と若者がへつらいの笑い声をあげた。

「仁《じん》さん、ウケる」

「怯えちゃってるの？」女がねっとりした視線を直也に送ってくる。「かわいい」

「ボクちゃんはおネンネの時間だろー？」仁と呼ばれた男は図に乗って声をあげた。

どうやら仁という男をボスにして小さなヒエラルキーができているようだ。いかにも金持ちのお坊ちゃんふうの仁に向かって兄が冷ややかな視線を投げ、ふたりの男の目が合う。仁は怯《ひる》むどころか、挑戦的に見返してきた。

「いいよ」ひやりとした直也は小声ですばやく言った。「気にしてない」

これを直也は心配していたのだ。調和的な自分とちがって、兄は敵を作ることを回避しない。いくら精神エネルギーが認められた世界でも、もしここで兄がコントロールを失ったらたいへんなことになる。

ピロン——そのとき、頭上のテレビからニュース速報の音が流れた。

『ここで新しいニュースが入りました』

直人がなにごとかとテレビを見あげ、怒りがそれる。仁たちもいっせいに画面に注目した。

『昨今、スーパーナチュラルパワーなどといった虚偽の風説を吹聴《ふいちょう》し、主に若者を中心に危険思想を植えつけるなどしていた反社会組織の本拠地が、先ほど保安隊の突入によって制圧されました』

直也は違和感を覚えた。廃ビルから手錠をかけられた白服の人間が次々と連行されていく。その両脇《りょうわき》は戦闘スーツを着て銃を持った保安隊に固められていた。

『集団の代表である、通称・ミラクル・ミックは巧妙なトリックを用い、人々をだまして宗教組織〈パワーオブソース〉に勧誘、精神エネルギーなどという、ありもしない不健全情報や危険思想を信じ込ませ、多くの信者を獲得していました。当局の発表によると、ミラクル・ミックは信者たちを盾にして現場から逃走したということで、現在総力をあげて行方を追っています……』

画面に趣味の悪いローズピンクのスーツを着た男の映像が流れた。集団代表ミラクル・ミックのテロップ。壇上でスポットライトを浴びながらリンゴを浮かしている。あのくらいなら兄さんなら目をつむってもできる。だけどなぜ、宗教団体がテロリストのように取り締まられているのだろうか。

「どういうことだ」直人がうめいた。「精神エネルギーを、ありもしない、だと？」

直也は混乱した。ミックがニセモノなのは一目瞭然《いちもくりょうぜん》だ。しかし、逮捕の理由は詐欺ではなく、危険思想の取り締まりのようだ。今は精神エネルギーが認められた世界になったのではないのか。

「インチキ野郎がっ」仁が興奮してドシンとテーブルを蹴った。「だまされる方もアホだよなっ」

直也はびくりと肩を震わせた。激しい拒絶反応だ。見れば、他の三人も嫌悪の目でテレビを見あげている。

「でも、ミックはコインを右手から左手に瞬間移動させるって言いますよ」

マスターが兄弟の前にジンジャーエールのグラスを置きながら言った。直也はしげしげとマスターの顔を見た。寛容な態度。この人は精神エネルギーを認めているようだ。

「そんなの手品だよ、手品」スーツの男が言った。「全部ネタがあるんだよ」

「そうよ」女もしらけたようにグラスを置く。「だまされるやつがバカなのよ」

バカ認定されたマスターはちらりと仁たちのテーブルに目をやった。そこには高そうな酒のボトルが何本も並んでいる。察するに、おそらく仁たちはこの寂れたスナックの上客なのだろう。

「そうかもしれませんね」マスターはやんわりとかわした。

「マスター、実は信じちゃってんの?」仁は呆れた声を出した。「そうやって信者になって、売春やら薬物に手を染めてくんですよっ。こりゃ、マスターも保安隊にパクられて、いっぺん収容所に入れてもらったほうがいいんじゃねえっすか?」

「勘弁してくださいよ。信じてるわけないじゃないですか」

マスターはごまかし笑いをしながら、ミックスピザを作っているママと目を合わせて退散していく。

「……なぜだ」直人が低い声で言った。「御厨の言ってたことと、まったくちがうじゃないか。精神エネルギーの存在が認められて、俺たちが受け入れられる日が来るって。だから出られたんじゃないのか? それなのに、どうしてあんなニュースが?」

直也は返事ができなかった。こうなってくると、答えはひとつしか考えられない。

御厨は兄弟に真っ赤な嘘をついていたということだ。

『……恐ろしいのは、いかがわしい精神エネルギーを信じ込ませるだけのシステムがそこに存在していることでしょう』

テレビ画面ではスタジオに呼ばれた評論家が偉そうに精神エネルギーついて語っている。灰谷裕一郎《はいたにゆういちろう》、銀縁メガネをかけてインテリ然としている。直也は御厨より若い灰谷を見つめた。頭の柔らかさは御厨さんと全然ちがう。

「バカがいるんだ、バカが」仁がわめく。「頭がどうかしてんだよ。もうとっくに終わったんだ、超能力がどうのこうのっていうイカれた時代は。バカの頭はお花畑なんだよ、ハハッ」

傲慢《ごうまん》な無知のあざけりに、仁の取り巻きはウンウンとうなずいて同調している。そこには固い常識ががっちりと君臨していた。いや、この店だけではない。おそらく全世界の人がこの制限された信念の中で生きているのだ。

「……時代は変わったんじゃないのか」握りしめられた兄の手は震えている。「俺たちの苦しみは終わったんじゃないのか」

「兄さん」直也は必死にその手を押さえた。「怒らないで」

仁の耳障《みみざわ》りな笑い声が高くなっていく。カタカタカタ……カウンターの上に置かれたジンジャーエールのグラスが震え出した。直也はたじろいだ。誰も触れていないグラスがカウンターの上を振動しながらひとりでに動いていく。それ自体が生きているように。

ヤバい。兄さんの力が抑えられなくなっている。

『手も使わず、念じるだけで物を動かすとか、とにかく人間を怠け者にする発想なんですよ』テレビからは灰谷評論家のトンチンカンな説教が続いていた。『努力を放棄したい、そういった楽を求める願望が超能力なんていうありもしない力を作り出した。くだらない幻想ですよ』

現実が見えなくなったように宙を見ていた直人の目が、その言葉を聞いたとたん、針で刺されたようにぐっと見開かれた。

「キャアアッ」後ろで悲鳴があがった。

直也が振り向くと、テーブルから重たい酒のボトルが垂直に浮きあがるところだった。さっきのミラクル・ミックのリンゴのように。ボトルは数秒中空でとどまったかと思うと、内側からはじけるように爆発した。

バリン。

飛び散った液体が唖然とした四人の顔や体にかかる。だが、ガラスの破片はキラキラ光りながらまだ宙に浮いていた。酒で酔った目の錯覚では済まされない。明らかに物体が重力に逆《さか》らっている。カウンターの中のマスター夫婦も絶句して立ちすくんでいた。

サイコキネシス──念動力。意識の電気信号によって物体を動かす能力。それが直人の力だ。

御厨所長によると、兄はイメージに集中する力も発する電磁波も超人的に強い。そのため思い浮かべたとたんに現実化するのだという。そのとんでもない能力に興奮した御厨は、研究のためにさまざまな医学的データを取ろうと試みた。それがどんなに無謀なことかも知らずに。その結果、感情を爆発させた直人がいくつ高価な医療機器をぶっ壊してしまったか、直也は知らない。おまけに兄はそのおかげでますます自分の力を呪《のろ》う羽目になった。御厨は自分は研究者失格だとわめき、躍起になって感情のコントロールを叩《たた》き込《こ》もうとしたが、直也とちがって兄は制御の才能に乏《とぼ》しくてちっともうまくならなかった。

「兄さん、やめて――」

直也の声で、怒りに支配されていた兄はふっと我に返った。

バリバリバリ――そのとたん、破片が浮力を失っていっせいにテーブルに落ちる。つまんでいた見えない指が離したように。尖ったガラスが四人の膝《ひざ》や足元に飛び散り、女が悲鳴をあげた。男たちは声も出ない。彼らの脳は解析不能状態に陥《おちい》った。

「な……なんだ……?」やっとのことで仁がかすれた声を出した。

直人は四人に背を向けたまま必死に平静を保《たも》とうとしている。今のが兄の仕業だとわかったらたいへんだ。直也はうながすように震えている腕に手をかけた。

「行こう、兄さん」

「……あ、ああ」直人はうめいた。

スツールから立ち上がる兄弟に、仁がぼんやりした目を向けてきた。その頭はまだ混乱して、自分が見ているものがなにかもわからなくなっている。兄が通り過ぎながら仁をちらりと見たことに直也は気づいた。これでわかったか、と言うように。ふたりの男の視線が間近でぶつかる。

「待てっ、そこのメガネ野郎」仁は急に我に返って叫んだ。

直也は肩をすくめた。まさか割れたボトルと兄との間に関係性を見出《みいだ》したのか。仁はぎょろぎょろと目を剝《む》いている。

「なんだ」直人は低い声で言った。

「ママがピザ用意してんだろうが。そのドリンクはタダかよ。金、払ってけよっ」

金——直也はほっとした。仁の脳はわけのわからない現象からわかる現実へと逃げ込もうとしている。

「あ、すみません」直也はあたふたとポケットに手を入れた。「い、いくらですか?」

「ああ? メニューに書いてあんだろがっ」仁が怒鳴《どな》る。

顔を引きつらせたママが伝票をカウンターに置き、直人を恐々と見た。直感的に危険を感じているようだ。直也は急いでお札を取り出した。

『……政府は今回の事件に関しての声明を発表しました』アナウンサーの声が頭上から聞こえてくる。『現実の世界において、物理的に証明されていない事象を吹聴するような人物、およびそれを扱う創作物に関して、さらに厳しい取り締まりを実行していくと。灰谷さん、いかがですか？』

『政府もやっと重い腰をあげたってことですかね』灰谷評論家が言った。『第三次世界大戦が終息してもう何年ですか』

直也の手が止まる。今のは聞きまちがいか。急にどこか知らない国に迷い込んだ子供になったような気持ちがした。

「第三次……？」直人がつぶやいた。「なんのことだ？」

ふたりは怪訝な顔を見合わせた。自分たちは戦争なんか知らない。

「おいっ、聞いてんのか、てめえのすみませんはないのかよっ」

仁の現実逃避はエスカレートし、いきなり暴挙に出た。鼻息荒くボックス席から立ち上がったかと思うと、テレビに気を取られている直人にイノシシのように突撃してくる。

「あっ」不意を突かれた直人はバランスを崩し、床に尻餅《しりもち》をついた。

直也はぞっとすくみあがった。直人が怒りにたぎった目で仁を睨みつける。兄ならこの男を倒すのに一秒もかからない。

「兄さんっ」直也は兄に駆け寄り、仁に顔を向けた。「や、やめてください」

「ボクちゃんさあ」仁はサディスティックな表情で、今度は直也に手を伸ばしてきた。

「なーんで俺が悪者みたくなってんだよぉ。ああん？」

「ちょっと、仁、やめときなって」女が声をあげる。

「うるせぇヒロ子《こ》、黙っとけっ」

直也の目の前に仁の怒りの形相が迫り、酒臭い息が顔にかかる。避ける間はない。直也はいきなり仁に胸ぐらをつかまれてしまった。

心に鍵をかけろ——御厨の声が頭に響く。直也はあえぎながら心のシャッターを下ろそうとした。仁の手に引っぱりあげられ、首が締まる。苦しい。間に合わない。

「なんだその目は、えっ」

怒鳴り声とともに、仁の暴力的な意識がなだれ込んできて、直也のシャッターをぶち破った。怒りと悲しみの大波。どろどろした仁の情報の海。その暗い底から、しまい込まれていた過去のシーンが、腐った泥から生まれたあぶくのように浮かびあがってくる。

「なんだその目は、仁っ」

泣き叫ぶ子供の声。雪の上にポタポタとたれる鼻血。幼い仁を虐待しているのは、父親だ。殴られ、雪の中に倒れる仁。

意識の漏洩《ろうえい》は止まらない。つらい記憶を打ち消すように、仁の大事な女、ヒロ子が現れた。しかし、それは仁が顕在意識でとらえていたヒロ子ではなかった。

「金ヅルとしては最高じゃない」

半裸のヒロ子を真ん中に挟み、スーツの男と若者があざ笑っている。

「ああいう金持ちのボンボンはヨイショしときゃいいんだよ」

「苦労知らねえバカだからな」

そこはホテルのダブルベッド、天井の鏡に映った三人。男たちの欲望の手が両側から女を愛撫《あいぶ》する。

「仁のエッチって、威勢がいいだけで早いし、ヘタクソなんだよね——」

それはヒロ子の過去の意識だ。意識は連鎖する。そこからまた別の意識網にリンクされた。

マスターが薄笑いを浮かべてヒロ子の足を持ち上げ、ミニスカートの中に潜り込んでいく。

「本当にバレないだろうね」

「大丈夫だって」

店の隅でヒロ子を恣《ほしいまま》にし、淫《みだ》らな写真を撮っているマスター。その心の声が響いた。

「薄めた酒もわからんバカ男に、それに寄生するバカ女。せいぜい金を落としてくれよ」

接触リーディング――相手の情報フィールドへのアクセス。直也はなだれ込んでくる意識に呑《の》み込《こ》まれ、気を失いそうになった。わなないた仁の手がゆるむ。胸ぐらから彼の手が離れたとたん、ケーブルをひっこ抜いたように直也の脳内からおぞましい場面がかき消えた。

ゴホッ、ゴホッ――直也は首を押さえてよろめいた。

「直也っ」兄が駆け寄ってきて、後ろから体を支える。

店内は異様に静まり返っていた。涙目で顔を上げると、見るべきでないものを、取《と》り繕《つくろ》われた関係の陰に隠されていた事実を見てしまった者たちが凍《こお》りついていた。唖然としているヒロ子と男たち、怯えてへたり込むマスター、そのマスターを信じられないというように凝視しているママ。

「なんだよ、なんだよ今の」仁は驚愕《きょうがく》に目を見開き、よろよろと後ずさっていく。「なんなんだよぉっ」

「な、なに今の……？」ヒロ子も震え声で頭を押さえた。

直也はおののいた。どんな場所においても、関係を持った人間同士には目に見えない意識網が形成されている。特に肉体関係は情報を共有しやすくなることが多い。欲望で結びついていた関係者は、目には見えない意識のネットワークでつながり、ここには小さなグループクラウドが形成されていたのだ。だが、微弱な意識力ではその読み込みはできず、普段は映像が送られるようなことはなかっただろう。せいぜいカンが働く程度だ。しかし、直也は意識のネットワークに接続できる、いわば覚醒者だ。その直也の強い精神エネルギーに触発され、彼らも瞬間的に同じ映像を共有してしまったのだ。

「気づいているんだろ?」直人はみんなを見回した。「心の扉の奥に隠されていたものが、全部ぶちまけられたんだよ」

「兄さん——」直也はたしなめるように兄を見た。

「みじめだな」

人は誰でも心に裏側を持っている。だが、自分の闇ほど見たくないものはない。仁の戸惑いはたちまち怒りへと変換された。

「このやろうっ」

仁はカウンターの上に置かれた角ばったボトルをいきなりつかんだ。直人に向かって、思い切り真正面から投げつける。

直人の髪が炎のように逆立ち、目がカッと見開かれた。

ガシャン。ボトルが爆発し、粉々に砕《くだ》ける。愚かな怒りを叩きつぶすように。

直人の力はまだ止まらない。直也は兄が攻撃した相手に向かって右手をまっすぐに伸ばすのを見た。異様な風圧が仁を包む。

「やめて、兄さんっ」直也は叫んだ。

次の瞬間、仁の体は後ろに吹っ飛び、カエルのように両手両足を広げて壁に激突していた。ゴツン――頭を打った重たい音が響く。

「キャアアッ」ヒロ子が悲鳴をあげた。

衝撃波だ。兄の体から放射された力に、店全体が揺らぎ始める。ヒロ子はあわてて頭を抱えてボックス席のイスの陰にしゃがんだ。スーツの男と若者は腰を抜かし、防空壕《ぼうくうごう》に避難する難民のようにテーブルの下に転がり込む。

だが、衝撃波はまだ止まない。ゴオォと低いうなりをあげながら壁を伝って渦巻き、スピーカーが吹っ飛んだ。見えない怒りの拳《こぶし》が暴《あば》れ狂《くる》っているように、棚からグラスやボトルを次々と払い落とされていく。

ガシャン、ガシャン、バリーン。鋭い破壊音とともに、ガラスの破片が弾け飛ぶ。マスターは泣きわめくママをかばいながらカウンターの中に伏せた。

「バ、バケモノ」マスターの叫びが響く。「バケモノだーっ」

直也は兄がはっと立ちすくむのを見た。怒りでなにも聞こえなくなった世界から、呪われた言葉だけが耳に入ったように。そのとたん、店を支配していた衝撃波がしぼむように消えていった。

バケモノ――そう呼ばれるのに兄が慣れることは決してないだろう。子供のころ、友だちが、その親が、先生が、近所の人が直人を見てそう囁いた。さりげなく距離を取り、避けて通り、仲間はずれにした。兄が感情的になるたびに、なにかが壊れたり人が傷ついたりしたからだ。そして、兄は弟以外と遊べなくなった。

それでも、研究所に入って思春期を過ぎ、大人になった今では、もう感情を制御できると思っていたはずだ。だが、外の世界は予想以上に兄の怒りをかきたて、神経を逆なでした。その能力を火山のように噴出させずにいられないほど。

誰もが恐怖の眼差しを直人に向けている。店内は竜巻が吹き荒れたあとのようにめちゃくちゃだ。もう彼らは二度と精神エネルギーを否定することはないだろう。

「仁ちゃん」ヒロ子が我にかえり、仁に這《は》い寄《よ》っていく。「仁ちゃんっ」

男の体は壁からずり落ちたままピクリとも動かない。仁は恐怖で顔を歪《ゆが》めたまま意識を失っていた。

「ママ、救急車呼んで」ヒロ子が叫んだ。「早くっ」

その声に直也の心が動く。愛情——金ヅルになる男を利用し、他の男たちと寝て恋人を裏切りながらも、彼女は人の心を失っていなかった。不本意にもここの人間関係を暴露し、破壊してしまった直也は、その小さな光に救われる思いがした。

もうすぐ警察もやってくるだろう。この精神エネルギーが完全否定される世界で兄弟が超能力者だとわかったならどうなるか。直也はパニックになりそうな自分を抑えながら、棒立ちになっている兄をうながした。

「兄さん、行こう、早く」直也はお札をひとつかみカウンターに置いた。「ごめんなさいっ」

店の損害がどのくらいになるのか見当もつかない。目の前で超能力を目撃してしまった彼らの意識にこれからどんな変化が起きるのかも。彼らは目覚めて世界観が変わるだろうか。それともすべてを記憶から消し、またこの社会を支配している常識と折り合いをつけていくのだろうか。

カラン、と音をたててドアを開く。兄弟の前に暗い夜は広がっている。

わかっているのは、ふたりが負った心のダメージは二度と消えないということだけだった。

5

大画面モニターには黒煙のあがるゴーストタウンの禍々《まがまが》しい映像が映っていた。まるでパニック映画のワンシーンだ。黒木ユウヤは自分の胸にもモヤモヤと煙が立ち込めているのを自覚しながら、ミラクル・ミックのアジトであった廃ビルを見つめた。

保安本部、オペレーションルーム。不機嫌な顔で腕組みをした本田本部長の前には、アルファチームが横一列に整列している。ユウヤの隣には兄のタクヤ。それから、曽根崎道夫と武藤玲佳。曽根崎はまずいものを食べたようなしかめっ面でうつむいていた。

全員、ショックで気を失ったダメージからはもう回復している。医務室でドクターの診察を受けたが、幸い、聴覚や脳に後遺症は残らないという診断だった。

「……ミラクル・ミックを取り逃がしたか」本田がおもむろに口を開いた。

曽根崎がクッと悔《くや》しそうな声を漏らす。あのアクシデントが発生したとき、ターゲットを連行していたのは彼と玲佳だった。なぜ、手錠をかけておかなかったのか。ふたりが意識を取り戻したときにはミックはかき消え、ふたりともKOされた軟弱ボクサーみたいに無様《ぶざま》に床に転がっていた。重罪犯をとり逃した責任は重大だ。場合によってはアルファチームを解散させられる可能性もあった。

「ミック確保直後、電磁パルスと思われる攻撃があった」本田は言った。「作戦中の記録データはすべて失われ、復旧も不可能とのことだ」

電磁パルス――？　ユウヤは眉をひそめた。電磁パルスと言えば、核爆発などによってもたらされるものではなかったか。高エネルギーの電流を発生させ、電子機器に損傷を与える。なるほど、だから通信装置を身につけていた保安隊員はそのクラッシュの影響をまともに受け、なにも体につけていなかったミックは被害を免《まぬが》れたのだ。しかし、電磁パルス攻撃が日本国内で使用された例はないはずだ。落雷も電磁パルスの一種だが、今夜は雲ひとつなかった。いったいどこから、なぜそんなものが発生したのか。

ユウヤはちらりと隣の兄をうかがった。タクヤの顔には動揺も後悔も戸惑いもなく、しれっと本田の顔を見ている。

「部隊のネットワークシステムにも一時的に損害があった。今の状況は？」

本田はコンピューターをチェックしているオペレーターの吉本郁男を振り向いた。

「ネットワークは現在、八十三パーセントまで復旧してる」吉本はモニターを見つめたまま背中で答えた。

「全面復旧を急ぐように伝えろ」

自分の指揮する部隊が謎の攻撃にさらされ、ターゲットに逃げられてしまった。本田の顔は屈辱に染まっている。その顔色をうかがいながら、チーフアシスタントの柿谷《かきたに》スグル教授がファイルを開いた。

「先の現象については調査中ですが、電磁パルスは遠距離核爆発によって起こる現象です。同時刻に、なんらかの飛翔体《ひしょうたい》によるものと見られる小爆発が、作戦エリア近辺で確認されています」

「飛翔体？」本田が眉をあげた。

「はい、原因は不明ですが、隕石《いんせき》という可能性も考えられます。ただし、この規模の爆発からは、電磁パルスが発生したとは考えられません。関連性はないものと結論づけます」

結局、原因はわからないわけだ。本田が憮然とするのを見て、柿谷は小さく肩をすくめた。元国立大学の量子物理学者であった柿谷は、ある行き過ぎた研究のために解任され、失踪《しっそう》したのだという。表向きはまだ行方不明のままだが、実は本田によって保安本部にヘッドハントされてここでは教授と呼ばれている。

「わかった」本田は言った。「引き続き原因究明にあたれ」

「はい」柿谷教授は緊張した顔でファイルを閉じた。

大画面の映像が切り替わり、サイレンを鳴らした救急車両が街を駆け抜けていくシーンになる。街にはおびただしい数の防犯カメラが常設され、ミラクル・ミックは顔認証システムを使って捜索されていた。それにもかかわらず、まだどこにも引っかかってこない。

「諸君、聞いてのとおりだ」本田は隊員たちの顔を見回した。「本作戦では想定外の事態が起こった。それに乗じて逃走したターゲット、ミラクル・ミックは一刻も早く確保しなければならない。反社会組織撲滅が我々の責務だ。各自、全力であたれ」

「はっ」隊員たちが声をそろえる。

「まもなく新しい法律ができ、超自然現象に対する取り締まりは今よりも強化される。我々の役目は、現在の体制維持のために全力を尽くすことだ。頼むぞ」

どうやらチーム解散はなさそうだ。作戦が失敗したイラだちを部下にぶつけるような男ならこのポジションにはいない。本田は厳しいが度量の広い父親のような眼差しを隊員たちに向けた。

「なにかが起きることはわかっていた。今夜はそんな夜だ。ひとつの概念が破られる夜……」

今のはなんだ。隊員たちは顔を見合わせ、ユウヤは本田をしげしげと見た。まるで予言者もどきの言葉だ。

「本部長、そりゃいったいどういう意味ですか?」曽根崎が頭の悪い生徒のようにガラガラ声をあげる。

「焦るな」本田はみんなを見回した。「おまえたちも、いずれわかる」

どうやら自分たちの知らないことがありそうだ。そして、自分たちしか知らないことも。ユウヤは問うような視線を兄に向けた。タクヤはやっと弟と目を合わせ、なにも言うなというようにかすかに首を横に振った。

※

挽《ひ》きたてのコーヒーの香りと、無事に戻ってこられたという実感はセットになっている。タクヤは自動販売機からコーヒーの紙コップを取り出し、ひと口味見をしながら、隅っこのスツールに腰掛けている弟のそばに歩いていった。

保安本部・休憩室。各種のドリンクやフードの販売機がずらりと並び、ドリンクを手にした隊員たちが三々五々散らばっている。反対側では曽根崎がカップラーメンをズルズル食べているのが見えた。

「あの……少女。俺たちだけだ、見えていたのは」ユウヤは言った。

タクヤは弟の向かいに腰をかけた。やっとふたりだけで話ができるようになった。ツインテールの不思議な女子高生を見た者は誰ひとりいないようだ。

「ああ、データも飛んだ」ユウヤがうなずいた。「証明できない」

「そうだ。証明できない」

ふたりとも目撃しているのだから夢や妄想や目の錯覚ではない。それならなぜ、ふたりだけに見えたのか。あの少女は生きているのか、死んでいるのか。

「兄貴――あのとき、なにをした？」ユウヤが訊いた。

タクヤの紙コップを握る手に力がこもる。あのとき――ユウヤが殺されそうになった、いや確実に殺されていただろうあのとき。タクヤは脳に残ったかすかな記憶を探った。そのときのことを何度も思い出しては打ち消している。だが、否定はできない。なにかが自分の体から放たれ、刀を振りかざした信者を羽毛のように吹っ飛ばしたということを。

「わからない」タクヤは言った。「俺には、なにかやったという自覚はない」

しかも、その直後に電磁パルスが発生した。これは偶然なのか。タクヤは破壊されたドローンや装甲車、倒れた隊員の様子を思い出して身震いした。まさか俺の力が原因じゃないだろうな。

「ひとつの、概念が破られる、夜……？」タクヤは本田の言葉を繰り返した。「あれはなんのことだ」

もし、自分がなにか今まで使ったことのない力を放ったとしたら。今夜、自分たちに起きたこと、それは概念を破る出来事に他ならない。つまり、この世には、目に見えない力が存在するということだ。だが、長い間保安隊として精神エネルギーを取り締まる側にいた自分たちに、そんなトンデモ現象が簡単に認められるわけがない。

「……結界が、破られた」ユウヤがつぶやいた。

弟もあの少女の言葉を聞いたのだ。天から響くような凛《りん》とした声。それにはまだ続きがあった。

「……調律されたつながり」タクヤは続けた。

「……気づきがなければ、すべての瞬間は崩れていく」ユウヤがそのあとを継ぐ。

ふたりは不安げな顔を見合わせた。意味もわからなければ、思い当たることもない。少女の出現と自分のわけのわからない力のおかげで、ついさっきまで厳然としていた世界が揺らいでいる。タクヤは先ほど柿谷教授の言っていた飛翔体の小爆発を思い出した。

あれは、もしかしたら少女が現れたことと関係があるのかもしれない。

見えたかと思ったら消え、次には朦朧《もうろう》とした意識の中に現れてメッセージまで残していった。まるで神か宇宙人の出現のようではないか。

あの少女は、いったいなんなんだ……？

6

地球の鼓動に合わせて押し寄せる白波、陽光を吸い取り虹色《にじいろ》に光る砂浜。地上に生まれるならこんなところにと、天国の魂が望みそうな美しい場所。少女が再び人間の肉体を持って地球に現実化した場所は、誰もいない海岸のほとりだった。

波模様の砂の上、うつ伏せに倒れている少女はまるで打ちあげられた人形のようだ。そのまま誰にも見つけられなかったら、漂着したクラゲのごとく一日で干からびてしまっただろう。それを知っているかのように、遠くの空にぽつりと黒い影が現れた。

ヘリコプターだ。濃いグリーンのアーミー柄で両側にライトが突き出している。ヘリコプターは海風の音をかき消しながら近づいてくると、少女の上空を旋回し、やがて砂を巻きあげながら砂浜に着陸した。

ハッチが開いて降りてきたのは、白衣姿の背の高い男だ。茶色の短髪、細い口ヒゲと顎ヒゲ、ブラウンアイ。ザクザクと砂に足跡をつけ、足早に少女へと近づいていく。男はヴィクトル・ゴロフキン、彼の任務はこの少女を保護することだ。だが、予告された時間も場所もアバウトで、実際に少女が現れるかどうかも確信はなかった。

やっと見つけた。

ヴィクトルは少女に歩み寄り、砂にひざまずいてそっと体を表に返した。固く閉じた目。ツインテールの髪や頰《ほお》に砂がついてキラキラ光っている。伝説の日本人の少女は想像していたよりずっと小さく、儚《はかな》い。どこにも濡《ぬ》れたところも、足跡もない。天使は空から落ちてきたのだ。

ヴィクトルはすばやく呼吸と体温を確かめた。通信端末のスイッチを入れ、ヘリコプターの中で今か今かと少女を待っている男に報告を入れる。あの男はこの少女をずっと待っていた。長い間、身を削って祈りながら。

「フタミショウコ、無事保護しました。しかし、昏睡《こんすい》状態です」

返事はかすれた唸《うな》り声《ごえ》だった。ヴィクトルは壊れやすいガラスの宝物のように少女を抱きあげると、その重みを実感しながらヘリコプターへと運んでいった。

※

本当なら自分が駆け寄って救助したかった。

ストレッチャーに横たわった翔子は酸素マスクをつけられ、小さな胸を上下させている。呼吸が速い。ヴィクトルがペンライトを目に近づけて瞳孔《どうこう》をチェックし、脈を測る。御厨はヘリコプターの座席に情けなくへたり込んでその様子を見ていた。自分もかつてやっていたその医療行為を、今はもうできなくなっている。この老いぼれの体を蝕《むしば》んでいるのは単なる老化だけではない。

「脈が弱い」ヴィクトルは言った。

「急ごう」御厨はロシア語で言った。「もう時間が……ゲホッ、ゲホッ」

「大丈夫ですか、御厨さん――」

御厨は腰を折って激しく咳《せ》き込《こ》んだ。あちこちが壊れかかった肉体。どのパーツが経年劣化し、どこが病んでいるかぐらいは検査などしなくても自分でわかる。医師に診せたら真っ先にヘビースモーカーだったことを指摘されるだろう。

「わたしの心配などいらんよ」御厨はぶっきらぼうに言った。

世界に必要なのは自分ではなく、この少女だ。自分は翔子を助け、生かすためにここに遣わされた末端の人間にすぎない。あの霧原兄弟のこともしかり。直人と直也のサポーターとしてはよくやったと自負しているが、ふたりを思い出すと肺よりも胸がキュッと痛くなる。今はただ、すべてが岬老人の予言どおりにいくことを祈るだけだ。

ヴィクトルは酸素マスクをつけた少女をベルトで固定させると、操縦士に合図した。へリコプターはすぐに上空へと舞いあがり、やがて眼下が森一色になる。御厨はぼんやりと静脈のような川が緑を彩《いろど》っているのを眺《なが》めた。自然の作るものは完璧《かんぺき》だ。ヘリコプターは森を抜け、少女のために準備された北の聖地へと飛び続けた。

聖地。あそこがそう呼べるならの話だが。

一時間後、やっと人間どもの作った街が見えてくる。御厨はぐったりとしていた体を起こした。ゴーストタウン化したロシアの街。ところどころが黒々と焼け落ち、火の手や黒煙があがっている場所もある。この戦闘状態はロシアに限ったことではない。二〇二三年の夏、世界中でいっせいに戦いが起き、第三次世界大戦が勃発《ぼっぱつ》したのだ。さらに、それに続く天変地異で世界人口は三分の一に減った。この前代未聞の一連の惨事は〝ゴッドウィル〟と呼ばれている。

だが、御厨は知っている。その出来事の本当の意味を。

「あと三十分で到着です」操縦士の声がした。

「到着したらすぐにノアの間に運ぶ」ヴィクトルが言った。

御厨は我に返って前方を見た。中心地を過ぎたヘリコプターは、建物がまばらな北極圏を飛んでいく。なぜ、自分は今、この国にいるのか。それはこの広大な国には他国の追随を許さぬ優秀な分野があったからだ。

針葉樹の向こうにドームを抱いた大きな建物が見えてきた。それは、この国が誇る国立超能力研究所だ。石の外壁に戦争の傷跡がないのは、さすがにこの研究所を攻撃する無謀な人間はいなかったからかもしれない。頭の柔らかいこの大国は、ソビエト連邦時代から超能力は万人にあるはずだという信念のもとに、大規模な予算と人材を投入してテレパシーや透視、サイコキネシス、マインドコントロールを科学的に研究してきた。その成果はとっくに犯罪捜査や軍事に利用されている。だが、〝ゴッドウィル〟以降、超能力研究の被験者や関係者もほとんどいなくなり、風向きは変わった。今はすべてのスーパーナチュラルに関する研究プロジェクトが中止された……ことになっている。

　むろん、表向きの話だ。

　ヘリコプターは巣に帰ってきた渡り鳥のように、嬉々として屋上のヘリポートに向かって降下していった。

　天井がドーム型のその部屋は、まるで作りかけで工事をやめた教会のようだった。しかし、頭上に輝いているのは世界を救うキリストやマリアのイコンではない。ケーブルでぶら下がった丸い鉄のタンクだ。その数は全部で十三個。一見、薬物でバッドトリップした彫刻家が天体を模《も》して作った異様なオブジェのようだが、それもまた世界を救済するものであるのはまちがいない。ここはノアの間と呼ばれていた。

「ロシュコフ、見つけたぞ」

御厨がよたよたとした足取りでノアの間に入っていくと、パソコンの前に座っていたひとりの男が顔をあげた。アンバーアイに金縁メガネをかけた、いかにもＩＱの高そうな顔で、実際に超能力分野における天才博士だ。御厨の後ろからヴィクトルが少女を乗せたストレッチャーを押して入ってくると、ロシュコフは信じられないという表情で立ちあがった。

「まさか――本当だったのか」

「まちがいない、フタミショウコだ」

超能力研究の第一人者である彼も、御厨の話を聞いた最初は半信半疑だった。御厨は少女のために準備された中央の鉄のタンクを見あげた。

それは、生命維持装置だ。この研究室では、電磁波の影響を極力抑えるシステムを採用しているため、あらゆるパーツが大きくゴツゴツして大時代的な雰囲気を醸《かも》し出《だ》している。ここにある物体も人間もすべて、『そのとき』のために準備されたものだった。

「わたしたちは神のお告げに従う、使徒ってことか」ロシュコフが感慨深げに言った。

「神のお告げなんかじゃない」御厨は言った。「無名の能力者の予言だ」

岬老人――無名にして最大の予言者。なぜ彼が御厨を運命共同体として選んだのかわからない。わかるのは、老人が語ることは運命そのもので、逆らったりもがいたりしても無駄だということだ。

ある満月の晩、御厨はあの日本の研究所の森の奥、ケヤキのそばに建つ丸太のロッジに招かれた。老人は暖炉《だんろ》で森で収穫した栗《くり》をパチパチ焼きながら彼にすべてを語った。これから起きること。やらなければならないこと。まるで昔語りのようにのんびりした口調で。しかし、その内容は御厨の薄くなった髪が逆立つほどシビアだった。

御厨に選択の余地などなかった。その未来のプログラムにはすでに自分も組み込まれていたのだから。彼は老人の言葉をひと言も漏らさないように録音した。きっと昔《いにしえ》の聖なる予言も、ボイスレコーダーがあったら伝言ゲームのように意味が変わって誤解されたまま伝わることはなかっただろう。すべてを語り終えると、老人は満足のため息をついて立ちあがり、表に出てリスの住むケヤキの下に座り込んだ。菩提樹《ぼだいじゅ》の根元に座ったブッダのように。そして気がつくと、その姿は朝霧のようにかき消えていた。あとには御厨と予言と焼き栗が残されていた。

そりゃないだろう、岬さん。

しかし、御厨は文句も言えず、岬老人の予言を文書にしたため、さっそく日本からロシアへと旅立った。最初のタネを蒔《ま》くべき大地はそこに指定されていたから。その昔、御厨は超能力研究のためにモスクワに留学していたことがあり、そこで刺激を受け、日本にも独自の研究所を作ったのだ。岬老人に指定された日時にモスクワのとあるパブに向かった彼は、そこで赤い顔で酔っ払っているかつての同級生、ロシュコフ博士を見つけた。

そして今、御厨はあらためて互いの覚悟を確認するようにロシュコフと顔を見合わせている。長い長い旅をしてきた同志。不確定な未来に不安を覚えつつ、一歩一歩計画を進めてきた。〝ゴッドウィル〟でもこのプロジェクトのメンバーがひとりも失われなかったのは、まさに神の意志だ。御厨は頭上にぶら下がる惑星のような十三個のタンクを見つめた。

その中で生かされているかけがえのない命を思う。ここに入っているのは、十二人の子供たちだ。そして最後に翔子が加わり、これでやっとパズルのピースがそろった。

「ロシュコフ、急いでくれ」

「ああ」

ロシュコフは自分の使命に目覚めたように、てきぱきとヴィクトルに指示を出し始めた。手術着を身につけて翔子の周りをビニールで囲み、頭部を消毒してタコの吸盤みたいな脳波測定の電極を装着していく。たちまち少女の頭はカラフルなリード線に覆《おお》われていった。ヴィクトルがスキャン装置を稼働させ、脳のモニタリングを開始する。ディスプレイに彼女の脳の立体図が浮かびあがった。

御厨は翔子の宇宙を司《つかさど》る図形を感慨深く見つめた。地球の未来を左右する脳。そんなものをこうして目の前で見られるとは。

ロシュコフが細くて長い針状の電極装置を取り出した。ディスプレイに映し出された脳を見ながら、それを慎重に翔子の額から差し込んでいく。

御厨は心電計に目をやった。心音と脈拍がだんだん弱くなっていく。息を詰めて作業を見守るうちに、まるで翔子の体とつながっているように自分の体からも力が抜けていった。心電計が警告のアラーム音をたて、やがて心電図が水平線のようにフラットになる。

御厨は焦ってロシュコフを見た。翔子が死んでしまう。

「大丈夫だ」ロシュコフが目もくれずに言った。「うまくいく。たとえ心臓が止まっても」

脳死までの時間をも冷静に計算している――御厨は悟った。運命はすでにロシュコフの手に託され、分岐を切り替えられている。岬老人の予言どおりに。あらゆるものが連鎖し、響きあい、ぎりぎりのところでひとつの未来を形作っていく。御厨はちっぽけな自分を笑いたくなった。ここで翔子が死ぬわけはないのだ。ほっとした瞬間、その体は膝から床に崩れ落ちていた。

「御厨――」

霞《かす》んだ視界にヴィクトルの驚きの顔がフレームインする。その向こうに淡々と手術を続けているロシュコフが見えた。それでいい、それでいい。彼はわたしを理解してくれている。わたしはここまで持ちこたえた自分の老いぼれた体を褒めてやろう。

だけど、岬さん。まだ安心するのは早い。そうなんだろう……？

7

まぶたの裏にちらつく金色の光で直人は目を覚ました。朝日だ。体の節々が妙に痛む。ベッドから転がり落ちてぶつけたのか……うめきながら目を開けると、車の窓ガラスの向こうに朝霧に包まれた街のシルエットが見えた。

ここは——直人はがばっと身を起こした。閑散とした東京郊外の街の一角、広い公園の脇《わき》に車は停められている。隣を見ると、弟の直也は倒したシートに横たわってまだ眠っていた。エアーコンディショナーが軽い音をたて、車内を快適な温度に保っている。

外に出たことは、夢ではなかった。

直人はコンソールに置いてあったメガネをかけ、ぼんやりした頭に手をやった。昨夜のドライブインでのいまわしい出来事がじわりと蘇《よみがえ》ってくる。直也にからんで吹っ飛ばされた仁。恐々と自分を見るみんなの目。バケモノという罵《のの》りの言葉。自分が感情を抑えられなかったことに対する後悔はまだ胸に響いている。能力を使って脳を一気に稼働させ、心と体にダメージを受けたふたりは気を失ったように眠り込んでしまったのだ。

まさか、俺たちはお尋《たず》ね者《もの》になっていないだろうな。

ピカピカの車内を見回し、まだ指紋ひとつついていないインパネに手を伸ばす。指で軽くパネルをタッチすると、ピッと音をたてて画面がついた。害悪創作物追放、のテロップと、スタジオの女性アナウンサーが現れる。

『……国営図書館は法律に基づき、害悪指定に当たる創作物をすでに焼却処分していいます』

朝のニュースだ。画面が変わり、山積みになった本やディスク、フィルムが燃やされている映像が映った。オレンジ色の炎にメラメラと包まれていくSF小説や童話、ホラー映画のパッケージ。その中には直人が大好きなSF映画のタイトルも見えた。銃を持った保安隊員が処分場の周囲をぐるりと取り囲んで警備している。

『しかし政府は、いまだ個人で所有し続けるケースが多数あるとして、保安本部による取り締まりをいっそう強化していく方針です』

「なんなんだ、これは……」思わず直人は声が出た。

グリム童話のいったいなにが害悪なのか。直人は御厨が個人的趣味で集めた本が収められている、あの研究所の図書室を思い出した。SFやファンタジーや超能力系の物語の宝庫だった。これなら研究所の中のほうがよっぽど自由だ。

これでもうはっきりした。御厨が自分たちに言っていたことは全部、デタラメだったのだ。あれから十五年もたったのに、世界はどんどん悪い方向に向かっている。

「……えっ」そのとき、直人は意外なものに気づいて画面に目を寄せた。

左サイドに出ているのは、天気情報だ。晴れのち曇り。だが、直人をたじろがせたのは今日の空模様ではなかった。

「……兄さん」直也が目を覚ました。

直人は弟を振り向かずに画面を凝視していた。お日様と雲のマークの上に今日の日付が出ている。

２０４１年5月16日。

「二千、四十一年……だと?」

「え?」

直也がはっと体を起こし、兄の見ている画面に目を凝《こ》らした。

「兄さん、ぼくたちが研究所にいたのは、十五年間だよね?」

「ああ、十五年だ。まちがいない」

「で、研究所に連れてかれたのは……」

あの日は決して忘れることはできない。兄弟の運命が、御厨の手で強引に別のレールに切り替えられたあの夜。

「二〇一四年のはずだ」

直人の脳裏にその絶望に彩られた光景が浮かびあがった。

人生でいちばんつらい思い出は、いつも白い泡《あわ》から始まる。嘘の泡。薬の泡。

別れ——両親との別れの場面。ふたりともまだ子供で、お父さんとお母さんがいちばん大事だった。霧原幸彦《ゆきひこ》と霧原直美《なおみ》。大好きなソーダ水の中に、まさか大好きなお父さんとお母さんが眠り薬を入れるとは思わなかった。

覚えているのは、車のドアが閉まる音。目を覚ますと、直人はいつの間にかタバコ臭《くさ》い車の後部座席に乗せられていた。隣には弟が眠っていた。そして、窓の外にお父さんとお母さんが見えた。

家の前だ。なぜ、自分たちだけが車に乗せられているのか。

「直人、直也」お母さんが泣きながら窓にすがりついた。

「待ってくれ」お父さんの声がした。「本当に正しいのか？ あなたにこの子たちを預ける、こんな方法しかないのか？」

あなた、と呼ばれた男は運転席に座っていた。直人からはボサボサの髪の後頭部しか見えなかった。

「そうです。今、この時代においては……」

残酷な答え。男が御厨恭二朗だと知ったのは、あとのことだ。そして、そのとき無慈悲と思えたことが、実は慈悲であったと知ったのは、さらにずっとあとのことだった。

エンジンがかかり、その音で直也が目をぼんやり開けた。まだ夢の中にいる潤《うる》んだ瞳。

「お父さん、お母さんっ」直人は必死に叫んだ。頭がくらくらした。

どこへ行くんだ。なぜ、俺たちだけ。いやだ——。お父さんがビクッと上を振り仰いだ。そ

パリーン。両親の背後に立つ街灯が破裂した。お父さんがビクッと上を振り仰いだ。そのメガネにキラキラと破片が降ってくる。そのひとつがお母さんの頰に当たって切れた。

「お、お母さんっ」直人は叫んだ。

でも、お母さんは痛みなんか感じていなかった。ただひたすら子供たちだけを見ていた。その姿に強い強い愛情を感じたことだけが、あの悲しい思い出の救いだ。たとえ超能力を持った息子たちを育てる強さが両親になかったとしても。

「直人、直也、ごめんなさい——」

直也が悪夢を見たように声をあげて泣き出した。

御厨はなにも言わず車を発車させた。

そして、それっきり両親はふたりの人生から消えた。まるで最初からいなかったように。

「……だったら兄さん、今は二〇二九年のはずじゃない？」

直人は弟の声で我に返った。車の中。直也は大きな目を見開いて自分に問いかけている。ふたりの両親が超能力を持った子供を御厨に託したあのとき、六歳だった直也にどれ

くらい記憶が残っているのかわからない。直人はそれを弟に訊いたことはなかった。人生には覚えていないほうが幸せなこともある。だが、直也に隠し事など不可能だ。弟はきっと兄がそう思っていることを知っていて、記憶にないフリをしているのだ。

「ああ」直人は思い出を振り払った。「俺たちにとっての十五年間が、ここでは二十七年間だったってことか？」

「──うん」

「そんなことありえない。十二年のズレがあるなんて、いったいどういうことだ？」

直人は昨夜テレビで知った第三次世界大戦のことを思い出した。自分たちにはそんな戦争があったという記憶はまったくない。いくら研究所に幽閉されて世界と隔絶《かくぜつ》されていたからといって、外の情報は毎日ネットでチェックしていた。戦争が起きたのがわからないわけはないのだ。

兄弟は不安げに顔を見合わせた。なにか、理解不可能な、決定的におかしいことが起きている。今、また再び、自分たちの運命が誰かに切り替えられてしまったような気がした。

8

ミラクル・ミックは夜間営業のダイナー脇のゴミ箱の陰にしゃがみ、ハンターに追われている住宅街のサルのように怯えていた。偏光レンズのメガネはサイズが合わず、すぐにずり落ちてくる。これで防犯カメラの顔認証には引っかからないはずだが、用心のために灯りの少ない裏道から裏道へと身を隠してきた。みじめでひもじい逃亡者。ついついフライドポテトのいい匂いに誘われてダイナーの駐車場で足を止めてしまった。

もう体力が尽きて限界だ。そろそろと立ちあがり、壁の角から顔を出して店内をうかがう。客は少なく、窓ぎわに座っているのはふたりだけだった。ミックは迷いながらスーツのポケットを探った。いつか未来を教えてやった信者がくれた謝礼が入れっぱなしになっている。まるでこんな窮地に陥ることがわかっていたように。

予知——それはおもしろいように金を生んだ。予知能力なら小賢《こざか》しいトリックなどいらないから気も楽だ。どうせこれから起きることなんて誰にもわからないのだから。地震がいつくるか、結婚すべきかしないべきか、成功するにはどうしたらいいか。信者たちは自分でわからないことはなんでもミックに尋ね、彼はもっともらしい顔でそれに答えてきた。

しかし、今、ミックは一瞬先の自分の未来すらわからない。この店に入るべきか、通り過ぎるべきか。保安隊に捕まるのか、それとも逃げ切れるのか。

ぐずぐずと迷っていると、駐車場に一台の白いバンが滑《すべ》り込《こ》んでくるのが見えた。車体にはゴテゴテとギターや音符や炎がペイントされている。

「おい、休憩は一時間だぞ。集団行動にはスケジュールってもんがあるからな」

リーダーらしい男のひと声とともに、若者の一団がドヤドヤと降りてきた。テンション高めの男女四人、髪の色は四色。どうやらミュージシャンのようだ。

「今日俺、なんも食ってねぇよー」

「トイレトイレ」

「ペットボトル捨ててくる」

金髪の男が空のペットボトルを持ってゴミ箱に近づいてくる。ミックはあわてて背中を向けた。カラン、と音がして、ミックの腰にゴミ箱から跳ね返ったボトルが当たった。

「あ、悪《わり》ぃ」男はあやまった。

「い、いや」ミックは目を合わせずに言った。

金髪の男はなにも気づかずに戻っていく。ほっとして振り向くと、アフロヘアの女が店のドアを開けて彼を待っていた。開いたドアから見える店内はガラガラだ。

グウウウウ。ミックは自分の腹がかき鳴らす下品な音楽を聞きながら、ミュージシャンたちが店の中に消えていくのを見送った。社会的秩序を守る人種には見えない。たとえお尋ね者のミラクル・ミックとバレても知らん顔してくれるかも……。

いや、いかんいかん。いくらなんでも中に入るのは危険だ。ミックが理性を振り絞って立ち去ろうとしたそのとき、いきなり後ろから肩をぐっとつかまれた。

「ひっ」ミックは跳びあがった。

ついに保安隊に見つかったか。振り向いた彼は、背後霊のようにそこに立っている人間を見て腰が砕けそうになった。

氷雨《ひさめ》イリヤだ。赤いメッシュの入ったロングヘア、切れ長の目はエメラルドグリーン。ボンデージ系の黒革ファッションで、カラフルなニーハイソックスを履いている。サディスティックな薄笑いを浮かべ、腕組みをしながらミックを見下ろす姿はイカれた女王様のようだった。こんな女だが、れっきとした〈パワーオブソース〉の幹部だ。

「イリヤ、な、なぜつきまとうんだ」ミックはあえいだ。「もうほっといてくれっ。おまえが僕をカルト教団の教祖にでっちあげたせいで――」

ドン。いきなり氷雨イリヤはハイヒールブーツを履いた足をミックの顔のそばの壁に突き立てた。乱暴すぎる壁ドン。ミックはヒエッと肩をすくめた。嫌でも革のショートパンツのセクシーな下半身が視界に入る。

「安っぽい手品でみんなをだましてたのは誰よ」イリヤは嘲笑《あざわら》った。「あなたも教祖扱いされて、まんざらでもなさそうだったじゃない。いい思いもしたでしょ？」

「な……なんだと……？」

いい思い？　それなら今、指名手配されて保安隊から逃げ回っているのは、その報いだとでもいうのか。ミックは信者たちによくカルマの話をしたものだ。『この世でのあらゆるよいこと、悪いことは自分自身の行いが招いたものです。あなたが生まれた原因は、あなた自身のカルマによる結果です』――もちろんある聖者の受け売りだ。それが本当なら、いったいどんなひどいカルマがあるとこんなインチキ教祖になって国家権力に追われるハメになるのだろう。

「言うとおりにすれば助かる、保安隊にだって勝てるって言っただろっ」

「そうよ」イリヤは身をかがめてミックに顔を近づけた。「だから生きてるじゃないの」

「僕は最初っから武力を使う気なんてなかったんだ。銃の調達だっておまえが……」

ミックは女を見あげ、ふと言葉を切った。最初から感じていたが、この女は頭は切れるがどこかおかしい。そういえば、いつからイリヤは自分のそばに来たのだろう。いつの間にか、どこからともなく湧いてきて、言葉巧《たく》みにミックに近づいて参謀のような立場になっていた。ミックを教祖と奉って〈パワーオブソース〉を確立したのはイリヤの力だ。そして超能力をアピールするような映像を拡散し、ゴーストタウンにアジトを作って信者を集めた。保安隊に捕獲されそうだとわかっても、電波吸収体を使えばレーダーで感知できないから大丈夫、と断言したのはイリヤだ。しかし、結果的に作戦は失敗した。だいたいよく考えてみると、あれだけの銃をいったいどんなルートから手に入れたのか。バックにヤバい組織がいるのだろうか。

「おまえ、何者なんだ……？」

イリヤはサッと髪を振って体を起こし、その疑問には答えずダイナーの方に涼しい眼差しを向けた。

「お腹すいてるでしょ」

9

この店なら大丈夫だ。

直也は四角い氷の浮いた水を飲みながら、グラスのフチから広いダイナーを見回していた。空席ばかりでほとんど人はいない。さっき、四人の若者たちが入ってきたが、遠い席に座ってくれた。ミュージシャンらしく、騒がしい声でライブや曲の話をしているのが聞こえてくる。ひとりしかいないウェイトレスが彼らのところに注文を取りにいき、営業スマイルで淡々と注文をとった。ここはチェーン店だから従業員と客の個人的関係もなさそうだ。

直也は向かい側に座った兄に目を向けた。コンビニエンスストアで着替えや洗面道具といっしょに買ってきた雑誌を難しい顔で読んでいる。日本近現代史の特集号だ。

「お待たせしました」

ハンバーガーセットのプレートを器用にふたつ持ち、明るい笑顔でウェイトレスがやってきた。ダブルチーズバーガーに山盛りのフライドポテト。おいしそうな匂いが鼻をくすぐる。研究所にはこういうジャンクフードはなかったから、ずっと憧れていた。

「あ、ありがとうございます」直也は引きつった笑顔を返した。

また舌がもつれてしまった。白いエプロンにピンクのボーダーニット、くるくるの巻き髪、まつ毛の長いぱっちり目。こんな若い女の人と普通に話すのはまだハードルが高い。

雑誌を読んでいた兄がちらりと目をあげた。弟に他人が近づくたびに、有名スターのボディガードのように警戒している。ウェイトレスは一瞬、直人に目をとめたが、すぐにまた営業スマイルに戻ってお辞儀をした。

「ごゆっくりどうぞ」

去っていくウェイトレスの後ろ姿を見送ると、兄はぼそりと釘《くぎ》を差した。

「直也、心にしっかり鍵をかけていろよ」

ドライブインであんなことがあった後だから神経質になっている。直也は大丈夫だよ、と言おうとして、自分がちっとも大丈夫でなかったことを思い出した。説得力ゼロだ。

「うん、わかってる」

兄の視線を避け、いそいそとハンバーガーにかぶりつく。ジューシーな肉汁がじわっと口中に広がった。研究所の食べ物とはちがう味だ。いや、味がちがうのではなくて、自分の気持ちがちがうのだろう。

兄は食事には目もくれずにまた雑誌に視線を戻すと、声に出して読みあげた。

「二〇二三年に第三次世界大戦が勃発。突然の戦争は地球に激変をもたらし、自然環境に大いなる影響を与えた。世界各地で地震、台風と竜巻、地殻変動が起き、戦争の終焉《しゅうえん》を促《うなが》したのだ。これらの一連の現象は、〝ゴッドウィル〟と呼ばれている」

「〝ゴッドウィル〟……？」

「ああ、和製英語だな」

神の意志。神が人間に戦争をやめさせたというのか。

「……戦争と天変地異によって人口は三分の一に減少した。混乱した世界はその後、平和を目指すという目的でひとつになり、新たな世界秩序の構築のために力を合わせることになった」

三分の一？　直也は耳を疑った。そういえば、ここまで車でくる途中、ところどころに立ち入り禁止の標識が立っていて、ゴーストタウンのような地区ができていた。神の意志は大勢の死をも含んでいたのか？

「兄さん、そんな戦争のことなんて聞いたことないよ。天変地異も知らなかった」

「ああ、俺たちにはそんな記憶はない」

「御厨さんもそんな話、一度も……どういうことだろう」

現在は二〇四一年。とすると、自分たちには十二年分のブランクがあることになる。もしかして未来の時間軸へタイムトラベルをしてしまったのだろうか。御厨はこのことを知っていたのだろうか。

直也は改めて店のインテリアや客たちのファッションを見回した。二〇四一年ならもっと世界は変化していると思っていたが、あまり代わり映えがしない。自分の描いていた近未来のイメージとはだいぶちがうようだ。

「おいおい、キヨ、いいかげんそんなもん読むのやめろよ」

ミュージシャンたちのリーダーらしいサングラスの男の声が聞こえてきた。

「禁止図書だろ。もうすぐ条例じゃなくて法律になるんだぞ」

禁止図書？　直也は思わずキヨと呼ばれた若者が読んでいる漫画本の表紙を見た。見覚えがある――『AKIRA』だ。超能力系のSF作品で、兄の愛読書ではないか。

「トオルさん、大丈夫っすよぉ」キヨはかまわず読み続けている。「前からうちにあったんですよ。読み始めたら止まらなくて」

「このバカキヨ。保安隊に見つかってみろ、逮捕されんぞ。音楽活動なんてできなくなっちまう。今すぐ捨てちまえっ」

「えーっ」

「えーっ、じゃねえよ。犯罪だぞ。冗談じゃすまねえんだ」

直也にとってはまったく冗談のような会話だ。ファッションは変わらなくても社会は恐ろしいほど変わった。直人も思わず顔をあげ、眉をひそめてそちらをうかがっている。

「わかりましたー」キヨはふてくされたように言った。「捨てときますぅ」

隣に座っていた金髪男がやれやれと首を振り、水のグラスにサポーターを巻いた右手を伸ばした。

ガシャン。グラスが倒れ、隣のグラスとぶつかって音をたてる。漫画本に水がかかり、キヨはあわてて持ちあげた。

「おわっ、まだ最後まで読んでないのに」キヨはポタポタ水が垂れる漫画本をうらめしそうにつまんだ。「トシヒコさーん」

「わりい」トシヒコはあわてた。「つい、まだ手が動くと思って」

「いいっていいって」アフロヘアの女がさっさと紙おしぼりでテーブルを拭《ふ》き始める。

「どうせそれ捨てるんだし」

どうやらトシヒコは右手が不自由らしい。イライラとその手を振っている。

「トシヒコ、ちゃんとリハビリやってんのか?」トオルが言った。

「やってますよぉ、右手使えないとなーんもできないから」

「でもあれだよな。漫画みたいにさ、こう、カーッと手をかざすだけで治ったりしたらいいよなぁ」

キヨはいかめしい表情を作って右手を伸ばし、ブルブルと震わせてみせた。

「ミラクル・ミックかよ」トシヒコが突っ込んだ。

そのとき、直也は店の一角の空気が急に変わったのを感じた。見れば、奇妙な雰囲気のカップルが片隅《かたすみ》に座るところだった。ローズピンクのスーツを着て似合わないメガネをかけた中年男と、赤いメッシュを入れたロングヘアの女。男は背中を丸めておどおどし、女のほうは彼をあやすように微笑んでいる。

「でもさ、ミックって車椅子《くるまいす》の子供を歩けるようにしたんでしょ?」アフロの女が言った。

「まじ? アヤノ、ミック信じてんの?」トシヒコが驚いた声を出した。

「おまえら、ミラクル・ミックが今、どういう立場になってるか知ってんだろ?」トオルが言った。「指名手配だぞ。信者が全員逮捕されたのに、ミックだけ逃げたんだよ。インチキ野郎ってことだ」

ミュージシャンたちに背中を向けて座った中年男の肩がびくりと震えた。あれはニュースで観た人だ、と直也は気づいた。

「……あそこにいるな、ミラクル・ミックが」直人がうなずいた。「こんなところに姿を現すとは」

「うん」

「おまえがここで休んでいこうって言ったのは、あいつのせいなのかもな」

たしかに車の中からダイナーの明かりを見た直也は、なんだか懐かしい場所のような感じがした。夢の中でいつか行ったことがあるような。だが、本当にミックのせいだろうか。彼はひと目で能力者ではないとわかる、臆病《おくびょう》な男だ。自分たち兄弟と出会うことに意味があるとは思えない。いっしょにいる派手な女とはどんな関係なのか、信者にも、恋人にも見えなかった。落ち込んだミックを励《はげ》ましている……というより、叱《しか》りつけているような雰囲気だ。

「あたし、あのミックの事件のニュース観てて思ったんだよね」アヤノが言った。

すぐそばに本人がいるとも知らず、ミュージシャンたちはミックのことを話題にしている。

「なにを?」キヨが訊いた。

「だって逃げたんだよ、ひとりだけ。どうやって逃げたの? 普通、逃げられないでしょ。もしかしてさ——特殊な力を使ったんじゃないかって」

「特殊な力ってなんだよ」トオルが苦笑した。「おまえって、真っ先に洗脳されるタイプだな」

「あっ」トシヒコがなにかを思い出したように声をあげた。

みんながなにごとかと注目する。トシヒコの目玉は中空に浮いている絵でも見つけたように上を向いていた。

「さっき駐車場のゴミ箱んとこで見かけた変なオッサン、もしかして——」

「ホームレス？」

「や、どっかで見たことあるオッサンだと思ったら」トシヒコは体をひねって店内を見回した。

その視線がぴたりとローズピンクのスーツに止まる。直也はミラクル・ミックが銃を突きつけられたように首をすくめるのを見た。

10

窓辺の黒木タクヤは右手に氷の浮いたハイボールのグラスを持ち、じっと自分の左手を見つめていた。見た目も、感覚も、なにも変わったところはない。あのとき、弟が日本刀で叩き斬《き》られるところを助けたとき、手からなにか目に見えないものが出たような気がした……なんてことを言ったら、保安隊に逮捕されるのはこの自分だ。

目をあげて窓の外に目をやる。すぐそばにライトアップされた三十階建ての保安本部タワーが街を監視するようにそびえていた。ここはその別棟にある保安隊員専用の寮だ。コンクリート打ちっ放しのモダンな部屋。リビングルームと対面式キッチンを挟んで、左右にそれぞれの個室がある。兄弟で住んでもそこそこプライバシーが保てる快適な間取りだ。

ここにきてからもう十五年、よもやこんなことに悩む日がくるとは。なぜ、よりによって保安隊員の自分が説明のつかない力を出してしまったのか。保安隊に引き取られた当時、まだ十二歳だったタクヤにとって、この部屋はもはや自分の家だ。それまで住んでいた実家のマンションは、すでに保安本部の勧めで処分されている。タクヤは酒を飲みながら、キャビネットの上の写真立てにぼんやりと目をやった。

笑顔の両親。寄りそうふたりは若くて、ここから歳《とし》をとった姿は想像もつかない。

「写真を見ても、答えは手に入らない」ユウヤの声がした。

振り向くと、アルコールに弱い弟はキッチンのカウンターでオレンジジュースをグラスに注いでいる。キッチンハンガーにぶら下がっているチタンのフライパンや銅鍋。ずらりと並ぶスパイス。こぢんまりしたレストランのようだが、たまに料理を作るのはタクヤだけで、弟は食べる専門だ。

「十五年も消息不明」タクヤは言った。「はたして生きてるんだか」

「もう忘れろよ。俺たち、捨てられたんだろ?」

弟はやたらサバサバした口調だ。両親がいなくなった当時ユウヤは六歳、ずっとべそをかいて兄を困らせていたくせに。その弟も今や立派なアルファ隊員だ。

「まあな」タクヤは写真立てを手に取った。「たしかに、生きていたとしても、俺たちのそれでもときどき両親の写真を見てしまう、そんな自分が情けない。捨てられた子供のくせに、親なんていない方が自由でいいと思っているくせに。タクヤは弟をちらりと見て、無造作に写真立てをゴミ箱に捨てようとした。

「おいおいおいっ」ユウヤがあわてて駆け寄ってきた。「なにも捨てることないだろっ」

「冗談だよ、冗談」タクヤはニヤリと笑った。

それ見ろ。こいつだって口では強がっているだけだ。

だまされたユウヤがムッとした顔になる。ふたりとも本音では両親に会いたいが、そんな自分たちを絶対に認めたくない。タクヤは写真立てを元に戻し、すねた弟に乾杯のグラスを差し出した。

「俺たちが捨てられてからの十五年に」

そして、親がいなくてもたくましく成長した十五年に。タクヤの中にはもうひとつ本音がある。もし、ひとりだったらずっとここにいて、厳しい訓練に耐えてこられたかどうかわからない。弟の存在は人生を左右するほど大きかった。

「ウゼえ」ユウヤはうめきながらもグラスを合わせてきた。

カチン。グラスの中を泡がチリチリとのぼっていく。互いに触れてしまった心の傷。タクヤはその泡を見ながら、両親との遠い過去を思い出していた。

母親の笑い声、父親のメガネ越しの温かいまなざし。記憶の中の両親が幸せそうなのは、やはり美化して修正がかかっているのだろうか。タクヤが真っ先に思い出すのは、あの日四人で遊んだ人生ゲーム、いかにも一家団欒《だんらん》のシーンだ。

「子供がまたできたよ。ユウヤが生まれたんだ」

カードをめくったタクヤははしゃぎ、すでに夫婦と男の子が乗っている車の形をしたコマに青い子供のピンを刺した。それはお金を稼ぎながら家を買ったり家庭を持ったりして、億万長者を目指すゲームだ。母親は自分のターンが済むと、そそくさとキッチンに引っ込んでソーダのコップをふたつ運んできた。

「タクヤ、ユウヤ……」

テーブルの上に置かれたソーダはシュワシュワと爽やかな音を立てた。ルーレットを回していたユウヤがコップの方を見ないで手を伸ばした。

「あっ」

コップが倒れ、テーブルの上に小さな洪水が起きた。四人が乗ったタクヤの車のコマが流された。転がり落ちた車から父親と母親のピンが飛び出し、オモチャのお札はベタベタになった。

「あらあら」母親はあわててふきんで拭き始めた。

タクヤはその手が震えているのに気づいた。母親の顔を見ると、笑顔が不自然に引きつっていた。

「まだあるだろ」父親は叱らずに言った。

タクヤはそれをソーダのことだと思った。あとになって、そうではないとわかった。ソーダの中に入っていたもの。すぐにまた新しいソーダが用意され、タクヤとユウヤはゲームで盛りあがりながら、なにも知らずにそれを飲んだ。

「あの夜、両親は俺たちのソーダに薬を……」ユウヤは目を伏せた。

睡眠薬は子供の体によく効いた。気がつくと、父親と母親の姿はなく、制服を着た知らない人たちが家にいた。兄弟はわけのわからないうちにこの部屋に運ばれてきた。そのまま二度と両親と会えなくなるとも知らずに。

それ以来、弟はもうソーダは飲まない。

「捨てられた、か」タクヤは言った。「なにか理由があったんだろ」

「——どうかな」

いくら考えても子供を捨てるほどの理由など思いつかなかった。夫婦仲も悪くなかったはずだ。だけど、子供だからわからなかったのかもしれない。もし自分たちが疎《うと》まれていたのなら、子供こそそういうことには敏感だ。

「よっぽどの理由がなかったら、あんなにかわいかったおまえを見捨てねえだろ」

タクヤは手を伸ばして弟の頭をガシガシなでた。クセ毛の髪は弾力があって、トイプードルでもなでているようだ。やめろよ、と弟がうっとうしそうにその手を振り払う。

「そうじゃなかったら、なんだと思う」タクヤはソファに座りながら言った。「俺たちを捨ててどっかに逃げたってことか?」

「そうは言ってない」

「どうしようもない理由があったんだ。俺は、それを知りたい」

「理由ね――」ユウヤは問うように両親の写真を振り向いた。

職業は両親とも公務員、外務省に勤めていたようだ。保安隊の情報部による調査をもってしても、突然いなくなった理由は調べがつかなかった。

「オヤジとオフクロがいなくなって、俺たちは保安隊の施設に入った。で、ずっと世の中には『あんなもん』はないって教えられてきたよな」

スーパーナチュラルの徹底した否定。おかげで社会的にまともな認識が確立され、あやふやな概念に踊らされている人間が悲しいものに見えていた。そんな自分たちを誇らしいと思っていたはずだ。つい昨日までは。

「だけどさ、昨夜、俺の身に起こったことって……」

「ああ、ややこしいことになったたな」

あやふやな現象ではない。気のせいでもない。しかし、それを目撃したのは弟だけだ。

「兄貴、気をつけろよ」

「なにを？」

「よけいなこと口走って逮捕されないようにさ。本部長に知られたら、どんな処分を受けるかわからないぞ」

ユウヤはそう言いながらさりげなく写真立てに手を伸ばした。珍しい。タクヤは弟が指でなぞるように両親の写真に触れるのを見た。

と、その体がいきなりのけぞった。わなないたユウヤの手から写真立てが落ち、床に転がる。

「どうした？」タクヤは立ちあがった。

様子が変だ。ユウヤはまるで両親の写真に感電したように、目を大きく見開いて頭に手を当てている。

「ユウヤ」タクヤは呼んだ。「おーい」

聞こえていない。さすがに心配になったタクヤは、そばに行ってどこかの世界にぶっ飛んでいる弟の肩に触れた。

そのとたん、ユウヤは現実につながったように我に返った。アル中みたいに眼球をウロウロさせている。

「……なんだ？　今、変な――」

「変なのはおまえだ。大丈夫か」

「……白い……白い、泡が」

　タクヤはぞくりとした。電磁パルスで脳がショートして茹《ゆ》だってしまったのか。こんな異様な弟は見たことがない。ユウヤは苦しそうにあえぎながら、やっと兄の顔に焦点を合わせた。

「白い泡の向こうに……男たちが視《み》えた。ふたりの男が」

11

　ダイナーには思いがけない興奮と緊張が渦巻いていた。直人はトシヒコと呼ばれた金髪のミュージシャンがミラクル・ミックに近づいていくのを見た。彼は無礼にもいきなりミックの後ろから肩に手をかけ、ぐっと顔をのぞき込んだ。

「やっぱりそうだ。あんたミラクル・ミックだろ？」

　嬉しそうなトシヒコの声が店内に響き渡る。カウンターの中からウェイトレスがちらりと振り向いた。向かいに座った赤いメッシュを入れたロングヘアの女は、カップのドリンクを飲みながらおもしろそうにこのハプニングを見守っている。

「や、人ちがいだ」ミックはあわてて顔を手で隠しながらうつむいた。「あっち行ってくれ」

「嘘だ、ミックだよ」トシヒコが顔を輝かせて仲間たちを振り向いた。「絶対そうだ」

キヨとアヤノがおもしろそうにそわそわとミックの周りに集まっていく。サングラスをかけたトオルはうんざりした様子で、仕方なさそうに最後に立ちあがった。

「おい、トシヒコ、おまえなにやってんだよ」

「ミックさん」トシヒコはサポーターを巻いた右手を差し出した。「俺の手、直してくれないかな？」

ミックの眉が跳ねあがる。彼はあわててずれたメガネを直した。明らかに迷惑顔だが、トシヒコはかまわず強引に詰め寄っていく。

「バイクでコケちゃってさ、それから指が動かないんだよ。俺、またギター弾けるようにならないと。こんなの簡単に治せるだろ？　な、頼むよ」

直也は眉を寄せ、心配そうにミックたちの様子を見守っている。とてもミックにそんな能力があるとは思えなかった。

エネルギーを与えられると、体は動く。ヒーリング能力とは、体内のネガティブなエネルギーを吸いとったり、強い生命エネルギーを送ってその人が本来持っている自己治癒能力を活性化させるものだ。直人にはできないが、弟は病気で死にかけた犬のハリィを治したことがあった。そのときも意識的に力で治そうとしたわけではなく、リーディング能力と同じように触れただけで、水が上から下に流れるようにエネルギーが注《そそ》ぎ込《こ》まれたのだ。そんなことをするにはヒーラー本人に濁《にご》りがなく、さらに相手に対する慈愛がなければ不可能だ。もしネガティブなヒーラーがエネルギーを送ったら、治すどころか病気にさせてしまう。見たところ、ミラクル・ミックはエネルギーが弱いばかりか、自分のことしか考えていない人間のようだ。

「このバカ、行くぞ」トオルがトシヒコの服を引っ張った。

「放してくれよ」トシヒコはうっとうしそうにその手を払いのけた。「なあ、ミックさん、お願いだ」

そんなことも知らず、トシヒコはミックに懇願《こんがん》している。超能力に憧れているキヨとアヤノは期待まじりの表情で見守っていた。

「か、かんちがいしてるようだけど、僕はその、ミラクル・ミックとかいう人じゃないんだ」

ミックが助けを求めるように向かい側に座った赤いメッシュの女を見た。カップを口から離した女は冷たく微笑んだ。

「あら、治してあげたらどうです？　ミラクル・ミックさん」

「おまえ――」ミックは顔色を変えた。

「うおっ、やった」トシヒコが宝クジでも当たったように左手でガッツポーズをした。

正体はあっさり暴露された。だが、指名手配犯を警察に通報しようとする模範的市民はここにはいない。

「おい、だまされるなって」トオルが躍起になった。

「でも、タダじゃダメ」女はさらりと言った。

トシヒコが顔に氷水をかけられたようにエッと動きを止める。ヒーリングに金を払うという発想はまったくなかったようだ。トオルはそらみろという顔になった。

「だから言っただろ、やっぱり金目当てのイカサマ師だ」

こんなものだな、と直人は冷静に成り行きを見守っていた。医者に治療費を払わないことはないのに、ヒーラーは金を取ろうとしたとたんにそれが目的だと思われる。エネルギーは無料でいくらでも湧いてくると思われているのだ。そして実際、ミックはイカサマで今までたっぷり儲《もう》けてきたのだろう。

「兄さん……」

弟がこちらを向いた。そのつぶらな瞳は『やめさせてくれ』と訴えている。

「放っておくしかない」

「でも、あのミックって人に治すなんて、無理だよ」

「関《かか》わるな。俺たちにはなにもできない」

トシヒコはあわてでジーンズのポケットを探っている。イカサマを信じるのも、だまされて金を払うのも本人の自由だ。

「か、金なら払うよ」トシヒコはお札をつかみ出した。

「オレも、カンパする」キヨも急いでジャケットを探った。

「あたしも」

寄せ集められた三人の有り金がテーブルに舞い落ち、小銭が軽い音を立てた。

「なにこれ、たったこれだけ？」女が呆れた声をあげた。「まあ、でも、この雰囲気じゃいやとは言えませんねえ、ミックさん」

直人は怪訝に思った。女はいかにもおもしろそうにミックを追い詰めている。ミックの力を信じているのか、それともこんなところでトリックを使うのか。

「わ、わかったよ」ミックがついに折れ、しぶしぶうなずいた。「見せてごらん」

おおっ、とトシヒコとキヨが目を輝かせる。トシヒコはいそいそと右手を差し出してひざまずいた。

ミックはおもむろに自分の両手を出した。もっともらしい顔つきで、トシヒコの手に触れるか触れないかぐらいの距離に近づける。こんな詐欺はやり慣れているのか、その様子は医師か整体師のようだ。少なくともイカサマ師になる資質だけはあったらしい。

「だけど……最初に言っておくけど、うまく行くとは限らない」ミックは言った。「こういうのは、治る人と治らない人がいて――」

「おいおい、最初から言い訳かよ」トオルが突っ込む。

「いいよ、やってくれ」トシヒコは真剣な顔で言った。「頼むよ」

ミックは観念した様子でその手に視線を集中させた。そして、あたかも気を入れるようにオーバーアクションで両手をかざす。

「ハアーッ」ミックは奇声をあげた。

バカらしい。直人は思わずため息をついた。直也も唖然としてこのチープなデモンストレーションを見守っている。声ばかりやたら大きく、ミックの手からはホタルの光ほどの気も出ていなかった。

「さあ、きみたちも治るように集中しなさい」女が声をかけた。「疑っちゃだめ。祈るのよ」

トシヒコとキヨ、アヤノが律儀に目を閉じて集中する。トオルは目を開けたまま腕組みをし、疑わしそうにミックを観察していた。これで本当に手が治ったら、それこそ奇跡だ。

「ハアーッ」ミックが汗ばんだ顔で力を込めた。

そのとき、ふっと空気が揺れた。直也が身じろぎし、直人は全身の肌が粟立《あわだ》つのを感じた。今、どこかからたしかにエネルギーが放たれた。

いったい誰が。

全員がなにかを感じたように沈黙している。店内にはピアノの店舗用BGMだけが聞こえていた。やがて、ミックが自信なさそうに手を下ろす。

「う……」トシヒコはそっと指を動かした。「う、動く、動くよっ」

なんだと。直人は眉をひそめて弟を見た。直也も驚いてあたりを見回している。

ここには誰か能力者がいる。それが誰であろうと、ミックではない。

「すげえよ、ミックさんの力は本物だっ」トシヒコは泣きそうになった。「ほんとに、なんて言ったらいいか……」

「や、いいんだ」ミックは謙虚に言った。「よかったね」

弟は赤いメッシュの女をじっと見ている。女はさっさと金をバッグにしまい込むと、薄く笑いながらカップに口をつけた。微笑みの仮面。直人は毒針を隠している蝶々《ちょうちょう》でも見ているような気がした。まさか、あの女が……？

「やっぱり本物だったんだ、あはは、これでギターが弾けるぞ」

トシヒコは感激の声をあげ、動くようになった右手でテーブルの上のコップをつかもうとした。

「やめておきなさい」女がすばやく制止した。「治った手は一日は使っちゃダメ。そうしないと元に戻るわよ」

「えっ」トシヒコは手を引っ込め、大事そうになでた。「は、はい、わかりました」トオル以外の三人はまるで神を見るようなまなざしをミックに向けている。アヤノがそっと手を合わせた。こうやってミックは多くの信者を獲得してきたのだ。

「頼むっ」

そのとき、後ろに一歩引いて見ていたトオルがいきなり進み出て、ミックのテーブルに両手をついた。

「なに？」女が眉をひそめた。

「オレも治してくれっ」

トシヒコが仲間たちと顔を見合わせる。手のひら返しかよ、というように。トオルはいきなり自分のサングラスを外した。その右目は半開きで、黒目がない。

「オレは、生まれつき右目が見えないんだよ。ほら、眼球の異常で、手術はできないって医者にサジを投げられた。これも治せるんだよな？」

「いちばん疑ってたくせに」女の微笑みがサディスティックになる。

「悪かった。信じるよ、金だって払う」

トオルは急いでポケットから財布を出すと、一万円札を何枚も重ね始めた。

「あ、それ、スタジオ代じゃ――」キヨが声をあげた。

「うるさい」トオルはかまわず財布を空っぽにした。「十万ある。足りなかったらあとで払う。だから治してくれ」

「十万か」女はミックを見た。「ふーん、どうする?」

ミックはどうするか迷うように黙っている。金のためにやるとは思われたくないのか、焦らしているのか、それとも自信がないのか。

「頼むっ」トオルは床に膝をついて土下座し、リノリウムの床に額をつけた。「このとおりだっ」

死に物狂いのその姿に仲間たちが息をのむ。今までの世界観が崩壊したトオル。信じられない力を目の前で見せられた彼は、もし目が治ったら文字どおり目からウロコが落ち、一生ミックについていこうとしてもおかしくない。こうして狂信者は完成するのだ。そして、そんな連中が命を張って保安隊と戦い、捕まってしまった。

直人はミックがおもむろにうなずくのを見た。また新たな犠牲者が生まれるかもしれない。

12

緊急出動命令が出たのは、黒木ユウヤが生まれて初めて奇妙なヴィジョンを視てから五分後だった。ミラクル・ミックが都内のダイナーで目撃されたという情報が入ったのだが、それを聞いてもまったく意外には思わなかった。

正直、間近に見たミックはそれほど優秀な人間とは思えない。小心者で怖がりのくせに、罠《わな》に気づかずのこのこ引っかかるタイプ。今までどうして捕まらなかったのか不思議なくらいだ。おそらく優秀な参謀がいるのだろう。そいつはアジト突入のときにどこにいたのか。装甲車に乗り込むユウヤの脳はクリアで、読み込みが早くなったコンピューターのように今まで気づかなかったことが気になった。

車内には戦闘スーツを着たアルファチーム、タクヤ、ユウヤ、曽根崎、玲佳らが横並びに座っている。その向かい側にむすっと腕組みをして座っているのは、本田本部長だ。今度こそ失敗は許されないと自ら乗り込んできた。装甲車は全部で三台、隊員十五名、全員がミックを仕留める気迫に満ちている。

「本部長」タクヤが言った。

アルコールに強い体質で、その声にも顔にも酒の影響はない。

「なんだ、黒木タクヤ」本田が顔を向けた。

「本部長は昨夜、概念が破られる夜、とおっしゃいました。それは、自分たちにも当てはまるのでしょうか？」

曽根崎と玲佳が身じろぎする。なぞなぞの答えを知りたがる子供のように全員が耳をすませた。

「時がくればわかる」本田は答えにならない答えを返してきた。

もどかしい。ユウヤはちらりと兄と視線を交《か》わした。昨夜の突撃において、タクヤは突発的に説明のつかない力を使った。そして、さっきユウヤは写真に触れたときに変なヴィジョンが視えた。どちらも今までにはなかった体験であり、ふたりの概念では理解できない現象だ。本田が概念が破られると言ったのは、ただの偶然なのだろうか。

『目的地に到着します』ナビゲーターの声が響いた。

ダイナーのオレンジ色の灯りが見えてくる。あんなところでミックがのうのうと腹ごしらえをしていたとは、ユウヤにはバカとしか思えない。装甲車はスピードを落として建物の裏手に回り、次々と停車した。

「店内の映像を送ってくれ」本田が保安本部のオペレーションルームに指示を飛ばした。

『了解』吉本オペレーターの声がする。『店内カメラに切り替える』

戦闘スーツを着ていない本田は、腕に装着したモニターに目を落とした。ユウヤはその口元がニヤリとするのを見た。

「ほう」本田は満足げに言った。「ミックの姿を確認」

モニターからはまだ顔認証スキャンの音が響いている。と、吉本の興奮した声が聞こえた。

『本部長、もうひとりいるっ』

「棚からぼた餅《もち》か」本田は隊員たちを見回した。「ミックの他に大物がもうひとり、指名手配中の国家反逆者を確認したようだ」

「もうひとり？」曽根崎が剃り込んだ眉をあげた。

「ラッキーじゃない」玲佳が肩をすくめる。

すぐに隊員たちのヘルメットのバイザー内モニターにも映像が転送されてくる。ユウヤは目の前の画面で店内の人物たちを確認した。

ミックは顔に変なメガネをかけているが、他に変装らしい変装もしていない。せめてあのローズピンクのスーツを脱ぐとかマスクをするとかできなかったものか。向かい側には髪に赤いメッシュの入った怪しいムードの女が座っている。ふたりの周りを客らしい若者たちが取り囲んでいたが、敵対している様子ではなかった。

きっとこの赤いメッシュの女が反逆者だ、とユウヤは推察した。いかにも攻撃的な雰囲気を醸し出している。

『ターゲット情報を送る』吉本の声がした。

ピピッ、電子音とともに、ターゲットが拡大される。ユウヤは驚いてその顔写真を見た。

「この女――？」タクヤも声をあげた。

とても国家反逆者には見えない、かわいらしい若い女だ。カウンターの中で白いエプロンをつけ、コーヒーカップをトレイに並べている。占い行為でだまされやすいやつから搾取でもしたのだろうか。

「この女を逃がすな」本田は指示を飛ばした。「標的はミックとこの女――秋山唯《あきやまゆい》だ」

13

まずいことになってきた。ウェイトレスの秋山唯はコーヒーを淹《い》れるフリをしながら、神妙な顔でトオルの目に手をかざしているミラクル・ミックの様子をうかがっていた。恥ずかしい。あれは誰が見てもニセモノだ。そう思っていたら、驚いたことにトシヒコという男は手が治ってしまった。

いったいなぜ。あのとき、店内に一瞬、特殊なエネルギーが走った。唯は緊張に冷や汗をかきながら客たちの気配を探った。

わたしの他にも能力者がいる。

唯は窓ぎわに座っているふたりの男にそっと目をやった。黒いコートでメガネをかけた目つきの鋭い男と、ペパーミントグリーンのジャケットを着たかわいい雰囲気の男。さっき『兄さん』と呼んでいたから兄弟だろう。ふたりともオシャレでイケてるが、存在自体がなんとなく浮いている。

気になる。あのふたりのどちらかが超能力を使ったのか。

「ハアアッ」ミックが大げさな奇声をあげた。

明らかにミックの手から出てるのは体温だけだ。しかし、仲間たちはぎこちなく手を合わせてトオルの目が治るように祈っている。バカらしくて見てられない、そう思ったとき、またフッと強い気が走った。唯の手がぶれてコーヒーの粉がこぼれる。

今度こそ気のせいではない。

「あ……」トオルがなにかを感じたように声をあげた。

ミックがゆっくりと彼の右目から手を離していく。一同は息をのんでトオルを見守った。

「おお……その目……」キヨが声をあげた。「開いてる」

「……見える、見えるぞ」トオルが叫んだ。「見えるようになったっ」

誰？　唯はあたりの気配を探った。誰かが超能力を放ったが、絶対にミックではない。

「ミックさん、あんたすげえよっ」トシヒコが興奮してミックを見つめる。

「すごい、すごいね」アヤノも目をうるうるさせている。

「ありがとう、ありがとうミックさん」トオルは泣きながら何度も頭を下げた。

一生の恩人。身体を治してもらったふたりのミックを見るまなざしは、カルト宗教の信者の目だ。

「これであなたたちにもミックさんの力をわかってもらえたわね」ミックの連れの女が不敵に微笑んだ。

よくわからない女、と唯は思った。全身が仮面みたいで中が読めない。能力者というよりも支配が大好きな女に見える。

「ああ、信じる」トオルは忠誠を誓うようにひざまずいた。「信じるよ、ミックさん」

ミックはちっともうれしそうではない。賛辞を受けて顔を伏せたその態度も、謙虚というよりは自虐的に見える。本人が治したのではないのだから当然だ。唯にはなにかフィルターのかかった映画でも観せられているような違和感があった。

本当に治ったのか……？

「奇跡を体験したあなたたちは、このときからミックの力を守る戦士になるのよ」女は感動を盛りあげるように言った。「ミックを守りなさい」

若者たちはその言葉に力強くうなずく。力のあるものを神と崇め、献身する人々。その構図は昔から変わらない。変わったのは、そんな力を全否定する社会になったこと。ここで行われている奇跡は、国家反逆罪に値する犯罪だということだ。

わたしが害虫のように追われているように。

「……兄さん」直也は懇願するように言った。「このままじゃいけないよ――」

※

いい若者たちが目の前で世間知らずの子供のようにだまされ、あっさり金を巻きあげられている。本当に体が治ったならば治療費と言えるだろう。ヒーリングという力はたしかに存在するのだから。だが、この場合はそうではない。

直人はちらりと弟を見ると、ため息をついて重い腰をあげた。目の前のイカサマを見過ごせば、それに加担することに等しい。他の能力者に対する介入など、兄がもっともやりたくないことだろう。しかし、それ以上に兄がやりたくないのは、弟の頼みを断ることだ。

直也は兄が無言のままミックたちの方に歩いていくのを見守った。ミックには目もくれず、連れの赤いメッシュの女の前で立ち止まる。

「おい」直人は声をかけた。

トオルが振り向いて怪訝な顔をする。やっぱりそうだ、と直也は確認した。その右目はまだ半開きで白目のままだ。それなのに、本人は見えるようになったと信じ、仲間たちにも彼の目が開いたように見えている。

「なに？」女が微笑みを浮かべたまま直人を見た。「あなたもどこか治してほしいの？」

「バカな真似《まね》はやめろ」直人は低い声で言った。「こいつらになにをした？」

女の微笑みが消えた。天敵に出くわしたキツネのように目が吊《つ》りあがる。全員が直人を注視した。

「なによ、失礼な人ね」女が目を細めて言った。

「な、なんだよあんた」トオルが威嚇する。

「おまえたち」直人は若者たちを見回した。「おまえたちはだまされている」

「だますって、どうやってだよ？」トオルが言った。「なんのトリックも使ってないじゃないか。オレの目は見えてるぞっ」

「それはな——」

直人が核心に迫る言葉を吐こうとした、そのときだった。突然、店内が真っ白に染まった。光。目もくらむような閃光が全員を刺す。

「うわあっ」若者たちは叫び声をあげて顔を覆った。

なにが起きたのかわからない。窓ぎわにいた直也は、とっさに腕で顔を守りながらしゃがみ込んだ。強烈な光は店の外から差し込んでいる。次の瞬間、入り口から黒っぽい戦闘スーツを着た一団がドアを蹴破《けやぶ》ってなだれ込んできた。

赤みがかったバイザーのついたヘルメット、戦闘スーツで一部の隙《すき》もなく包んだボディ。全員が手に手に銃を持っている。国家保安隊の強行突入だ。

「直也っ」兄が急いで這《は》い寄ってきた。

直也は兄とともにソファの陰に身を伏せた。保安隊はふたりの顔の横を駆け抜け、ミックの方へと一直線に走っていく。

「全員動くなっ」ひとりの保安隊員がガラガラ声で叫んだ。「ミラクル・ミックを確保するっ」

サーチライトの強い光に捕らえられたミックは金縛りにあったように止まっている。そのとき、赤いメッシュの女が颯爽《さっそう》と立ちあがり、ジャンヌダルクのように叫んだ。

「あなたたち、今こそミックを守るときよ。戦いなさいっ」

オオーッ。洗脳された四人のニワカ信者たちが雄たけびをあげ、武装した保安隊に素手で飛びかかっていく。戦車を拳で叩くような無謀な行為。たちまちトオルが銃底で顔面を殴られて吹っ飛んだ。

「ウワァァッ」トオルは血を噴きあげながら床に転がった。

相手になるわけがない。にもかかわらず、キヨとトシヒコはまだゲンコツを振りあげて隊員に殴りかかっていく。彼らにとっては腕力の問題ではない。これは困っている人を助けてくれる聖人、ミラクル・ミックを守る正義の戦いなのだ。

「なんだぁ?」隊員はあっさりとふたりの若者をなぎ倒しながらわめいた。「てめえら抵抗してんじゃねえぞ、おらっ」

たちまちキヨとトシヒコも床に転がされ、アヤノがおののきながら後ずさっていく。その間に他の隊員たちはミックと連れの女を半円形に包囲していた。マシンガン、ハンドガン、種々の銃が音を立ててふたりに向けられる。

「目標を確保っ」隊員が叫んだ。

ミックと女はもはや抵抗をあきらめ、おとなしく両手をあげた。ミックはおどおどと背中を丸めて震えている。女は超然と顔をあげ、このスリルを楽しむように微笑んでいた。

直也は怪訝に思った。保安隊に捕獲されてなぜあんなに余裕のある態度なのだろう。彼女こそ能力者なのに。

「店内の人間は全員確保だ」隊員の指示が飛んだ。「抵抗する者には容赦するなっ」

まずい――直也は兄と顔を見合わせた。このままでは自分たちも保安隊に捕まってしまう。下手をしたら収容所行きだ。

そのとき、別のどこかで恐怖の感情が膨《ふく》れあがった。誰かの生存本能の警告が聞こえる。

逃げろ、逃げろ、早く逃げろ――。

直也が振り向くと、カウンターの下からウェイトレスが青い顔で這い出てくるのが見えた。十メートルほど離れたところに従業員通用口がある。あそこから脱出しようとしているのだ。

直也は兄と目を合わせてうなずいた。逃げるなら、今しかない。兄弟はいっせいにソファの陰から走り出た。

「こらっ」女隊員の鋭い声が響いた。「そこのふたり、止まりなさいっ」

兄が先、直也は遅れないように必死にダッシュする。急げ、もうすぐドアにたどり着く。直人がたしかめるように弟を振り向いた。

パン。その瞬間、発砲音が響いた。

「わっ」直也はとっさに目をつぶって腕で顔を覆った。

飛び散る破片。目を開くと、顔のすぐ横の壁に穴が開いている。実弾。女の隊員が自分に向かって発砲したのだ。あと十センチで命中していた。

「直也っ」

直人の髪がぞわりと逆立った。弟が死ぬところだった。このままでは弟が殺される。直也は兄の怒りが一瞬にして沸点を超えたのを悟った。

「兄さんっ」直也は叫んだ。

「うおぉぉっ」

止める間もなく、力は爆風のように兄の体を突き破っていた。

※

「キャアアッ」玲佳がけたたましい悲鳴をあげた。

タクヤは目の前で見た。玲佳の体が巨大な手で突き飛ばされたように後ろに吹っ飛ぶのを。得体の知れない風圧。激しく壁に叩きつけられる戦闘スーツの体。ぶら下がっていたポスターフレームのガラスが飛び散り、ウォールライトが破裂する。玲佳のしなやかな体は空気の足りないボールみたいにバウンドし、ずるずると床に落ちた。

隊員たちはなにが起きたのかわからず呆然と立ちすくんでいる。覚えがあるのはタクヤとユウヤだけだ。これは、昨夜タクヤが弟を助けるために信者を倒したのと同じ力。いや、もっと強い。タクヤはおののきながら、鋭い目つきで息を荒らげている黒いコートのメガネ男を見た。

あの男がやったのか……?

「あ……あのふたりだ」隣でユウヤが唖然として言った。

「なに?」

「さっき視えた、白い泡の向こうにいた男たち」

タクヤは耳を疑った。いったいなぜ、ユウヤにこれから会う人間が視えたのか。さっき、小柄《こがら》なほうが黒いコートの男を兄さんと呼んでいた。こいつらも兄弟だ。

そのとき、目の隅でなにかが動いた。イスの陰に潜んでいたウェイトレスが怯えたネズミのように身をかがめて走り出す。この隙をついて逃げようとしているのだ。タクヤはその巻き髪と恐怖に引きつった横顔を見た。

国家反逆者、秋山唯だ。

「秋山唯っ、止まれーっ」曽根崎が息を吹き返し、すかさずマシンガンを撃った。威嚇射撃。だが、もし当たって死んでもかまわない。曽根崎にとっては害虫を一匹駆除するのと同じだ。

「ぎゃっ」

唯がのけぞり、尻《しり》もちをつく。殺《や》ってしまったか。だが、唯は痛そうに顔をしかめて右手で左腕をつかむ。致命傷ではない。これで保安隊が確保できるはずだ。

と、そのとき、玲佳に撃たれかけた弟が唯に駆け寄った。あいつは死にたいのか。

「い、いっしょに――」弟は危険をかえりみず唯を助け起こそうとした。

「待てっ」曽根崎がまたすかさずマシンガンをぶっ放す。

ダダダダ。唯と弟の周りに次々と着弾する。黒いコートの男が憤怒《ふんぬ》の表情で彼らを背にして立ちはだかった。

『優先すべきは目標の確保だ』本田の声がスピーカーから響いた。『それ以外の妨害や抵抗する者は、射殺してかまわんっ』

過酷な指令。保安隊も追い詰められている。ここで国家反逆者に逃げられるわけにはいかないのだ。さらに、あの黒いコートの男も怪しい力を使う者ならここから逃してはならない。タクヤもユウヤもすばやく兄弟に銃を向けた。うめきながら立ちあがってきた玲佳もそれに加わる。

「了解っ」曽根崎が張り切って腰だめで発砲した。

もう威嚇射撃ではない。タクヤもユウヤも、玲佳も命令に従って撃った。黒いコートの男を狙って。男が他になにもできないように両腕で顔を覆う。

集中砲火——これでおしまいだ。

だが、男はそのまま立っている。弟と唯も抱き合うようにしてこちらを見ていた。タクヤは驚いて銃撃をやめた。

弾が宙に浮いている。何十という銃弾が、まるで見えない壁にプツプツと突き刺さっているように。男のクロスした腕の隙間《すきま》から怒りに燃える目がこちらを向いている。

「お……あ……」曽根崎の言葉にならないうめきが聞こえた。

自分の目で見ているものが信じられない。なにが起こっているかわからない。脳が解析不能に陥っている間に、男はだらんと腕を下ろした。その怒りを味わわせるような間。そして、さっと右手を振りあげた。

タクヤはその手が横になぎ払われるのを見た。そのとたん、爆風とともに宙に浮いていた銃弾がこちらに飛んできた。それを放った者に返すように。

「うわあっ」ユウヤが叫んだ。

衝撃波。曽根崎と玲佳は銃弾を防弾機能のある戦闘スーツに受けて吹き飛ばされていく。タクヤはとっさにユウヤをかばって抱きかかえた。

その瞬間、体内から正体不明の力が噴き出した。覚えのある感触。ふたりの前で銃弾がポタポタと落ちるのが見える。まるで目に見えない防弾バリアに弾かれたように。

バリバリバリ——ダイナーの店内にあった食器や家具は竜巻にあったように飛び、窓ガラスが砕《くだ》け散《ち》った。破片が飛び散って装甲車のサーチライトを割る。まばゆいライトが消え、視界は一瞬、真っ暗になった。やがて目が慣れてくると、めちゃめちゃに破壊された店内が浮かびあがってくる。あちらこちらにうめきながらへたり込んでいる隊員たち。腰を抜かしたミックらと若者たち。

その混乱の中で無傷で立っているのは、タクヤとユウヤだけだ。

『今のは——誰がやったんだ』本田の驚愕の声が耳に響く。『あいつは何者だ……?』

トリックなんかではない。どう見てもあの男は能力者だ。しかも、最強の。

タクヤがやっと我に返ったときには、ユウヤは口を半開きにしてあたりを見回し、謎の兄弟と秋山唯はとっくに姿を消していた。

14

『先ほど、指名手配中であった自称・超能力者のミラクル・ミック容疑者が国家保安隊によって逮捕されました。現場であるダイナーの店内には信者と思われる若者が数人おり、「ミックの奇跡を体験した」などと意味不明な供述を繰り返しています……』

窓ガラスがすっかり割れて風通しのよくなったダイナーの映像をバックに、女性アナウンサーがニュース速報を伝えている。装甲車の中、本田本部長は難しい顔で腕組みをし、放送前の映像をチェックしていた。画面が切り替わり、手錠をかけられて連行されていくミラクル・ミックと、両側から隊員に抱えられたふたりの若者が映る。

『ほんとなんだよっ、ミックさんが俺の右手を治してくれたんだ、見てくれよ、ほらっ』

金髪の男は右手でポケットからスマートフォンを取り出そうとした。だが、スマホはたちまち音を立てて地面に落ちてしまった。

『動かないじゃないか』隊員はスマホを拾って速やかに没収した。『さっさと歩け』

『そんな――嘘じゃない、本当に動いたんだ。なんで、なんでだよぉ』

その後ろから引っ立てられてくる別の若者はショックを受けた顔であたりを見回している。

『おかしいよ、目がちゃんと見えるようになったはずなのに、ミックのおかげで――ほんとなんだよ』

『……当局では精神鑑定も視野に入れ、慎重に捜査を進める方針です』

アナウンサーの声がかぶり、連行されてくるミラクル・ミックが映る。顔にへばりついた髪、よれよれのスーツ、今度こそしっかり手錠をかけられている。

『容疑者はこれまでありもしない超常現象を吹聴し、さまざまな犯罪行為を働いていましたが、今回の逮捕によって容疑者が代表を務める危険思想団体〈パワーオブソース〉は事実上壊滅することになりました』

ビッと音をたてて映像が止まる。見終わった本田は、腕組みをほどいて満足げにうなずいた。

「いいだろう。これをニュースで流せ」

装甲車の中にようやくほっとした空気が流れた。兄の隣に並んだユウヤは、やっとミッションを遂行できた本田を見あげた。向かい側には疲れ切った顔の曽根崎と、まだ痛む頭に手を当てている玲佳。保安隊員たちはユウヤとタクヤをのぞいてほぼ全員がダメージを負っていた。

あの、謎めいた黒いコートのメガネ男の衝撃波によって。だが、そんな不穏なシーンはニュースにはワンカットも使われていない。

「今後、目撃者がなにをほざいても、幻覚だと思われるだけだ」本田は隊員たちに向き直った。「ニュースがすべて真実になっていく」

「本部長」曽根崎が重たそうに手をあげた。「昨夜おっしゃっていたことは、このことなんでしょうか」

ひとつの概念が破られる夜――ユウヤは心の中でつぶやいた。今夜はまちがいなく全員の概念が破られた。

「おまえたちが見たとおりだ。この日が、ついにやってきた。能力者がおまえたちの前に現れたんだ」本田はみんなを見回した。「彼らの持つ力は、破壊につながる。物質の破壊だけではなく、この社会の破壊にまでつながる危険なものだ。身をもって味わっただろう」

ユウヤはちらりと兄をうかがった。無表情。それなら兄貴がさっき使った防御の力はどう見なされるのか。

「し、しかし本部長」曽根崎が声をあげた。「能力者など存在しない。我々はそう教えられてきました。それなのに……」

「バカモノ」本田は声を張りあげた。「特級機密事項だ。おまえたちが見えぬものに囚《とら》われないよう、我々上層部が情報を制限していたに過ぎない」

「そんな――」玲佳がつぶやいた。

「しかし、その存在を目撃した今、もう機密は不要である。これからは、おまえたちは能力者と戦い、駆逐しなければならない」

本田の視線がタクヤの上で止まる。ユウヤは兄がかすかに動揺するのを感じた。まさか、兄貴まで駆逐する気じゃないだろうな。もしそんなことをする気なら保安隊なんか脱走してやる。

「だが」本田はおもむろに言った。「すべての能力者が駆逐対象であるというわけではない」

「――え?」ユウヤは思わず声を出した。

「我々の目的に寄り添う能力者は例外である」

どういう意味だ。規律正しく社会の模範である保安隊が能力者を擁護《ようご》することなどあり得るのか?

そのとき、装甲車の後部ハッチが開き、ひとりの女が悠然と乗り込んできた。ユウヤははっとして銃に手をやった。タクヤ、曽根崎、玲佳も弾かれたように銃を抜く。

赤いメッシュの髪の冷たい美女。ミックの連れだった女だ。いっしょに逮捕されたはずなのに、なぜこんなところに堂々と乗り込んできたのか、女は銃を向けられてもまったく動じず、そのままスタスタと本田の前にきて嫣然《えんぜん》と微笑んだ。そして、次の瞬間、彼女の体から無数の鋭い刃が飛び出した。

シャキーン、シャキーン。金属の擦れる音とともに刃が全員の体を貫《つらぬ》く。視界を染める真っ赤な血しぶき。ユウヤは首と腹を刺され、タクヤは心臓を貫かれて吐血している。だが、体中、銃を持つ手も一ミリも動かない。

「グエ……ッ」

曽根崎は口から脳を串刺《くしざ》しにされて痙攣《けいれん》している。玲佳は肩から胸までをすっぱりと切られて身悶《みもだ》えていた。それよりも、驚いたのは本田だ。目から頭をぐっさりと刃に貫かれているにもかかわらず、平然とした顔で部下たちの様子をおもしろそうに観察している。

おかしい。ユウヤは違和感を感じ、ぎゅっと目をつむった。目の前の光景をシャットアウトするように。とたんにむせ返るような血の臭いと、体中を支配していた痛みが消える。

目を開けたユウヤは自分の体をまさぐった。刃は完全に消えている。首も腹も傷ひとつなく、血の一滴も出ていない。タクヤたちもあわてて自分の体を触り、自分が生きていることを確認している。本田と女の表情はサプライズに大成功した仕掛け人のものだ。

「紹介しよう」本田はおもむろに口を開いた。「彼女は小林君枝《こばやしきみえ》。アルファチームの大先輩だ。そして、マインドコントロール能力者でもある。これまで氷雨イリヤとして二年間ミックの教団に潜伏していた」

「やっと会えたわ、よろしく」君枝はみんなを見回して微笑んだ。「ちょっと怖がらせすぎちゃったかしら。あのミックを信じた若者たちには、治った体を頭の中で見せてあげただけ。簡単よ」

全然簡単じゃない——ユウヤは恐れおののいた。こんなマインドコントロールが現実に存在するとは。脳を完全に支配されてリアルな幻影を見せられ、指一本動かせなかった。

「ミックを大きく育てて、潰《つぶ》すのがわたしの任務だったの」君枝は言った。「超常現象は嘘だっていうプロパガンダのためにね。ニセモノ教祖を派手に潰すことで、大きなニュースに仕立ててあげた。アジト突入でミックに逃げられたのは想定外だったけど、今度こそうまく誘導して逮捕できた。ようやく終わったわね」

本田以外の全員が絶句している。脳を揺さぶるショックは三つあった。超能力がこの世に実在したこと。長期にわたるミック捕獲作戦を誰も知らされていなかったこと。そして、これほどの強力な能力者が保安隊の仲間だったこと。もし、これが敵だったら太刀打ちなどできない。

「わたしはこの日を待っていたんだ。概念が破られる日を」本田は言った。「おまえたちはアルファチームに選ばれた。なぜだと思う？　それは能力者になる才能を持っているからだ。おまえたちはこれから、能力者として覚醒することになる」

「覚醒……？」タクヤが言った。

「黒木タクヤ、おまえはもう始まっている」

そして、さらなるショック。ユウヤは初めて知る事実に驚愕していた。全員が覚醒とは？　ここは魔法使いの魔法学校だったのか？

「他の者たちも精神エネルギーの力をその目で見て、味わった。今こそおののの概念を破るときだ——覚醒せよ」

まるで教祖の洗脳だ。つまり、このアルファチームは能力者の卵たちだったということになる。タクヤがなにか思い当たったようにユウヤを見た。そうだ、あの白い泡のヴィジョン。あのとき視えた男たちが、時をおかずダイナーで目の前に現れた。

もしかしたら、自分ももう始まっているのではないか。あれも、なにかの能力か。

「そして今夜、倒すべき新たな敵が姿を現した」本田がディスプレイを振り向いた。

店内の防犯カメラで撮った背の高い男と、そのかわいい弟が映る。怒りに燃えあがるメガネ越しの目。ほんの手のひと振りで、まるで爆風を食らったように吹っ飛ばされる隊員たち。武器などまったくの無意味と化していた。おそるべき衝撃波だ。だが、ユウヤとタクヤだけは顔をしかめながらもしっかりと立っている。見えないバリアに守られたように。

曽根崎がうめきながらタクヤを見る。不安と嫉妬《しっと》と羨望《せんぼう》の眼差し。この能力者にはほど遠そうな野獣にはいったいどんな能力があるのだろう。

「一般人に能力者の存在を信じさせてはならない。スーパーナチュラルは、我々国家が独占する。それが平和のためのもっとも有効な手段だ。戦前は、その境界線があやふやだった。そして、それが秩序崩壊の原因になった」

本田の声がだんだん大きくなっていく。

「二度と、同じ失敗をくり返し、国家を弱体化させてはならない」

さっき小林君枝によって一度殺され、生まれ変わった気分のユウヤたちに、本田の新たなる命令が刷り込まれた。

「おまえたちは、能力者として国家のために尽くし、敵の能力者を倒すのだ」

15

秋山唯は抜け道を知っていた。直人は弟とともに傷ついた唯を助けながら、ダイナーの駐車場から裏路地を抜け、ゴーストタウン化している商店街の一角に逃げ込んだ。使われていない倉庫が建ち並び、三人の足音に驚いたネズミが走っていく。三人はしばらく声もなく、命からがら逃げのびた者の荒い息を吐いていた。

兄弟が乗ってきた車は、万が一のことを考えて店からかなり離れたところに停めてあった。もしダイナーの駐車場に停めていたら、今ごろ保安隊に押収されていただろう。

「――どうしてだ」直人は唯に尋ねた。「どうして、あいつらに狙われてるんだ」

唯が体を折って咳き込む。青ざめた顔。着ているピンクのボーダーニットの袖が破れ、赤い血の花が咲いている。

「……この人も、能力者だ」ゼイゼイしていた直也が顔をあげた。

「えっ」

そういえばさっき弟は唯を助けるために体に触れていた。いったいなにが視えたのか。

「やめてよ」唯はふたりを睨んだ。「あなたたちみたいなバケモノといっしょにしないで。あんなところで、あんな力使って。あなたたちも追いかけられるわよ」

バケモノ——直人はその言葉を呑み込んだ。たしかに派手に破壊してしまった。だが、マシンガンで人を撃ってくる相手に力の加減などできない。やられた攻撃が倍になって跳ね返っていったようなものだ。

「まったくなんなの……」唯はうめいた。「前は、隠れていればなんにもなかったのに……いつの間にか、命まで狙われるようになったし。なんでミラクル・ミックがうちの店に来るのよ。どうせあれだって、政府の仕込みなんだから」

「——本当か？」直人は訊いた。

「ウソ言ってどうすんのよ。あいつらが勝手に騒ぎを大きくして、能力者なんていないって宣伝してるんじゃない。いるって言うやつはみんな詐欺師で危険人物だってことにしたいのよ」

「だったらなぜ、やつらの中に能力者がいる?」

直人はさっき突然バリアを張った保安隊員を思い出していた。直人の力をはねのけるほど強い力だった。守られたのは彼自身と、その後ろにいた男とふたりだけだ。はたしてあの力は防御にしか作用しないのだろうか。

「知らないよ、そんなの。とにかくわたし、まだ保安隊に狙われてるってことはわかった。なんも悪いことなんてしてないのに」

唯はブツブツ言いながら白いエプロンをはずし、その紐をちぎろうとした。直也が手伝おうとして手を伸ばす。と、唯は嚙みついてくる犬を避けるように後ずさった。

直也ははっと目を見開き、静かに手を引っ込めた。彼女はさっき助け起こされたとき、心の風景を視られたことを察知しているのだ。直人が黙って紐をちぎり、唯に渡す。

「あ……」唯はふたりと目を合わさず、ぼそりと言った。「助けてくれて、ありがと」

三人の能力者。だが、そこに友情が芽生《めば》える余地はない。唯は手早く腕に紐を巻きつけて応急処置をすると、気配を探る猫のように風の匂いを嗅いだ。街には複数のサイレンが響いている。それは彼らを追いかけてくる当局の足音だ。

「どこいくんだ」

直人はくるりとふたりに背を向けて歩き出す唯に声をかけた。

「逃げるのよ。わたしはわたしで逃げる。あなたたちなんかといっしょにいたら――よけい危ないもん。あなたたちも早く逃げたほうがいいよ」

「待ってくれ。訊きたいことがある」

「なに?」唯はイラついた顔で振り向いた。

「戦争って、ほんとに、あったのか? 〝ゴッドウィル〟は?」

暗がりの中で、唯の表情が陰る。直人はそこに混乱と困惑を見た。

「――みんながあったって言ってるんだから、あったんでしょ。さよなら」

奇妙な答えだ。直人は弟と顔を見合わせ、その答えから逃げるように去っていく唯を見送った。

「あの人は……密告されたんだ。友だちに」直也がぽつりと言った。

「嫌な話だな」

「友だちが乗る飛行機が墜落するのが視えて、止めたんだ。そしたらその飛行機が海に墜ちて……おかげで友だちの命は助けてあげられたけど、感謝されるどころか怖がられてしまった」

ランナーは走らずにはいられないし、美しい声の人は歌わずにいられない。それと同じように、超能力者が自分の力を使わないのは難しいことだ。それに、力で得た情報をしまい込んで外に出さないと、エネルギー循環が悪くなって体や心の巡りも滞ってしまうことがある。直也が病気にかからずにいられるのは、視えたものを兄に言うことができるからだ。秋山唯はただ、自分が視えたことで友を救いたかっただけだろう。

だが、今は、そんな世界ではない。

「……こんな力を持っているおかげで、あんな山奥に閉じ込められていた」直人は拳を握りしめた。「やっと外に出たらこの騒ぎだ。もう少しで殺されるところだった。俺たちは、この世界の邪魔者ってことか？」

唯の孤独な後ろ姿が不毛な夜の街に消えていく。直也がぽつりとつぶやいた。

「結局、ぼくたちの居場所は……どこにもないのかな……」

第二章

1

どうしてこんなカタッ苦しい世界になっちゃったんだろう。

華園《はなぞの》高校二年生の小沢良美《おざわよしみ》は、村田《むらた》メグといっしょにこそこそと裏庭経由で古い廃校舎に忍び込んでいた。イラつく。でも、スリルもちょっぴりだけ。スレスレの危険はおもしろさを倍増させる。ただし、それに命がかかっていない場合に限るが。

戦後、生徒数が少なくなって空き教室が多くなったため、都内にあるこの高校でも部室用校舎は数年前から使われなくなっている。今ではキモ試しにうってつけ、学校の怪談が生まれそうな寂れ具合だ。良美とメグは床板をきしませながら、埃《ほこり》っぽい廊下をいちばん奥まで進んだ。『歴史研究サークル』――ドアに『閉鎖』の紙が貼《は》られ、板がバツの形に打ち付けられている。

ふたりはそっとあたりを見回した。放課後の校庭から響く運動部の声。こんなところにくる暇《ひま》な教師も生徒もいない。ドアを三回かける三回、合計九回ノックする。決められた暗号だ。カギをはずす音がしてドアが開き、びくびくした泉《いずみ》ユキオが顔をのぞかせた。

「誰にも見られなかっただろうな」

「大丈夫」メグがうなずいた。

使われていない机やイスが積みあげられた部屋の中では、元木《もとき》一馬《かずま》がそわそわと待っている。良美たちが入るなり、気の弱いユキオはすぐにドアのカギを閉めた。元木は三人にうなずき、床にしゃがみ込んで隠し扉の取っ手を引きあげた。

ぽっかりと四角い穴が開く。いかにも秘密の場所に通じていそうな狭いハシゴ階段が地下に向かって伸びていた。良美はハシゴに足をかけながらちょっとワクワクした。まるでスパイの隠れ家みたい。いや、もうそんなこと言ってる場合じゃない。

地下室には明かり取りの小さな窓からわずかな太陽光が射《さ》し、充電式のランプがあちこちにぶら下がっている。亀田《かめだ》洋次《ようじ》はソファに転がって漫画本に夢中になっていた。

「これメッチャおもしれー」

良美たちがきても顔をあげようともせず、右手は自動運転のようにスナック菓子を口に運んでいる。テーブルに置いた分厚い本を読んでいた大路《おおじ》まり花《か》が手を振った。

「待ってたよー」

「洋次、なに読んでんの?」

メグはさりげなく彼の隣に腰を下ろした。古いソファがバネのきしみ音を立てる。良美の見たところ、メグは洋次にちょっと気があるようだ。

「あー、『火の鳥』ね。あたしもハマったハマった」

「これが発禁本とか、マジありえねーし」

良美は漫画本とお菓子で散らかったテーブルの上を見回した。『鉄腕アトム』『AKIRA』『童夢』『DORAGON BALL』。古い本棚にも超能力や超常現象を扱ったSF小説、漫画はもちろん、予言書、宗教家の言葉、スピリチュアル系のいわゆるトンデモ本までずらりと並んでいる。見つかったら焼却処分まちがいなしの、政府の発禁本のオンパレードだ。

「おまえさ、ストーリーとか外で話してないだろうな」ユキオが言った。「言っとくけどな、この秘密クラブがバレたら退学どころじゃすまねえぞ。ミラクル・ミックの話、知ってんだろ?」

「ふーん」洋次はうわの空だ。

「国家保安隊に捕まって、死刑になったって」

「そんなのただの噂だろ——あっ」

良美は洋次の手から読みかけの漫画本を取りあげた。コーンスナックがソファに散らばる。見れば、彼が読んでいたのは不死鳥が神のように語りかけてくるシーンだ。

「洋次、ほんとはこういうの、信じてないでしょ」

「そ、そんなことないって」

そんなことある。洋次は神とか目に見えない力など現実にあるとはぜんぜん思っていない。ただフィクションとしておもしろがっているだけだ。そして、それが今の一般人のスタンスだった。別にそれはそれでいい。でも、物語やSFをもう楽しむことすら叶わないのはどうかしている。取り締まりはシャレにならないくらい厳しくなった。こんな名作をゲリラみたいに潜伏して地下でコソコソ隠れて読まなければならないなんて、いったい芸術をなんだと思っているのだろう。

「信じらんない、廃棄処分なんて。もう映画とかでもSFやファンタジーは禁止なんだよ？　どうして？　ありもしないものだったら、そんなことする必要ないでしょ？」

「あたしもそう思う」メグが同意した。

まり花も大きくうなずいた。三人ともスーパーナチュラルを信じている……というか憧れている。ルックスに恵まれて男子にモテるまり花は恋占いも大好きだった。

「わたし、思うんだよね」良美はみんなを見回した。「わたしたちがこの場所を見つけたのだってさ、偶然じゃない。運命だったんだよ」

最初にこの隠し部屋を発見したのは、良美だ。たぶん卒業生が失われてほしくないサブカルチャーをこっそり保管していたのだろう。まるで宝の山を発掘した気分だった。たちまち頭の柔らかい仲間が集まり、六人でこの秘密クラブを作った。

「あのときさ、エドガー・アラン・ポーの話に出てくるみたいな黒猫が後ろを振り返り振り返りして、わたしをここまで連れてきてくれたんだよね」

「なんかのお導きだったのかも」まり花がうなずいた。

「ね、運命だって思わない、ユキオ?」

「え、運命?」ユキオは目をきょときょとさせた。「ああ、でも今までいろいろやってきたけど、なんにも起きないよな。透視能力の開発とか、空中浮遊とか、サイコキネシスとか、テレパシーとか」

メグがちょっと決まりわるそうに唇をすぼめる。スーパーナチュラルの実験——そんなヤバいことができたのも、この隠し部屋のおかげだ。六人は人目を気にせずにさまざまな超能力にトライしてきた。だが、スプーンはちっとも曲がらないし、透視カードはハズレばかり。まり花やメグとテレパシーの飛ばしっこをしているが、結果は……今ひとつだ。

「そんなにすぐ効果あるわけないじゃん」まり花が言った。「でもさ、この前、降霊術をやったとき……あたし、なにか感じたんだよね」

満月の夜の降霊会——良美は思い出した。あれはホラー映画みたいで盛りあがった。

「みんなもゾクってこなかった?」

きた……ような気がするが、あの夜はちょっと寒かったし。正直言って良美には確信は持てなかった。男子たちも微妙な顔をしている。いわゆる霊感はまり花がいちばん強いようだ。

「だからさ、今日は、これやってみようよ」まり花は読んでいた本を閉じて表紙を見せた。

『黒魔術——排除の法則』。どこから掘り出してきたのか古い革表紙で、先が尖《とが》ったシッポの生《は》えた怖そうな悪魔が描かれている。一同は息をのんだ。

「排除って……誰にやるの?」一馬が訊いた。

「決まってんじゃん」まり花は写真を取り出した。「体育教師の遊佐《ゆさ》だよ」

「あいつか」洋次が鼻にシワを寄せた。「いつもエラっそうに、俺の茶髪がどうのこうのって」

「そんなもんじゃないよ。あいつ、あたしの体操着盗んで、それで詰め寄ったら——いきなり……」

「え?」良美は口を開けた。

「いきなり、押し倒されて……」

初耳だ。全員がショックを受けてまり花に注目した。恨めしそうに遊佐の写真を見るその目が涙で潤んでくる。

「証拠ないから泣き寝入りなんて、やだよ」まり花は目元を拭《ぬぐ》った。「あたしを弄《もてあそ》んで捨てた遊佐、ぜったい復讐《ふくしゅう》してやる」

良美はまり花が開いた黒魔術のページを読んだ。『相手を病気にさせる呪い』。おどろおどろしい五芒星《ごぼうせい》の図が描いてある。まり花が遊佐にそんなことをされて、こんな恐ろしい復讐を企てていたなんて、テレパシーではぜんぜん伝わってこなかった。

「黒魔術に必要なもの、ここに書いてあるの全部用意してきたよ」

まり花は料理の材料でもそろえるように、スクールバッグから次々と物を取り出してテーブルに並べていった。

「あいつの髪の毛、ひまし油、魚の頭、麦の穂、赤いロウソク……」

「なにこれ」良美は声をあげた。「動物の血、って書いてあるよ」

まり花はフッと笑って、バッグからおもむろにペットボトルを取り出した。良美はぞっとして後ずさった。チャプチャプと揺れるどす黒い赤――血だ。

「どど、どうしたんだよ、それ」ユキオがビビった声を出す。

「え？　こんなの簡単に手に入るって」

いったいなんの血なのか、まり花はなんでもない顔でさらりと言う。良美はそれ以上聞きたくもなかった。

「さ、やろ」まり花は充血した目でみんなを見回した。「この魔方陣描いて、みんなで円になって座るの。悪魔を召喚するんだよ。明日、あいつになにか起きたら成功ってことでしょ？」

良美はみんなの反応をうかがった。眉をひそめた元木一馬。気が進まなそうなユキオ。つきあいのいいメグが遠慮がちにうなずく。

「やろうぜ」まったく信じていない洋次はおもしろがった。「どうせ遊びじゃん」

「……それはどうかな」まり花はつぶやいた。

傷つけられたまり花の気持ちを無視はできない。六人は本を真似して床に魔方陣を描き始めた。聖なる形にはパワーが宿ると書いてあるが、良美は今まででいちばん怖かった。やっぱりやめようよ、と言いかけたとき、頭の上のどこかで猫の鳴き声がした。

明かり取りの窓を影がよぎる。きっとあの黒猫だ。そう、ここにきたのは運命なのだ。まり花がゆっくりと赤いロウソクに火を灯《とも》す。炎に揺らめく美しさと不気味さが入り混じった顔。その横顔がマジで本物の魔女めいて見えてきた。

2

今が二〇四一年なら、お父さんとお母さんは何歳だろう。

かつて自分たちが暮らしていた家へと走る車の中、助手席に座った直也は数えていた。

あれから二十七年たったなら、父親は七十二歳、母親は六十七歳。記憶にあるふたりは若々しくて、そんな歳の両親なんて想像もつかない。

「直也」黙々と車を走らせていた直人が、ふいに言った。「オヤジとオフクロに会ったら……なんて話しかける？」

きっと、自分はどう話そうかくよくよ思い悩んでいたのだろう。両親との間に積み重なったものは年月だけではない。会えなかった時期に溜《た》め込《こ》んだ膨大な感情。兄がまたコントロールを失わないか心配だ。

両親との再会――それがどれほど重要なことか。あまりにも大きすぎて自分でも自分がどうなるか予想がつかなかった。なぜ、十五年間、両親は会いにきてくれなかったのか。おそらくそれは御厨の方針だったのだろう。連絡を取りたくても許されなかったのかもしれない。直也はこっそり電話をかけてみたことがあるが、自宅にも他の知り合いにもすべて通じなかった。ふたりの心に残った傷は自分でも見るのが怖いほど深いから、かえってさばさばと振る舞ってしまう。

「わからない」直也は言った。「会ってみないと……」

泣いてしまうのか、怒りがこみあげるのか、それとも言葉にならないのか。お父さんとお母さんは自分たちを見てどう言うだろう。わかっているのは、駆け寄って抱きついてはいけないということだけだ。

幼いとき、両親は直也に触れて心を読まれるのを恐れた。それは、子供に知られたくない隠し事があったからではない。わけのわからない力のある子供たちのことを、いつも心配したり悲しんだりしているのを知られたくなかったからだ。だが、もし今、ふたりに触れたらなにが伝わってくるのだろう。

「お父さんとお母さんは、ぼくたちのこと覚えていてくれるよね」直也は急に不安になった。

「覚えてるさ」兄の声に力がこもる。「当たり前だろ。久しぶりの再会だ」

「びっくりするだろうね」

「ああ、会ってこれまでのことを訊いてみよう」

「うん。ぼくたちがいなくなったあと、なにが起こったのかも」

兄がずっと覚えていた住所を読み込んだ車が自動的にルートを選んで進んでいく。やがて環状線を曲がって緑の多い住宅街に入っていった。直也は窓からじっと平和そうな街並みを観察した。ベビーカーを押す若い母親、道をホウキではいている老人。赤いブランコのある公園の角を曲がった兄が、おやっと声をあげて車を路肩に停めた。

「通行止めになっている。うちに向かう道が」

直也はかたわらにたたずんでいる古びた神社に目を向けた。霞《かすみ》のようなかすかな記憶がふわりと蘇る。ここの境内《けいだい》で兄と遊んだ覚えがある。イチョウの御神木があって、直也はゴツゴツしたその幹に触れるのが好きだった。木はなにも隠したり心配したりしない。逆に直也の寂しさをいたわるように包み込んでくれた。

「神社を抜けてったほうが近い」直人はエンジンを切った。

ふたりは車から降り、石の鳥居をくぐろうとして足を止めた。

立ち入り禁止のロープが張られている。まるでそこが危険な場所であるかのように。見れば、社殿の扉の取っ手には鎖が巻かれて大きな南京錠《なんきんじょう》がぶら下がっている。神仏信仰は取り締まり対象で封鎖されているのだ。

「なんだこれは」直人の声に怒りがこもった。「くそっ」

直人はロープに目を向けてあっという間にちぎってしまった。

ざわり、と頭上で木々がざわめく。直也はいましめを解かれた神社の境内に足を踏み入れ、きらきら光る木漏れ陽を見あげた。

ぼくたちのことを覚えていてくれたのだろうか。

懐かしい御神木は青々とした扇型の葉を広げていた。だが、幹には『神仏信仰厳禁』の札が釘で打ちつけられている。痛かっただろう……直也はそっと木肌をなでた。

植物は独自のネットワークで地球を包んでいる。この木々もあの群馬の森につながっているのだ。直也は遠くなった研究所に思いを馳《は》せながら御神木のエネルギーを感じていた。神道や仏教、キリスト教、イスラム教、ヒンズー教——あらゆる宗教は、意識のネットワークを世界中に張り巡らせていて、それぞれちがう周波数を持っている。社殿、寺院、墓、仏像、数珠や十字架などのシンボルはそのアンテナのようなものだ。人間がインターネットを発明するずっと前から、意識エネルギーは広大なつながりを作っていた。ただ、それを感じたり送受信する強さや力に個人差があるだけだ。

ピン。幹に刺さっていた釘が飛び、札が落ちた。直也が振り向くと、兄が怖い顔で立っていた。そのまま無言で社殿へとずんずん歩いていく。カチッという音とともに南京錠がはずれ、鎖が黒へビのようにくねりながら飛んでいった。

そのとたん、直也は神社を取り巻いていた邪念が消えたのを感じた。御神木と連動して高次元の光が降り注ぎ始める。神社がふわりと活性化し、ほっとしたように光を取り戻した。雨が大地を潤《うるお》すように、復活したパワースポットはこの地域にまたエネルギーを送ってくれるだろう。

よかった。憮然として歩いていく兄のあとを追って、直也も社殿の裏側にある小さな鳥居をくぐった。

住宅街の道に出ると、直人は怪訝な顔であたりを見回した。

静かすぎる。どこにも人の姿はなく、車も自転車も通っていない。話し声も、動物の鳴き声も、過去の亡霊の囁きも聞こえず、静かな通りにただ風だけが寂しく吹き渡っている。

「誰もいない」直人が言った。「この街には誰も住んでないぞ」

「――ゴッドウィルのせい？」直也は不安になった。

「ゴッドウィルが起きたのは、二〇二三年、十八年前だ。俺たちが連れ去られたのは十五年前。もし今の時間に合わせるなら、そのときもこの街に住んでたことになる」

「それで、今は二〇四一年。十二年のズレがあるよ」

「ああ、そうだ。俺たちの記憶がまちがっているのか、それとも時間の混乱が起こっているのか」

異様なまでの静けさの中、無人の街角をふたりは記憶をたどって歩いていく。なにか大事なものが迫ってくる気配がある。懐かしくて、かけがえがなくて切ないもの。

「兄さん」直也ははっとして前方を指さした。「――街灯が」

錆びついたポールに割れたライトが見える。それはあの最後の夜、兄が破壊した街灯だ。それが、まだ壊れたままで残っているとは。

「ああ、あそこが俺たちの家だ」

ついにたどり着いた。ふたりの足が速くなる。見覚えのあるフェンスと石の門。だが、その向こうに見たものは、懐かしい我が家ではなかった。

「……どういうことだ」直人が茫然《ぼうぜん》と言った。

家がない。草がぼうぼうに生えた空き地は、かなり前から更地になっていた様子で、門には表札があった跡の四角い凹みだけが残っている。土地の中央には古い小さな祠《ほこら》が建っていた。

だが、まちがいない。ふたりの家があったのはこの場所だ。先に兄が生まれ、六年後に弟が生を受けた。ふたり支え合うようにしてここで育った。そのかけがえのない我が家がなぜ消えているのか。

「お父さんと、お母さんは……？」直也はかすれた声で言った。

黙って引っ越してしまったのか。だとしたら、もう二度と両親に会えないのか。直也は震える手で錆びついた鉄の門扉を開け、小さな祠に近づいていった。

ここには黒いガムテープがバツ印に貼られている。どうやらさっきの神社と関連している祠のようで、なにかを供養しているようだ。直也は封印された祠に手を伸ばし、そっとガムテープを剝《は》ぎ取《と》った。

そのとたん、光が視えた。祠から空に向かって、じわりとシャンパンイエローの光の柱が立ち上がる。どうやらここは、なにか特別な場所になっているようだ。

「あ……」直也は目をしばたたかせた。

祠のそばにうっすらと人の形が現れる。それは光り輝きながらだんだん濃くなっていく。

少女だ。高校生らしき制服。風に揺れるツインテール。その澄んだ目と目が合ったとき、直也は奇妙な懐かしさを感じた。この少女は誰だろう。あの世の人間なのか。まさかこの土地の地縛霊じゃないだろうな。

と、少女の桃色の唇がゆっくりと動いた。

「……解す者はもたらす定め……すべての瞬間がつながるために」

なんのことだ。だが、質問の言葉を発する間もなかった。少女はメールでも送るように、直也の脳に直接イメージを送り込んでくる。直也は思わず頭に手をやった。

とある場所、そして地図。

少女の周りをぐるりと囲むように風が吹き、紺色のスカートの裾《すそ》がひらめく。次の瞬間、少女の姿は風に溶け込むように消えていた。

「消えた……」直人の声が後ろから響いた。「いったい誰だ……？」

直也は静かに兄を振り向いた。まだ胸に少女との出会いの余韻を感じながら。彼女は兄弟のことを知っていた。おそらく、ずっと昔から。

「メッセージが伝わってきた。これから、ぼくたちが行くべき場所」

ここに帰ってきても両親には会えなかった。だが、来たことはまちがってはいなかったのだ。封じられていたエネルギーを解放し、会うべき存在とつながることができたのだから。

「あの少女の名は、双海翔子だ」

3

図太いあいつには黒魔術なんか効かないのかもしれない。

華園高校、陸上競技の授業中。小沢良美は校庭でストレッチをしながら体育教師の遊佐を観察していた。鍛《きた》えた体を見せびらかすようにぴったりしたウェアを着ているのがキモい。遊佐はいつものようにパワハラモードで生徒を叱咤《しった》している。不治の病《やまい》どころか、食あたりで下痢にすらなってなさそうだ。

「やっぱなんの効果もねえよな」隣でアキレス腱《けん》を伸ばしながらユキオが言った。

「……うん」良美はうなずいた。

「そんなのまだわかんないでしょ」まり花は目を三角にしていきり立った。「時間がかかるのかも。あいつ、心臓に毛が生えてるからさ」

実際ふたりはどんな関係だったのだろう。まり花は恨みのこもった視線を送っているのに、遊佐は完全にシカトだ。良美は昨日の儀式を思い出し、明るい陽の中にいるにもかかわらず身震いした。

遊佐の写真にポタポタ落とされた動物の血。ギラつく目で赤いスポイトを持ったまり花はそこらの魔女より怖かった。もし自分があんな呪いをかけられたら一発で死んでしまいそうだ。

「え、なにあれ？」敏感なまり花がなにかを察知したように校舎の方を振り向いた。「なんかあった？」

一瞬遅れ、良美の耳にも悲鳴が聞こえた。振り向くと、保健の女教師が髪を振り乱して遊佐の方に走ってくるのが目に入った。三階建て校舎の窓のあちこちから顔を出す生徒たち。学校全体がいっせいに不穏なざわめきに包まれた。

「た、たいへんだよっ」亀田洋次が真っ青な顔で駆け寄ってきた。「メグが――」

そのあとに続いた彼の言葉は、良美の脳には理解できなかった。

校舎の非常階段にぶら下がった大きなお人形。首に巻かれた黄色い非常用ロープ。だらりと伸びた手足。良美の目に、それは友だちには見えなかった。

「ちょっとあれってB組の子じゃない？」

「嘘でしょ、自殺って……イジメ？」

「まじかよー、怖《こえ》ぇー」

あたりには生徒たちが集まり、引きつった顔で死体を見あげてこそこそ話している。良美はぼんやりと地面に転がっている上履きの名前を見た。『村田メグ』。

嘘よ、あれはメグじゃない。メグが死ぬわけない。

「わあああっ」元木一馬が叫びながらくずおれた。

みんなが一馬に注目する。ここでよけいなことを口走って目をつけられたらヤバい。良美は洋次、まり花、ユキオたちと一馬を囲み、怯えた視線を交わし合った。

どうしよう。これが、昨日の黒魔術のせいだとしたら。

「や、やり方まちがえてないし」まり花が小声で言った。「どこにもそんなこと起きるなんて書いてなかったよ」

「んじゃ、なんでメグが死ぬんだよ」洋次が言った。

「偶然かも。メグ、なんか悩んでたんじゃないの、そんでさ——」

「あるわけないよ、そんなの」良美は言った。

メグは自分で死ぬような子じゃない。呪いがピンポン玉みたいに跳ね返ったとか？　わからない。でも、あんなことしなければメグは生きていた。そうとしか思えない。

良美は携帯端末で話している青い顔の遊佐をちらりと見た。これから警察沙汰《ざた》になる。

「ここで話すのヤバイ」良美は小声で言った。「昼休み、いつものとこで。見つからないようにね」

みんなが暗い顔でうなずく。あたりを見回せば、学校全体も呪われたように薄暗く見える。それは親友を失ったからなのか。それとも素人が見よう見まねでやった黒魔術の影響なのか。

「しっかりしろよ」洋次が泣きじゃくる一馬を引っ張り立たせた。

考えられる限り最悪の事態。だが、最悪はさらに更新されることになった。

その日の昼休み、体育器具室の跳び箱の中でまたひとりの死体が見つかった。

発見したのは、秘密クラブにやってこない仲間を探しにきたユキオだった。携帯端末の位置情報をたどってきた彼は、崩れた跳び箱からくしゃくしゃの茶髪がのぞいているのを見つけた。

カッターで深く掻《か》き切られた手首、大量の血。死んだばかりの彼の目は信じられないというように見開かれている。長身を折りたたむようにして死んでいたのは、スピリチュアルなものをみじんも信じていなかった亀田洋次だった。

4

緊急出動命令が出された場所は、黒木タクヤにとって意外なところだった。閑静な住宅街を装甲車を運転して進みながら、彼は車内の空気がいつもより居心地悪いのを感じていた。原因はわかっている。助手席に悠然と座っているのは弟のユウヤではなく、小林君枝だからだ。

だいたいこのイカれたカッコはなんだ。

ジャケットこそ保安隊の制服だが、それ以外、君枝が着ているのはいつものエキセントリックな私服だ。黒いチョウチョをあしらったボンデージ風のベストとショートパンツ。他の隊員のような防弾機能のある戦闘スーツの着用はあっさり拒否された。要するに、能力者はドンパチなんかやらないのよ、というスタンスだ。そして、この思いあがりもはなはだしい無防備なお姫様を守るのがタクヤの任務ときている。そういうタクヤも、まさか高校で銃撃戦などは想定していないが。

「あんたとこうしてドライブってのも悪くねーが、これから行く高校での任務はなんだ？　自称霊能者のイジメられっ子が同級生に復讐したんじゃないだろうな」

「自殺騒ぎがあったの」君枝はハイヒールブーツを履いた美脚を組んだ。「行けばわかるでしょ。黒木タクヤ……タクヤでいい？」

「ああ」

「能力者同士、仲良くしましょう」

「能力者ねぇ」

そう呼ばれることにはまだ抵抗がある。ミックの信者をサイコキネシスで吹っ飛ばしたときも、ダイナーでいきなりバリアのような力を使ったときも、自分がいちばん驚いた。まったくの無意識だ。だが、よく考えると、力が発揮されたきっかけは同じだった。

俺はユウヤを守ろうとした。

「さっそく、先輩として忠告」君枝は言った。「能力が覚醒したみたいだけど、力のコントロールは難しいのよ。むやみに使えば身を滅ぼすことになる。せいぜい気をつけなさい」

先輩ぶった口調。しかし、あの強烈なマインドコントロールの洗礼を受けたあとでは、君枝を見る目がかわった。もしこの女が敵だったら、保安隊は冗談でなくおしまいだ。

「わーかってるって。柿谷教授にもさんざん聞かされた。ご親切にどうも」

アシスタントだとばかり思っていた柿谷教授が、よもや能力開発のトレーナーでもあったとは。本田本部長によると、柿谷が大学を解任された理由である『行き過ぎた研究』は、実は人間の脳開発であったという。なんのことはない、保安本部は脳開発の第一人者をスカウトしたのだ。保安本部タワーの地下には、十五年間存在も知らなかった立派な能力開発トレーニングルームがあり、タクヤはすでに柿谷教授にあらゆる脳のデータを取られ、個人プログラムをみっちり組まれていた。

俺の力はもっと強くなるのだろうか……あいつのように。

あのダイナーで衝撃波を放った黒いコートの能力者、あの男のことは忘れられない。メガネの奥の体に突き刺さるような鋭い視線。とてつもない力だった。いっしょにいたかわいい男はやはり弟だったと判明している。あいつも弟を守ろうとしたのだ。

「もう聞いているかもしれないけど」君枝が言った。「ニイサンとナオヤには殺傷命令が出たわよ。脅威になる前に駆除しなければならないって」

「逮捕じゃなくて殺傷命令か」

そもそもあんな力を持つ相手を逮捕などできるわけない。保安本部はあの兄弟を最大の敵として認定したということだ。タクヤはあの男のことを考えると、恐れと脅威、ひそかな羨望、それに意味不明の焦燥を感じた。

「あれは——ぶっ飛んだ力だった」

「ええ」君枝はうなずいた。「わたしもあんなすごいの初めて」

「ま、あんたの実力も味わわせてもらったけどな」

「あれはほんのご挨拶《あいさつ》よ」

「ミックを追ってた俺たちにも潜入捜査を隠し続けてたなんて、本部長もタヌキだ」

「顔もタヌキそっくりだし」君枝はクスリと笑った。

タクヤはフンッと笑った。車内の空気が少しほぐれる。思ったほど冷たい女ではないようだ。いや、まさかこれもマインドコントロールじゃないだろうな。

「ミック逮捕のおかげで、やっぱり超能力なんてないって一般市民にプロパガンダできたわ」

「それを捕まえたのがまさか国が育てた能力者だなんて、誰も夢にも思わないだろうな」

「おまけに、洗脳されやすいバカがごっそり釣れたし。ミックのチョウチンアンコウの灯りに群がってくる、アンダーグラウンドの深海に生息するザコたちが」

「信者たちのことか」

君枝の言い方はあからさまな上から目線だ。能力者特有の傾向かもしれない。

「誰かについていくしか能がない、依存者たちよ。目に見えない力を信じてるくせに、自分は暴力という目に見える力に走る。そのせいで自分の精神力はいつまでたってもちっとも磨かれない」

「自分の精神力……どういうことだ?」

「DNAの可能性はみんな同じくらいある。でも、パソコンの中に使われてないアプリがいっぱいあるみたいに、大多数の人はDNAの大部分が休眠してるの。どんな能力が自分にあるか一生気づかないのよ。だって自分の中心であるべき軸が、自分の外にあるんだから。軸のないコマは倒れてるしかない。まあ、そのほうがこっちには都合がいいけど」

タクヤは今、この装甲車の後部スペースに乗っているユウヤ、武藤玲佳、曽根崎道夫のことを考えた。ユウヤはどうやら覚醒し始めているが、玲佳と曽根崎はまだ兆候もない。はたして本田本部長の言ったように能力者になれるのだろうか。

「それってつまり、誰もが能力者になれるってことか？」

「大多数の人は、ほとんど可能性はゼロだけど」君枝はあっさり言った。「現実には、持ってる資質にとんでもなく個人差があるし、DNAが目覚めるかどうかわからない。同じように蒔いても、早く芽が出るタネと出ないタネがあるでしょ。走るのが早いとか、味覚が敏感とかと同じことよ」

「俺のDNAはずっと冬眠状態だった。前兆もなんもなく、いきなり目を覚ましやがって」

「目覚めるには、タイミングとエネルギーが必要」

「タイミングとエネルギー？」

「春がくるみたいにね。あなたが覚醒したのは、定められたあるときがきたから。誘発されたのよ」

定められたあるとき――それは、本田が言っていた『ひとつの概念が破られる夜』のことだろうか。だいたいそんなものは誰が決めたのか？

「じゃあ、このアルファチームに入ったやつは、みんな……」

君枝は微笑みながら彼の腕に触れた。マインドコントロールではない女性的なエネルギーが伝わってくる。なるほど、とタクヤは思った。だから潜入捜査員に抜擢され、ミックの懐《ふところ》に潜り込めたのだ。マインドコントロール以前にミックはこの魅力にやられたのだろう。

「もちろん、あなたたちはみんなオリンピック代表選手と同じ。国家に選ばれたのよ」

※

二台の装甲車が校庭に重々しい音を立てて入っていくと、華園高校の生徒たちはぽかんと口を開けた。好奇と畏怖、憧れの視線。全校生徒の注目を浴びながら、黒木ユウヤはエンジンが止まると同時に曽根崎、玲佳といっしょに先頭の装甲車の後部ハッチから降り、コンクリート三階建ての校舎を珍しそうに見あげた。保安隊は独自の教育訓練施設を持っているため、こうした一般の学校に通ったことはない。

窓に鈴なりになった生徒たちが興味津々の目で見つめてくる。後ろの装甲車から小林君枝が出てくるのが見えた。派手派手で砂漠の中のバラのように浮いている。その後ろからタクヤが出てくると、こんなときにもかかわらず女子高生たちの間から不謹慎な黄色い声があがった。曽根崎にぎろりと睨みつけられても、少女たちは肩をすくめてクスクス笑い合っている。だが、兄はいつものように、そんな青春の波動はまったく感知していなかった。

玄関からばたばたとメガネの中年教師が走り出てくる。曽根崎が向かいあったが、どう見ても威嚇しているようにしか見えない。

「現場は？」曽根崎はガラガラ声で訊いた。

「こ、こちらの校舎の非常階段と、体育館の体育器具室です」教師はビクつきながら答えた。

「二ヵ所……？」玲佳が眉をひそめた。「一日にふたりが自殺したっていうの？」

通常、自殺は警察の管轄であり、たとえ生徒が一日にふたり自殺しても保安隊が出動することはない。ユウヤは玲佳と顔を見合わせた。つまり、これはただの自殺ではないということだ。君枝は校舎を見回し、さっそくタクヤといっしょに非常階段の方に向かった。なにか感じるものがあるのだろうか。

「体育館はあそこか」曽根崎が校庭の向こうにある体育館の方を見て目を細めた。「おい、なんか様子が変だぞ」

ユウヤはそちらを振り向いた。体育館の周囲が急に騒がしくなり、誰かが大声で叫んでいる。体育館の二階の窓に人影が見えた。長い茶髪の女子生徒だ。

「まり花、やめろーっ」体育館からジャージを着た男性教師が走り出てきた。

飛び降りだ——ユウヤは急いで走り出した。曽根崎と玲佳も続いてくる。あちこちであがる悲鳴。まり花と呼ばれた女子生徒の虚《うつ》ろな目はなにも映していない。ユウヤの髪がぞくりと逆立った。空を飛ぼうとするように窓から大きく身を乗り出している。間に合わない。

「よせっ」ユウヤは叫んだ。

次の瞬間、少女は両手を広げて宙に飛んだ。長い髪がパッと広がる。

「わーっ」曽根崎の絶叫が聞こえた。

まり花の体が落下する。だが、地面に叩きつけられる前にがくんと止まった。ありえない。駆け寄ったユウヤは、そこに無残な光景を見た。体が国旗掲揚の鉄のポールに串刺しになっている。心臓を貫かれ、その顔はピクピクと痙攣していた。

「きゃあああっ」体育館の前にいたポニーテールの女子生徒が悲鳴をあげた。「まり花っ」

「そんな——」ジャージの教師が立ちすくむ。

阿鼻叫喚《あびきょうかん》の中で、まり花の頭がガクンと垂れ下がった。玲佳が血まみれの彼女に駆け寄り、頸動脈《けいどうみゃく》に触れた。ユウヤと曽根崎を振り向いて首を横に振る。

これで三人目。

「いやあっ」ポニーテールの生徒は半狂乱になって泣き叫んだ。「みんな殺される、殺されるんだよっ」

「良美——」男子生徒は呆然としている。

「ユキオ」教師は男子生徒を捕まえ、ガクガクと揺さぶった。「おまえたち、いったいなにをやったんだっ」

トラブルの濃厚な臭い。曽根崎がつかつかと教師に歩み寄り、声を張りあげた。

「よおし、全員、そのまま動くなっ。今から捜査を行う」

良美と呼ばれたポニーテールの生徒が怯えた目で保安隊員を見回す。ユウヤはパニックになっている生徒たちの間をすり抜け、体育館の中を確認した。誰もいない。二階のキャットウォークにも人影はない。今のは誰がどう見ても自殺だった。

だが、なにか異様な事態が起きるとき、それは決して目に映ったものそのままではないのだ。

5

「兄さん、残ってる」車の窓にへばりついていた直也は声をあげた。「お父さんの工場は残ってるよ」

〈霧原トイズ〉——広い敷地に錆びたトタン張りの大きな建物が三棟建ち並び、両開きドアの上には字がかすれた古い看板がかかっている。双海翔子にナビゲーションされた場所。それは、兄弟の父親、霧原幸彦が経営していたオモチャ会社だった。

「ああ」直人は車で門をくぐりながら見回した。「でも、もう使われてないようだな」

懐かしい。母親の直美はこの会社でデザイナーをしていて、父親と恋愛結婚したと聞かされていた。おかげで子供たちの周りはオモチャだらけで、よく試作品で遊ばせてもらったものだ。この工場にも連れてきてもらった覚えがある。

「ここ、覚えてるよ。ここでよく兄さんと遊んだね」

直人は記憶よりも狭い駐車場を見回した。〈霧原トイズ〉は規模は大きくなかったが、ドローンシリーズがヒットして経営は順調だった。ふたりはヘリコプター型ドローンが大好きだった。直人はときどき電池が入っていないドローンを飛ばしていたが、直也は小さかったのでその意味がわからなかった。しかし、ついにあるとき父親に見つかってしまった。空っぽの電池ボックスを見たときの、父親の悲しみと恐れが入り混じった目は忘れられない。直人は両親との別離につながる悲しいエピソードをそれ以上思い出さないうちに、弟の先にたって手前の建物に向かって歩き出した。

たしかここは事務所で、奥の二棟は製造工場だったが、完全に閉鎖されている。敷地は錆びて破れたネットフェンスに囲まれ、その外のポプラ並木の向こうには住宅街が広がっていた。少し離れたところに学校のような建物が見えた。チャイムと校内放送が風に乗って聞こえてくる。

「ここに来いと言ったんだな、あの少女——双海翔子は」直人は錆びついた事務所のドアに手をかけた。「……ん？　開いている」

ふたりは顔を見合わせた。子供が忍び込んだのだろうか。重々しい音を立ててドアが開くと、中にこもっていた埃っぽい空気が漂い出た。

がらんと広い空間。だいぶ前に廃業した様子で、劣化したコピー機や古い型のパソコンが放置されている。窓は埃ですりガラスと化していた。直也はぐるりと部屋を見回し、初めての場所に来たネコのように壁伝いに歩き出した。

ガタン。そのとき、デスクの後ろで音がした。振り向くと、壁に写真の額が飾ってある一角があり、そのひとつが落ちている。直也が歩み寄って拾いあげ、埃まみれのガラスを手で拭った。

「お父さんとお母さんだよ」直也はうわずった声をあげた。「ぼ、ぼくたちもいるよ」

「なんだと」直人は急いで駆け寄った。

色あせたカラー写真。『霧原トイズ新工場完成記念 二〇一四年四月七日』と書かれている、従業員一同の集合記念写真だ。直人は感慨深い思いで過去の一コマを見つめた。父親と母親の顔は記憶のままだ。直人と直也はくっついて地べたにしゃがみ込んでいる。しかし、両親と子供たちの間には微妙な隙間が空いていた。

「二〇一四年……俺たちが研究所に入れられた年だ」直人は写真を受け取った。「このときのことは覚えてる。俺たちの記憶もまちがってない」

「だったら、どうしてぼくたちの家がないんだろう」

工場はあるが、家はない。家は取り壊されたのか。あの祠はなんの意味があるのか。工場はなぜ閉鎖されたのか。そして、なぜ十二年のズレが生じていて、兄弟にゴッドウィルの記憶がないのか。

「ぼくたちの両親はどこに行ったんだ……?」直也は写真にもう一度目を落とした。

そしてなぜ、双海翔子は自分たちをここに誘導したのだろう。ここのどこかに両親の居場所の手がかりがあるのだろうか。

6

「わお、ヤバ、禁止図書の山じゃん」

はしご階段を下り、地下の隠し部屋に踏み込むなり、玲佳は呆れた声をあげた。

「まるでスパイの隠れ家《が》だ」

ユウヤは棚にずらりと並んだSF小説や漫画、スピリチュアル系の本などを見回した。こいつはちょっとしたお宝の山だ。それらはすべて、ユウヤも保安隊としてこれまでなんの疑問も持たずに焼却処分に立ち会ってきたものばかりだった。

しかし、兄が能力者として覚醒し、自分もあの不思議な兄弟のヴィジョンを視てしまった今は微妙な気分だ。超能力は現実にあり、しかも国家がその力を独占しようとしているとは。ユウヤの価値観はトランプの表が裏だと言われたようにひっくり返ってしまった。

ということはつまり、世の中の治安を守るために規制されているだけで、これらの創作物は絶対の害悪ではないということだ。好奇心旺盛《おうせい》な高校生たちが想像力あふれたものを求めるのは当然だろう。

「なにこれ」玲佳は床を指さした。「完全にアウトなやつでしょ」

ユウヤは床にチョークで描かれたものを見てギョッとし、後ずさった。円と五芒星と奇妙な模様を組み合わせた図――いわゆる魔方陣とかいうやつだ。遊佐という体育教師のそばでは三人の生徒たちが震えている。小沢良美、泉ユキオ、元木一馬。どうやら彼らはオカルトで知的好奇心を満たすだけでは済まなかったようだ。

曽根崎に恫喝されたユキオは子ネズミのように震えあがり、あっけなくこの秘密の巣穴の存在を白状した。話によると、先ほど死んだ大路まり花、今朝首を吊った村田メグ、昼休みに手首を切った亀田洋次もこの秘密クラブのメンバーだったという。

「く、黒魔術をやったんです、ここで」良美が震え声で言った。

「黒魔術だと?」曽根崎が声をあげた。

「そしたら、やり方まちがえたらしくて、自分たちに呪いがかかっちゃったんです。それで、仲間が三人死にました。だから、呪いを解く方法を探さないと、わたしもユキオも、一馬も――」

元木一馬はさっきから頭を抱えて泣きじゃくっている。こんな怖がりがずいぶん大胆なことをやらかしたものだ。

「こんな場所を見つけて秘密にしてただけでなく、それを信じて実行してた?」曽根崎が怖い声で言った。「おまえたちのやったことは、国家の保安に関わる重大な犯罪だぞ」

「極刑にも値する重罪」玲佳がうなずいた。

良美はそれを聞いて真っ青になった。ユキオが小声で良美に訊く。

「キョッケイって?」

「し、死刑ってこと」良美がかすれた声で答えた。

「……冗談だろ?」

「冗談でこんなことが言えるわけねぇだろっ」曽根崎は怒鳴った。

わああっ、と一馬が床に泣き伏す。ユキオの顔が恐怖でゾンビのように歪んだ。未成年だから見逃されると、甘っちょろい考えでいたのだろうか。

「お、おれ、死にたくない」ユキオはいきなりひざまずいて玲佳にすがった。「助けてください、助けて、お願いしますっ」

実際のところ、ユウヤは今まで死刑にされた例は聞いたことがない。だが、保安隊の取り締まりはこのところますます厳しくなっている。反乱分子の芽を小さいうちに潰すために手段を選ばないかもしれない。

「自業自得だ」曽根崎は容赦ない。「全員、別室でゆっくり話を聞く。こいつ」

曽根崎と玲佳が良美とユキオと一馬を地上へ連行しようとする。と、それまであっけにとられていた教師の遊佐が我に返って声をあげた。

「う、うちの生徒を脅かさないでもらいたい」遊佐は今さらのように生徒たちを守ろうとした。「彼らだって、まさか本気で信じていたわけじゃ——」

曽根崎はおもむろにテーブルの上にあった写真をつかみ、遊佐の目の前にぐっと突き出した。赤黒いものが真ん中の男の顔にこびり付いている。血だ。

「こ、これは……」遊佐はたじろいだ。「嘘だ、そんな——」

「嫌われてたみたいだな、先生」曽根崎は遊佐の腕をつかんだ。「学校の責任も重大だぜ」

一馬の号泣をBGMにして生徒たちと教師が連行されていく。ユウヤは息苦しさを感じながら最後にはしご階段をあがりかけ、ふと部屋を振り返った。ここの空気が重く感じるのは、自分が抱えている矛盾のせいなのか。

まさか……黒魔術のせいじゃないだろうな。

※

曽根崎たちが三名の秘密クラブの生徒と教師を連行して校長室に向かった。知らせを受けた君枝は腕組みをして本校舎を見回しながら、黒いモヤのような不穏な空気を感知していた。自分の仕事は思念のフィールド上で異常を検索すること。目をつぶって集中し、想念のレーダーの範囲を広げて意識を凝らす。

このスキャン能力もマインドコントロールも生まれつきだ。物心がついたときには、言葉を操るように自然に人を操っていた。しかも、みんなも同じようにしていると思っていたのだ。だが、やがて、大人や友だちが奇妙な顔をすることに気づいた。君枝がいるときに限ってなぜか変な行動をしてしまったり、記憶がなくなったりするため、なんだか薄気味の悪い子だと思われていたのだ。それからは子供なりに能力を隠し、抑制するようになった。他の女の子と同じように振る舞うこと——それが幸せの基本ルールだ。能力は小出しにしてうまく使えば気づかれない。好きな男の子に自分を絶世の美女に見せてメロメロにさせるのも簡単だった。君枝はそうやってほしいものを次々と手に入れ、困難を回避しながら大きくなった。

だが、十七歳のある日、突然、本田が家にやってきた。保安隊にスカウトするために。なぜ、君枝が能力者だとわかったのか。両親がいぶかしんだので、君枝はすぐに本田をマインドコントロールで帰らせようとした。しかし、彼にはまったく力が効かなかった。そんなことは初めてだ。戸惑う君枝を本田はじっと見つめ、その理由を告げた。

そのときだ。君枝が保安隊に入ることを決意したのは。自分には生きるべき別の世界がある。彼女は両親に自分という娘が存在したことを忘れてもらった。そのほうが幸せだ。

それ以来、家族はいない。しがらみから自由になり、保安隊のトレーニングルームで思う存分力を使えるようになった君枝はめきめきと力が伸びていった。自分でも驚くほど。

「禁止図書の山だと?」タクヤの声がした。「なんだよ、査察隊の代わりに廃品回収するのが今回の任務か?」

目を開けると、装甲車のそばに立ったタクヤがユウヤの報告を聞いているところだった。首の後ろでひとつに束《たば》ねた柔らかそうな髪が風に揺れている。この男は親に捨てられたそうだが、弟がいる。君枝は自分が持っていないものに敏感だった。

「つまり、子供たちが黒魔術を遊びでやったら、六人のうち三人が死んだってことか」

「呪いで死ぬなんて」ユウヤが君枝を振り向いた。「そんなことがあり得るんですか?」

わたしに敬語を使うなんてかわいい男。君枝は兄より黒っぽいくせ毛がピンピン立っているユウヤを見つめた。無鉄砲《むてっぽう》なやんちゃタイプ。きっと兄は気が気じゃないだろう。

「さあね」君枝は言った。「でもここで起きたことは黒魔術のせいじゃない」

「は?」タクヤは目を細めた。

虹彩《こうさい》の色の淡い、美しい瞳。でも、自分の容姿がいいという自覚がない。そういう男のほうが魅力的だ。

「能力者の仕業よ」君枝は言った。「どんなやつかわからない。でも、指令が出たってことは、強力な能力者がいるってこと」

「強力な能力者？」

「そう、だから油断しないで、しっかりとわたしを守りなさい」

タクヤはダルそうな顔で君枝を見た。そんな表情もまた魅力的だ。

君枝は体育館の方に目をやった。保安隊員たちが死んだ女子生徒の体からポールを外している。通常の捜査ではなにも証拠は出ないだろう。あの子はまちがいなく自分の足で飛び降りた。ただし完全に意識をコントロール下に置かれて。死んだ今でも、なぜ自分が死ななければならなかったのかわかっていないだろう。君枝はまた目をつぶる。想念のレーダーにかすかに能力者の残留思念が引っかかってくる。

自業自得、自業自得、自業自得……。

おもしろくなってきた。君枝はその遠い思念の糸をたぐり寄せようとした。慎重に、相手に気づかれないように。と、いきなりボリュームを最大にしたように声が大きくなる。

「いるっ」君枝は頭を押さえた。「能力者が。強い力っ」

タクヤとユウヤがはっとして駆け寄ってくる。か弱い姫を守る騎士のように。

どこ——君枝は意識を凝らした。どこか近くにいる。

そのとき、三階の窓が開いてポニーテールの女子生徒が現れた。さっき曽根崎たちに連行された生徒のひとりだ。ひどく焦って怯えた顔をしている。

「小沢良美だ」ユウヤが言った。「事情聴取を受けているはずなのに——」

「ああっ」タクヤが声をあげた。

良美はいきなりひょいと窓枠をまたいだ。飛び降りるつもりか。だが、建物の出っ張りに足を乗せてセミのように壁にへばりついている。そのままそろそろと壁づたいに右へ移動していった。スパイダーマンじゃあるまいし、むちゃくちゃな行動だ。

「ちょっと、待ちなさいっ」玲佳が三階の窓に現れた。

どうやら保安隊から逃げようとしているらしい。早く捕まえないと落ちてしまう。タクヤとユウヤはひやひやして見守っている。次の瞬間、君枝は目を疑った。玲佳が逃げていく良美に向かって銃をかまえたのだ。

パン。銃声が響いた。二発、三発。

「おい、なにやってんだっ」タクヤが叫んだ。

無抵抗の高校生への発砲は、いくらなんでもありえない。曽根崎が同じ窓に現れ、あわてて玲佳を押しとどめようとした。

「バカ、玲佳やめろっ」

玲佳の常軌を逸《いっ》した行動にパニックになっている。だが、彼女はかまわずまた撃った。

良美の足元のコンクリートがパッと白く飛び散る。足に当たったのか、女子高生は撃たれた鳩《はと》のように三階から落下していった。

ドーン。かろうじて自転車置き場のトタン屋根がその体を受け止める。助かったか。だが、玲佳は屋根に転がった良美をなおも撃ち続けている。虚ろな目。トタンにプツプツと穴が開いて破片が飛んだ。

君枝はぞくりとした。マインドコントロールだ。玲佳はなにかに乗っ取られている。

「やめろって言ってんだろ、コラッ」曽根崎が玲佳を殴り倒した。「どうしちまったんだっ」

良美はその間に必死に屋根から転がり落ちる。自転車がガシャガシャと倒れる音が聞こえ、裏庭の方に走っていく良美の後ろ姿が見えた。

「ヤバい、逃げるぞ」タクヤは良美を捕まえようと走り出した。

パン。銃声とともに、その足元の砂がパッと飛ぶ。

「危ないっ」君枝は思わず声をあげた。

タクヤはとっさに装甲車の陰に転がり込み、信じられないように校舎を見あげた。三階の窓からタクヤを銃撃しているのは、なんと曽根崎だ。

「おい、道夫――」

パン、パン、パン。曽根崎はロボットのように規則正しいリズムで銃撃してくる。狙われているのはタクヤとユウヤ、そして君枝だ。

「なにしてくれてるんだよ、あいつはっ」タクヤが叫んだ。

曽根崎も完全にコントロールされている。君枝は強烈な力を感じ、装甲車の陰にしゃがみ込んだ。

同類。自分と同じくらい——いや、もっと強力な能力者かもしれない。犯人のほうもこちらの存在をキャッチしているはずだ。人殺しを躊躇《ちゅうちょ》しない激しい怒りが伝わってくる。

邪魔するな、全員が同罪だ、同罪だ、同罪だ。

君枝は焦りの汗をにじませながら意識を集中した。近い。どこかからこの光景を実際に見ているのだ。彼女は生徒たちの悲鳴が渦巻いている校舎を見回した。ちがう、この中ではない。自転車置き場の向こうか。君枝はわずかに装甲車の陰から身を乗り出した。

「君枝っ」タクヤが叫んだ。

曽根崎はその一瞬を狙った。

バリーン。装甲車のウィンドウガラスが割れ、視界が真っ白になった。タクヤが飛びかかってきて君枝を地面に押し倒す。重なったふたりの上にキラキラ光るガラスの雨が降った。

※

「あいつ、どうしちまったんだ」

タクヤは地面に伏せ、三階の窓から銃を撃ち続けている曽根崎を見あげた。校庭にいた生徒たちも教師たちも命からがら別の校舎に逃げ込み、窓から震えながら見守っている。

「強い力で操られている」伏せている君枝の声に焦りがにじむ。

「操られてる？　おまえの力でコントロールできないのか？」

「無理よ。完全に乗っ取られてて意識の空き容量がない」

マインドコントロールも早い者勝ちというわけか。かといって、こちらから撃ち殺すわけにもいかない。

そのとき、曽根崎が野猿のようにピョンと窓枠に跳び乗った。まさか、犯人は保安隊員まで飛び降り自殺させるつもりか。

「道夫っ」タクヤは叫んだ。「よせーっ」

だが、曽根崎はあっさりと飛んだ。もうおしまいだ——タクヤは思わず目をつむった。

これであいつのガラガラ声も嫌味も聞けなくなるのか。

だが、曽根崎は自転車置き場の屋根に落ち、鉄枠を踏んでひらりと地面にジャンプした。野獣級の運動神経だ。タクヤはその銃口が、自分ではなくユウヤを狙うのを見た。

弟はヘルメットなんかかぶっていない。曽根崎の指がトリガーにかかった。

「やめろーっ」タクヤはとっさに立ちあがった。

タクヤの力の放出と、銃声は同時だった。衝撃波があたりのものをなぎ倒して曽根崎を紙人形のように吹っ飛ばす。

「うわあっ」

ドサリ。曽根崎の体は校舎の壁に後ろ向きに叩きつけられ、花壇のコスモスを潰して落ちた。校舎のあちこちで悲鳴が聞こえた。一階の窓が粉々になっている。だが、そんなことはかまっていられない。

「ユウヤッ」タクヤは急いで装甲車の向こうに回り込んだ。

いない。どこへ行った。焦って探すタクヤの目に、十メートルほど離れたところのサッカーゴールのそばに、シュートをはずしたボールみたいに転がっているユウヤが見えた。

イテテテと頭を押さえながら起きあがってくる。あいつはなぜ、あんなところにいるのか。

「早くコントロールを身につけないとね、タクヤ」後ろから君枝のシニカルな声が聞こえた。「おかげで犯人もいなくなったけど」

俺がユウヤも吹き飛ばした……？　タクヤは茫然と立ちすくんだ。花壇から曽根崎が夢から覚めたように起きあがってくる。その頭からピンク色の花びらがひらりと落ち、半開きになった口元にヨダレのように貼りついた。

7

工場の裏庭は荒れ果て、雑草が足首まで生い茂っていた。打ち捨てられた機械類、あちこちに転がるドリンクの缶や瓶《びん》。動くものはヒメジョオンと戯《たわむ》れているチョウチョだけだ。兄と連れ立って霧原トイズの周囲を調べていた直也は侘《わび》しい風景を見渡した。

なにかが意識のセンサーに引っかかる。

ふと、敷地の片隅に目がいった。フェンスのそばに灰色の大きな石と小さな石が積み重ねられている。あの石が呼んでいる、と直也は思った。鉱物というのは動かないが、生き物と同じように意識があり、データを保存したり送受信することができる。人によって宝石や石の好みがあるのは相性のようなものだ。反対に、理由もなく気味が悪いと感じる石もある。直也は吸い寄せられるようにその石に近づいていった。

どうやらなにかの墓のようだが、まだ新しい感じだ。石にはなにも書かれていない。だが、なにかを伝えたがっているような気がする。好奇心にかられた直也は、無防備に手を伸ばして石に触れた。

そのとたん、どろり、と墨流しのような影が脳に広がった。

キャイン。犬の声が響く。

薄闇《うすやみ》に灯る赤いロウソク、揺らめく魔方陣、円《まる》くなった六人の高校生。

ぽとぽとと落ちる血、血まみれになる男の写真。

震える子犬、その首をカッターで切り裂く手、赤く濡れる白い毛。しゃがんでいる髪の長い少女、穴に投げ込まれる子犬の死体。目。充血した目。恨みの目。

「うわあああっ」直也は叫び声をあげて草むらに尻もちをついた。

「直也っ」兄が急いで駆け寄ってくる。「どうした、なにか視えたのか？」

「強い……怨念《おんねん》の塊《かたまり》だった」直也はあえいだ。「怒りと恨み……それと、悲しみ」

ここに埋められた子犬は惨《むご》たらしく殺されていた。ただその血を採るという目的だけで。犬の記憶、殺した少女の記憶、そして飼い主の記憶。自己中心的な残酷性を起点として、そこには黒いネガティブな闇のゾーンが広がっていた。触れ続けていたら自分も呑み込まれてしまいそうだ。

「気をつけろ」直人が叱った。「無理に視ようとするな」

兄の言うとおりだ。だが、ここで起きていることは、おそらく自分たちと無関係ではない。双海翔子はなにかを知らせようとして兄弟を導いたのだ。

そのとき、どこからか足音が近づいてきた。振り向いたふたりは、ポプラ並木の向こうに人影を見た。まさかこの怨念の塊を抱えている人間か。

「誰だ」兄が守るように弟の前に立つ。

「た、助けて、助けてくださいっ」

木陰《こかげ》から制服を着た女子高生が現れた。ポニーテールはボサボサ、右足を怪我《けが》したらしく痛そうに引きずっている。破れたフェンスをくぐり抜けようとした彼女はスカートを引っかけて転び、フギャアと踏んづけられた猫のような声をあげた。

「大丈夫か」直人が急いで駆け寄っていく。

涙で濡れた目がすがるようにふたりを見あげる。その顔は、たった今、直也が視た六人のうちのひとりだった。

※

「友だちが……三人死んだ？」

直人は草の上に座り込んで泣きじゃくっている女子高生を見下ろしていた。泥だらけの上履きには「小沢良美」と書かれている。その右側は焦《こ》げたようになっていて裂けて血がにじみ、制服もあちこち破けて砂まみれだった。いったいどんな恐ろしいものから彼女は逃げてきたのか。

「みんな今日、おんなじ日に自殺するなんて」良美は肩を震わせた。「なんで、なんでこんなことが起きるの」

「……あなたの友だちが、子犬を殺した」直也が言った。

良美が信じられないというように顔をあげる。直人は眉を寄せて石の墓を見た。なんという悪意を弟は視せられてしまったのか。

「そんなの、わたし知らない。ま、まり花が勝手に――」

「黒魔術をやったんだね？」直也が訊いた。

「そうよ、どうしてわかるの？」

「それに参加した連中が死んだのか」直人は言った。「この足のケガはどうした？」

「ほ、保安隊がきて、捕まったの。それで、死刑だって」

「保安隊だと？」

「それで、パニクって、窓から逃げようとした……ような気がする。よく覚えてない。そしたら、保安隊の女の人が撃ってきて――」

保安隊に追われているのか。直人は危険を感じて高校の方をうかがった。あの連中はダイナーで自分たちに容赦なく実弾を使ってきた。今度見つかったらまた厄介なことになる。

「……怖いよ、どうなっちゃうの、わたし。保安隊に捕まるか、その前に黒魔術で死んじゃうかもしれない」

「自殺は黒魔術のせいじゃないよ」直也は言った。「あなたたちのつたない魔術ではネガティブな存在は呼び出されなかった」

「え、失敗したの？　じゃあなんで——」

「生きている人間の恨みの力だ。たぶん子犬の飼い主が……」

直也は突然、ウッとうめいた。頭を両手で抱えて体を折る。

「どうした直也」

「兄さん……頭が——」

直也は痛みでうずくまった。今までは触れもしないでこんなダメージを受けたことはなかった。誰かの強烈な波動の直撃を受けているようだ。

「すごく強い……」直也は涙目であたりを見回した。「なんとかしないと、この人も——殺される。良美は恐怖で真っ青になった。直人は鋭い目であたりを見回した。犯人はこの近くにいるのだろうか。

「わ、わたしはなにもしてないよ。でも、子犬——まり花が殺した子犬のこと、知ってるかも」

「なんだと」直人は良美を振り向いた。「どこにいたんだ。それがわかれば犯人も」

「犯人？　だって自殺でしょ？」

「怒ってる——力を感じるよ」直也は額に汗を浮かべて目を閉じた。「すごい殺意だ」

「視るな、直也」直人は弟の肩をつかんだ。「視るんじゃない、鍵をかけろっ」

そのとき、良美が首元を吊られたようにすっと立ちあがった。虚ろな目はなにもない中空を見ている。直人はぞっとしてその仮面のような顔を見た。まるで操り人形だ。

「ごめんなさい、許して、お願いだから許してぇ」

良美は子供のように声をあげて泣きながらよたよたと歩いていく。直人が止める間もなく、いきなりドラム缶の上に捨てられていたビールの空き瓶をつかむと、コンクリートの壁に叩きつけた。

バリン。琥珀《こはく》色のギザギザの断面が鈍く光る。良美は魅せられたようにそれを自分の首に近づけていった。

「やめろーっ」直人は叫んだ。

良美の手の中でボトルが爆発した。直人の放った力は、同時に犯人の意識も遮断した。一瞬、犯人の驚きと痛みが気を震わして伝わってくる。

「……消えた」直也がぼんやりと目を見開いた。

良美の体は見えない手でスイッチを切ったようにくたりとくずおれた。

8

装甲車のスピーカーから響く本田本部長の声は、かつて君枝が聞いたことがないほどイラだっていた。当然だ。保安隊切っての優秀な部下たちが五歳の幼稚園児のように簡単にホイホイ操られてしまい、あろうことか高校で乱射したのだから。おまけに黒木タクヤの衝撃波も多数の教師や生徒に目撃されてしまった。この事件が解決しても後処理がたいへんだろう。

例の秘密クラブに属していたふたりの男子生徒、元木一馬と泉ユキオは拘束したが、小沢良美には逃げられたままだ。今ごろどこかで自殺しているかもしれない。

『こいつはマインドコントロールなんだな』本田は言った。

「はい、能力者の強い怒りと恨みの力を感じます」君枝は答えた。「復讐だと思われます」

タクヤは黙々と前を見て運転している。エネルギーを放出したあとは頭や体がだるくなる。君枝はそんな感覚を共有できる相手がいることが少しうれしかった。おそらく犯人も相当疲弊しているはずだ。後部スペースに繋がる小窓を振り向くと、ぐったりとうなだれている曽根崎と玲佳が見えた。その隣で黒木ユウヤだけはけろりとしている。

曽根崎の話によると、教師たちは別室に待たせ、まず秘密クラブの生徒から事情聴取した。だが、ユキオと一馬が取り調べ中に錯乱し、三階の窓から飛び降りようとしたため彼が昏倒《こんとう》させたらしい。その隙に良美が窓から逃げ出してしまった。ふたりの隊員が次々と操られたのは、その直後のことだ。玲佳と曽根崎は自分たちがやった銃撃の被害を見せられて驚愕し、操られたときの記憶はまったくないと口々に証言した。

鍛え抜かれた戦闘員は保安隊の宝だが、いったんその精神を乗っ取られたら最後、最悪の敵と化してしまうことがこれでわかった。戦闘スーツの防弾機能のように、マインドコントロールの防御もできればいいのに、と君枝は思った。だが、いくらトレーニングを積んでもそれは難しいだろう。ある能力を持っている人間を除いては。

『おそらくは、黒魔術と称する行為の中で能力者の怒りに触れたんだろう』本田は言った。『その能力者を追えるか？』

「はい、一度力をとらえたので、おそらく」君枝は答えた。

『急げ』

「了解」

一度つないだWi-Fiの接続先が記録されるように、彼女の脳には姿なき能力者の脳波が刻まれていた。こんな危険な能力者を野放しにしておいたら、またどんな犠牲者が出るかわからない。しかし、無謀な高校生の黒魔術のおかげで、潜伏していた能力者をあぶり出せたとも言える。君枝には自分こそが最強のマインドコントローラーだという自負があった。

早く犯人の顔を見てやりたい。

「北にまっすぐ」君枝は言った。

運転しているタクヤはちらっと彼女を見た。コントロールの失敗をまだ気にしているらしい。彼の弟に対する感情は、脳を極限まで活性化させて精神エネルギーを放つ。ユウヤは頭をぶつけてタンコブを作ったが、結局、兄は弟の命を守ったのだ。だが、未熟さの自覚は成長に必須《ひっす》だ。

「あなたは磨かれ始めたばかりの原石よ」君枝は言った。「トレーニングで研磨されれば、きっと誰よりも輝くわ」

「へぇ」タクヤはどうでもいいように言った。「あの男よりも強くなれるかな」

さりげない口調に隠しようのないこだわりが露呈《ろてい》する。戦士の本能だろう。

ニイサンのことだ。あの兄弟のことは君枝もずっと気になっていた。だいたい、なぜあの夜、よりによってあのダイナーに現れたのか。偶然とは思えない。おそらく保安隊とミラクル・ミックの騒動に引き寄せられてきたのだ。

本田もあれから徹底的に調査させたが、本名も年齢も出生地もまだ判明していない。ただ、あの事件の前夜、群馬県の〈スティンガー〉というドライブインで異様な事件があり、被害者たちの証言があの兄弟の特徴と一致したらしい。その騒ぎのきっかけがミラクル・ミックの報道だと聞いて、君枝は思わず笑ってしまった。

一般大衆に向けたプロパガンダが、よもや謎の能力者をあぶり出すことになるとは。それにしても、なぜそんな田舎《いなか》に出現したのか。あれほどの力を持つ能力者がいったいどこから湧いて出てきたのだろう。

「あの男より強くなるかどうか」君枝は言った。「それは、あなたの自覚次第」

タクヤは無言で装甲車のスピードをあげ、信号が赤に変わりかけた交差点を突っ切った。

9

同じ形の四角い集合住宅が五棟つらなるその団地には、窓の明かりが一割ほどしか点《つ》いていなかった。ゴーストタウン一歩手前の街。陽が落ちたあとの赤黒い光に、公園のブランコや滑《すべ》り台《だい》がひっそりと浮かびあがっている。直人はスピードを落として車を停めた。

「ここか?」

後部座席でぐったりしていた小沢良美が体を起こす。うちに帰りたがったが、今は保安隊がマークして待ち伏せしているだろう。良美は目をこすりながら公園を見回した。

「うん、ゾウさんの滑り台あるし。まり花がここで子犬がよく遊んでるって言ってた」

「飼い主のことは?」

「ごめん、聞いてない」

「……近い」直也はあたりを見回してつぶやき、ドアを開けて車から降りた。

慎重にあたりの気配を探る。団地を見あげたとたん、また急に頭が痛み出した。

気づかれた。マインドコントロールの波動の触手が自分を探ってくる。直也は心に鍵をかけようとした。

「直也、大丈夫か」車から降りてきた兄が肩に手をかけた。

ふっと、触手が炎を恐れるように引っ込む。助かった。直也は頭に手をやりながら、ポツポツと灯る団地の窓を見つめた。急にそのひとつがうわんと拡大される。

あそこだ。

「ここで待ってろ」直人は不安げな顔をしている良美に言った。「絶対に外に出るなよ」

「あっちだ、兄さん」

ふたりは急いで二番目の棟に向かった。エントランスに入りながら振り向くと、良美が猛ダッシュで車から逃げていくのが見えた。だが、今はかまってはいられない。直也が先に立ってエレベーターの前を通り過ぎ、迷わず一階の通路を奥へと進む。点滅している蛍光灯。ついたり消えたりしている光に浮かびあがる廊下に放置された子供用自転車やベビーカー。直也は『立花《たちばな》』の表札の前でぴたりと足を止め、兄を見あげた。

「ここだ」

ピンポーン。直人がチャイムを鳴らす。中から震えるような緊張が伝わってくる。返事はないが、あるとも思っていなかった。兄はドアノブに触れると、あっという間に鍵をはずしてドアを開けてしまった。

小さな玄関に、ふたりを待ちかまえていたようにひとりの女性が立っていた。震える両手で鋭い包丁をかまえている。

「あなたたち、なに？　保安隊？」

四十歳くらい、ゆるやかな肩までの髪。こんなに怖い顔をしていなければ整った容姿だろう、その引きつった顔を見たとたん、直也の頭痛がいっそうひどくなった。

この女の人が能力者なのか……？

命がけでふたりを威嚇している女の肩越しには家庭的な雰囲気のダイニングルームが見えた。カレーライスの匂いがする。

ちがう、この人は自分を守っているんじゃない、誰かをかばっているんだ。

「奥の部屋だ」直也は兄を見た。

「どけ」直人が低い声を出す。

「帰って」女は必死に包丁を突き出して直人に飛びかかってきた。「帰れーっ」

切っ先が体に触れる前に、女は後ろ向きに吹っ飛ばされた。ガチャガチャ——背中から食器棚にぶつかって倒れ込む。包丁はブーンと音を立てて天井に突き刺さっていた。

「きゃああっ」女は悲鳴をあげた。「逃げて、早くっ」

ふたりはかまわず部屋に足を踏み入れた。ダイニングテーブルには二人分の夕食が準備されている。カレーライスは食べかけで、スプーンが斜めに皿に置かれていた。直人はその奥にある引き違い戸に目を向けると、無言でさっと開けた。

「……おまえか」

直也は愕然として立ちすくんだ。意識だけでは捕らえられなかった能力者の正体を目にして。まさか、本当に彼が高校生三人を自殺させたのか。

「あいつら、ぼくのコタロウを殺した」小さな男の子が言った。子犬のように黒眼《くろめ》がちな目を涙でいっぱいにし、拳を握りしめてふたりを睨んでいる。子供用学習机、青いランドセル。スヌーピー柄の手作りの体操着入れには『2年2組　たちばなまさゆき』のラベル。壁には時間割表と白い子犬の写真が何枚も貼られていた。

直也は子供用ベッドの横に犬用の丸いベッドがあるのに気づいた。クッションについた白いふわふわの毛。歯磨《はみが》き用のカエルのオモチャが転がっている。かわいがってこの部屋でいっしょに寝ていたのだ。

「ま、正幸《まさゆき》はなにもしてないっ」母親が半狂乱で駆け寄ってきて息子を抱いた。「帰って、出てってよっ」

「……その子は、人を殺しました」直人が静かに告げた。

「え――なに言ってるの」

この母親はなにも知らない。いや、気づいても自分をだまして気づかないフリをしていたのかもしれない。ひとり息子とこの生活を守るために。自分たちの母親、霧原直美がかつてそうだったように。目の前にいる必死な母親は、兄弟の母親を、その苦しいほど深い愛情を思い出させた。よけいな能力があったために誰もがつらい思いをしたが、それは愛情ゆえだ。

「兄さん、あれ見て」

そのとき、直也は本棚の上の古い写真立てに気づいた。そこには、制服を着た女子高生ふたりが仲良く肩を組んで写っている。目の前の母親の少女時代。その隣にいるのは、ツインテールの少女だ。

「あの子だよ。翔子がぼくたちをここに導いたんだ」

「なんだと」直人は眉をひそめた。

なぜ翔子の写真がここにあるのか。学生時代の写真のようだが、自分たちが会った翔子はこのときから少しも歳をとっていない。直也は問うように母親を見た。だが、彼女はそんなことはどうでもいいように首を振った。

「ダメよ、正幸はどこにも連れていかせない。この子は、なんにも悪いことしてないでしょ?」

悪いこと——直也はその言葉に戸惑わずにいられない。子供にとっては犬を殺す人間を殺すことは正義だったのだ。もし、自分が飼っているハリィを殺されたら……立ち直れなくなるかもしれない。許せない気持ちはよくわかる。だが、死をもってまでして償わせるのはまちがいだ。

おそらく愛犬の死に揺さぶられた激情がトリガーとなり、正幸の能力が覚醒したのだろう。その資質があったことが彼の不幸だった。たとえどんなに憎い人間がいても、普通なら子供には人は殺せない。だが、正幸にはそれが、証拠も残さず、罪にもならない方法でできてしまったのだ。

「俺たちは、彼を捕まえようとしてきたわけじゃない」直人が言った。

「この子は、まちがった力の使い方をしてるんです」直也も言った。「お願いです、ぼくたちと話をさせてください」

できれば御厨のところに連れて行けるといい。直也はとっさにそう思った自分に驚いた。研究所で十五年間、不自由な生活を送ったにもかかわらず、この子の行き先はあそこがいちばん適しているような気がする。たしかに正幸は重い罪を犯した。だが、それを罰すれば済むのだろうか。あの研究所は収容所ではなく、いわば教育施設だ。子供に特殊な力の意味を理解させ、正しい方向性を持たせるには、本当に超能力を理解して導く人間が必要なのだ。

正幸は鼻をすすった。小さな唇を噛みながら直也を見あげる。一瞬、ふたりの間になにかが通じそうになった、そのときだった。

バーン。なにもかもをぶち壊すような破壊音が玄関で響いた。

全員が驚いて振り向いた。荒々しい空気とともに土足でドカドカとなだれ込んできたのは、戦闘スーツを着たふたりの保安隊員だ。

「動くなっ」男のガラガラ声が響いた。

男と女。ふたりとも見覚えがあった。もうひとりはダイナーで直也を撃った女隊員。ふたりとも紙人形みたいに兄に吹っ飛ばされたはずだ。それなのに、バカのひとつ覚えみたいに銃を向けてくる。この前の敗北をすっかり忘れてしまったように。

「あら? あなたたち」その向こうからもうひとり、保安隊のジャケットを着た女が現れた。

直也は驚いて目を見張った。ミックの連れだった赤いメッシュの髪の女だ。まさか彼女が保安隊員だったとは。

「おまえらが犯人か」

男の隊員がヘルメットのバイザー越しに恨みのこもった視線を直人に向けた。ハンドガンをかまえた女隊員が目を吊りあげる。

「いいえ」赤いメッシュの女がさっと正幸に目を向けた。「こっちよ」

同時に、すばやく角ばった小さな銃を取り出して撃った。直人が力を放つ間も、我が子を抱いた母親が避ける間もなかった。

「うわぁっ」正幸は仰《の》け反《ぞ》って倒れた。

直也はその銃から小さな体に向けて細いワイヤーが伸びているのを見た。テーザー銃

――スタンガンの一種だ。正幸の胸と足に電極針が刺さっている。子供は無情にも強い電流で感電させられていた。

「正幸っ」母親は悲鳴をあげた。「正幸、しっかりして――」

その様子を見る保安隊員たちの目に同情はかけらもない。どうやら正幸が三人の高校生を自殺に見せかけて殺したことはわかっているようだ。このままでは正幸を連行されてしまう。

「あなたたち何者?」赤いメッシュの女が偉そうな口調でふたりに言った。「ここでなにを――」

直人はその傲慢な言葉を最後まで言わせなかった。まちがった音を指摘するオーケストラの指揮者のようにさっと腕をひと振りする。

「わあぁっ」「キャアッ」

たちまち衝撃波が三人の保安隊員を襲った。床に転がる銃。カレーライスの皿が飛んで割れ、べちゃりと壁を汚す。ふたりの隊員たちは吹き飛ばされて床に倒れた。赤いメッシュの女だけはかろうじて壁に背をつけて立っていたが、その顔は苦痛に歪んでいる。

「行くぞっ」直人はすばやくダイニングルームの窓を開け、ベランダに飛び出した。

一瞬、直也は躊躇した。ぐったりして倒れている正幸を振り向く。助けてやりたい。彼の能力が作り出した罪と混乱から。だが、今は無理だ。すぐに兄のあとを追い、ベランダの手すりをまたいで乗り越えた。下で兄が心配そうに待っている。地面に飛び降りると、転びかけた体を兄の手が支えてくれた。ふたりは車に向かって走り出した。

「止まれっ」

そのとき、後ろから厳しい声がかかった。振り向くと、ふたりの保安隊員が手に手に銃を持って立っていた。ロン毛を束ねた男とショートカットの男だ。

「おまえらは、昨日の──」髪を束ねた男が息をのんだ。

「兄貴、気をつけろよ」ショートカットの男が自分の握っている銃を振った。「こんなもんは無意味だからな」

どうやら兄弟らしい。兄のほうは親の仇《かたき》のように直人を睨んだ。この男がダイナーで力を使ったようだ。弟はヤンチャそうだがつぶらな瞳をしている。

「やめろ」直人が言った。「俺たちはこの事件には関係ない」

「なら、なぜここにいる?」ロン毛の男が言った。

昨日、自分たちを殺そうとしてきた保安隊が、今日急に理解者になるわけはない。空気にピリッと電流が走る。直也は兄が躊躇なく力を振るおうとしているのを感じた。

銃をかまえた弟と視線がぶつかる。かすかな眩暈《めまい》。いきなりズームしたように黒い瞳がうわんと大きくなった。

シュワ──突然、四人の間に挟まれた空気が弾け、白い泡があふれた。あっという間に視界に広がっていく。気がつくと、四人は泡のフィルターのかかった世界で、カラカラと音をたてて回るカラフルな丸いものを見ていた。

数字が書かれたプラスチックのルーレット。くるくると回ってゲームの人生を翻弄《ほんろう》している。人生ゲームの盤を挟んで遊んでいるのは、幼い兄弟だ。

直人と直也……そして、タクヤとユウヤ。

まるで二枚のフィルムを重ねたように二組の兄弟がダブる。

「直人、直也、ソーダ入れたよ」

「タクヤ、ユウヤ、ソーダ入れたよ」

母親たちの声がデュエットのようにシンクロして響く。

そばで見守っている父親。コップを置く母親の震える手。

白い泡、泡、泡。

シュワワワワ……時間と時間がからみあって摩擦を起こしたように、急に白い泡の勢いが強くなる。ヴィジョンが薄くなり、たちまち過去はかき消えてホワイトアウトした。

黒木タクヤとユウヤという名なのか。直也の目に現実の大人のシルエットが浮かびあがってくる。ひとつ、ふたつ、みっつ。今、四人は過去のヴィジョンを共有した——それだけでも驚きなのに、その上、その過去が自分たちの記憶とそっくりとはいったいどういうことか。まさか、彼らのソーダにも薬が入っていたんじゃないだろうな。

「な、なんだ……？」タクヤのうめき声が聞こえた。

「……い、今のはなんなんだ」ユウヤの声は震えていた。

夕暮れの団地の前で、二組の兄弟は自分の見た光景におののいている。タクヤとユウヤの手が力を失い、ゆっくりと銃口が地面を向く。直人からも強い攻撃の気が消えていた。誰もが戦意が喪失している。

タクヤ、ユウヤ——この人たちとは戦いたくはない。たとえ保安隊でも。

「行くぞ、直也」直人がさっと身をひるがえした。

保安隊の兄弟はまだショック状態で、目の焦点が合っていない。逃げるなら今のうちだ。直也は兄の背中を追って走り出した。

「ま、待て」タクヤがうめいた。

彼が銃をあげて撃ったのは、とっさの反射的行動だったのか、威嚇だったのかわからない。タクヤの狙いはズレて、銃弾は無防備な直人の脇腹《わきばら》をかすった。

「うっ」直人が膝をついた。

「兄さん——」直也は悲鳴をあげた。

ポトリと赤いものが舗道に落ちる。直人が怒りに燃える目で振り向いた、そのときだった。

いきなり、物陰《ものかげ》から黒いパーカーのフードをかぶった男が走り出てきて、背後からタクヤに襲いかかった。タクヤが反撃する間もなく、アゴになにか四角いものを押し当てる。

バチバチッ。まばゆい火花が飛ぶのが見えた。

「うわあっ」タクヤは体を仰け反らせ、くたりと倒れた。

スタンガンだ。茫然としていたユウヤが我に返って男に銃を向けようとする。だが、男は訓練された動きでユウヤの腕をすばやくねじり、首にスタンガンを押し当てた。

バチバチッ。ユウヤは声もあげず、体を痙攣させながらばったりと倒れた。

直也はあっけにとられて黒いパーカーの男を見た。この男はいったい何者なのか。ショックを受けた隙をついたとはいえ、あっという間に保安隊員ふたりを片付けてしまった。男がフードの陰からこちらに鷹《たか》のような鋭い目を向けてくる。

若い白人だ。軍隊のようなアーミーパンツとブーツを履いている。

「に、兄さん」直也は息をのんだ。

このままでは自分たちもやられてしまう。だが、直人の脇腹からは血が滴《しただ》り、意識が朦《もう》朧《ろう》とし始めていた。もう戦えない。兄がいなければ直也は子ウサギのように無力だ。それでも必死に兄を抱きかかえて暴漢から逃げようとした。

「待てよ」暴漢が低い声で言い、手振りで招いた。「カモン。こっちだ、急げっ」

第三章

1

体調が悪いときには、脳が勝手に母親の夢を見る。直人は熱に浮かされながら、額に当てられる柔らかい手を感じていた。母さんがきてくれた。その顔が見たくて、また意識を失いそうになるのを我慢して目を開ける。

汚い天井が見えた。雨漏りのシミの跡をぼんやりと見ながら記憶をリフレインさせる。最後に見たもの——正幸、タクヤとユウヤという兄弟、黒いパーカーの男。

「直也——」

直人は起きあがろうとして、脇腹の痛みに顔をしかめた。そっと体を起こしてみると、上半身裸の腹には白い包帯が巻かれている。がらんとした部屋、あちこちに錆が出たトタンの壁。汚れた窓から昼の陽が差し込んでいる。部屋の中には自分の寝ているベッドしかない。とても病院には見えなかった。

ここはどこだ。

うめきながら立ちあがり、ドアを開けた。鍵がかかっていないところを見ると、刑務所でも収容所でもなさそうだ。とにかく弟を見つけなければ、世界の中心座標を失ったように不安定になる。廊下には誰もいない。窓の外に見覚えのあるフェンスとポプラ並木が見えた。

ここは俺たちの父親の工場だ。前回来たときには奥にある工場までは行かなかった。てっきり閉鎖されていると思っていたが、誰かが使っていたのか。よろよろと歩き始めた直人は、壁に貼られた古いポスターの前で足を止めた。

『新発売！　ヘリコプター型ドローン　霧原トイズ』

脳裏に目をきらきらさせてドローンを見あげる幼い直也が浮かぶ。これは弟とよく遊んだオモチャだ。その顔を見るのがうれしくて、直人は電池が切れても飛ばせてやった。それは弟の好きな歌をくり返し歌ってあげるような、ごく自然な兄弟愛だったのだ。だが、両親にとっては悪夢だった……直人は悲しい思い出を振り払い、また歩き出そうとした。

そのとき、どこかからくぐもった人の声が聞こえた。複数の声だ。直人は廊下の突き当たりのドアを見た。

「直也っ」

息せき切って部屋に飛び込んでいくと、ソファに座っていた見知らぬ男ふたりと若い女が驚いてこちらを見た。彼女の足元にいた黒猫がビクッと跳ねあがって逃げていく。

見覚えのある黒いパーカー姿の白人の若者。その隣には、モスグリーンのパーカーのフードをすっぽり被り、左目だけを開けた黒布の覆面をした男。露出を嫌うように黒い革手袋をはめた手には本を持っている。向かいに座ったブラウンのセミロングヘアの若い女は膝にノートパソコンを載せていた。

「直也はどこだ」直人はだだっ広い部屋を見回した。

かつて製造工場だった空間にはソファセットや本棚、ベッドやロッカーなどが配置されて快適な住居空間になっている。どうやらここに住んでいるようだ。だが、この連中が家族団欒をしているようには見えなかった。

「兄さん」

直也が驚いた顔で奥のキッチンスペースから出てきた。手に水の入ったコップと薬を持っている。拘束もされてないし、その顔に不安も見えない。直人はほっとして肩の力を抜いた。

「なーに焦ってんだよ」若い白人が呆れたように言った。「誰が傷の手当てしてやったと思ってんだ」

「ぼくたちを工場まで連れてきてくれたんだ。変な人たちじゃなさそうだよ」

直也がそう言うと、覆面男はおもしろそうに若者のほうを向いた。

「マイク、変な人じゃないか、俺たちは?」

「まあ、そうっすね、風間《かざま》さん。こいつらと大差ないぐらいには」

直人はシニカルな口調で言うマイクと視線を合わせた。短い刈りあげヘア。黒いパーカーの上からでも腕の筋肉がローストチキンみたいに盛りあがっているのがわかる。ひと目見て武闘派だ。

「弟さん、なにを訊いてもあんたが起きてからって、なんの情報も得られなかったんだ。おとなしそうに見えて大した頑固ものだよ」

「傷、どう?」直也はコップと薬を差し出してきた。「今、痛み止めと抗生物質を持っていこうと」

こんなのかすり傷だ……と言いたいところだが、かなり痛む。直人は黙ってかたわらのイスに座り込み、錠剤を飲みくだした。兄弟のそんな様子を三人は珍しそうに観察している。いや、値踏みされているようだ。

「おまえ、弟以外はみんな敵だと思ってんな」マイクが指摘した。

当たっている。リアルな人間関係の経験がほとんどない直人は、どんな人間に会ってもまず警戒してしまう。こんな不条理な世界ならなおさらのこと。反対に、直也はひどい目にあってもすぐにまた他人を信用してしまうから危なっかしい。

「なぜ、保安隊に追われている？」風間と呼ばれた覆面男が目を細めた。「思想家か？」

その手に持っている本は『自由と闘争』――どうやら彼自身が思想家のようだ。

「おまえたちこそ何者だ」直人は言った。

「質問に質問で返しやがったよ、風間さん」マイクはぐるっと目玉を回した。

風間の左目が鋭く光る。口元が見えないから怒っているのか笑っているのかわからない。

「礼儀知らずなやつだ」風間は言った。「俺たちは敵じゃない。エミリがおまえらがこの事務所に来たのに気づいて、マイクがあとをつけた」

エミリと呼ばれた若い女がうなずいた。きりっとした雰囲気で、長い脚にぴったりしたスリムパンツとブーツを履いている。おそらくこの前、ふたりが両親の手がかりを追ってここにきたときに姿を見られたのだ。

「保安隊から助け、傷の手当てもしてやったんだろ」風間が言った。「少しくらい感謝したらどうだ？」

「……すまない」直人はぼそりと言った。「助かった」

謝るのにも礼を言うのにも慣れていない。マイクが仕方がないな、というように肩をすくめて両手を広げる。

「保安隊に追われる身なら、少なくとも俺たちは敵じゃない」風間はうなずいた。

「なぜここに？」直人は訊いた。「ここは俺たちの両親の工場だ。いったいどういう経緯でおまえたちが住んでいるんだ？」

エミリがかすかに身じろぎをして直人と直也を見た。

「今は我々の拠点のひとつだ」風間が言った。

「拠点だと？」

「オレらはレジスタンスだ」マイクが言った。「この風間さんがリーダー」

「レジスタンス？　反政府組織ってことか」

「そうだ、我々は『言論自由同盟』」風間はテーブルに本を置いて立ちあがった。「狂った現政府を相手に戦っている。今の世の中っておかしいと思わないか。小説も漫画も映画も、戦前の名作は全部禁止になった。霊能者も占い師も拘束されている。なんであろうと非科学的な空想を語ることもタブーだ。なぜだと思う？」

一瞬、直人は痛みも忘れて風間を見つめた。その答えこそ自分たちが求めていたものだ。

「現政府は、我々国民を巧みにコントロールして自由を奪おうとしているんだ」

直人は弟と顔を見合わせた。この連中はまちがった価値観に抵抗し、自由になろうとしているのだ。直也が目を輝かせて風間を向いた。

「じゃあ、あなたたちは超常現象を、精神エネルギーの存在を信じているんですね」

一瞬、奇妙な間ができた。風間と口を半開きにしたマイクが目を合わせる。それから下手なジョークでも聞いたようにいっせいに笑い出した。

「どうかな」風間は言った。

「どうかな？」直人は眉を寄せた。

「ククク……あのなぁ」マイクは笑いながら言った。「そんなもん信じてるわけねえだろ」

直也が失望したように直人と顔を見合わせた。やっと理解者と出会ったと思ったら、とんだ期待はずれだったようだ。精神エネルギーが現実にないと思っていても、ファンタジーや超能力ものはいくらでも創作できる。半信半疑でも神に祈ったり、サイキックカウンセラーに運勢を訊くことはできる。そして、それを規制する政府に反対することもできるのだ。

「あるかどうかは関係ない」風間が立ちあがり、歩き回りながら演説を始めた。「精神エネルギーの否定はあいつらにとって、支配のための手段だ。やつらは人心を操り、このいびつな管理社会を築きあげてしまった。このままだと我々の自由は完全に奪われてしまうのだ」

だんだん声が大きくなっていく。風間は兄弟の前にやってくると、黒革の手袋をはめた右手をすっと差し出した。

「――霧原直人、霧原直也――同志にならないか」

「なんだと」直人は顔をあげた。

能力者どころか、精神エネルギーの存在すら信じていない。そんな人間とどうして同志になれるのか。だが、風間は強い闘志のみなぎった目で直人を見つめた。

「おまえたちの敵は、我々の敵だ」

エミリは黙って仲間たちの言動を見守っている。逃げていった黒猫が戻ってきて、男たちの足元を通りすぎてエミリのブーツに頭をぐりぐりこすりつけた。直也が風間から目をそらし、猫の青い目とじっと見つめあう。猫は幸せそうにゴロゴロと喉を鳴らし始めた。動物は人を選ぶ。人間の目には見えないオーラを見ているのだ。

2

抗菌ガラスの向こうでは、楕円形《だえんけい》の透明カプセルに入った男の子があどけない顔で眠っていた。まだ小学二年生、とてもじゃないが凶悪殺人犯には見えない。三人の高校生を操って自殺させるどころか、母親に小さな嘘をつくことすらできなそうだ。タクヤは憂鬱《ゆううつ》な気分でその寝顔を見つめていた。もし、世界中の子供が彼のような能力を持ち、怒りにまかせて人を消していったら、きっと人口はさらに半分に減ってしまうだろう。

「こんなガキに俺たちは操られたのか」曽根崎が悔しそうにガラスに顔を寄せた。

保安本部の検査室。アルファ隊員たちは信じられないように立花正幸を見つめている。麻酔を打たれているから今は安全だ。ユウヤも目が離せない様子でガラスにへばりつき、本田は腕組みをして君枝といっしょに隊員たちの後ろから見ていた。

「なにも抗《あらが》えなかった……」武藤玲佳は唇を噛んだ。「うっすらとだけど、意識はあったはずなのに」

柿谷教授は検査室の中で脳波計をチェックしている。タクヤはモニターに映る脳波データに目をやった。レム睡眠の波形を示しており、ときどき正幸のまぶたがピクピク動く。三人を死に追いやった子供はいったいどんな夢を見るのだろうか。

「これでよくわかっただろう」本田は言った。「精神エネルギーを野放しにしておく社会は崩壊する……ゴッドウィル以前の世界のようにな」

「ゴッドウィル以前の世界……」タクヤはつぶやいた。

「ああ、この世界は学んだんだよ。二度と、失敗は繰り返してはならないと。世界の秩序を守り、今の形で文明を存続させていくためにはどうしたらよいかを」

君枝がすっと前に出てきて、タクヤの横に並んだ。

「この子は恐ろしいほどの力を持っている。誰かをコントロールして核爆弾のスイッチを押させることもできるのよ」

「あんたもだろ」

「あなたの力も危ないわ」

タクヤは複雑な気持ちでその言葉を聞いた。強くなりたい自分と、それを恐れている自分がいる。そしてまたあの兄弟のことを思い出した。

直人と直也——あれからどこに行ったのか、直人は銃創を負っているはずだ。自分とユウヤを襲った何者かに拉致されたのかもしれない。路上に残されていた血痕《けっこん》は今、DNA解析に回されている。

「兄貴」ユウヤがこちらを向いた。「あれ見て」

「どうした」タクヤは近づいていった。

「あの写真。あそこに置いてある」

タクヤは弟の指が示している先を見た。ガラスの向こう、正幸のカプセルの横になぜか写真立てが置いてある。そこに写っている人間を見たタクヤは息をのんだ。

「正幸少年の母親が、どうしてもこれを息子に持たせてやりたいと……お守りみたいに大事にしてて、これを見ると落ち着くんだそうです」

柿谷教授が検査室から持ってきた写真立てを確認し、タクヤはユウヤとうなずきを交わした。まちがいない、あのミラクル・ミックのアジトに突入したときに現れたツインテールの女子高生だ。なぜ、その写真が正幸のそばにあるのか。

「本部長、この少女を見ました」タクヤは本田に報告した。「ミラクル・ミックのアジトに突入した作戦の中で。すぐにいなくなってしまいましたが」

今の今まであの少女が存在したという証拠はなく、どこの誰ともわからなかった。報告するのも初めてだ。本田は怪訝な顔で写真立てを受け取った。

「たしかにあのとき、きみたちの様子は普通ではありませんでしたね」柿谷が言った。

「この少女でまちがいないか」本田が念を押す。

「はい」タクヤはうなずいた。

「それは奇妙ですね」柿谷がメガネを押しあげた。

この少女はタクヤ以外のセンサーに感知されなかったり消えたりと最初から奇妙だが、柿谷はなにを不思議に思っているのだろう。

「それは正幸少年の母親、立花美紀《みき》の高校時代に撮られたものだそうです」

「高校時代？」ユウヤが言った。

「ええ、高校に問い合わせ、クラス写真も入手しました。きみたちが見たというこの少女は、双海翔子。本来ならば現在四十代になっているはずです」

そんなバカな――タクヤは寒気を感じた。やっぱりあれは廃墟をさまよう亡霊だったのか。意識を失ったときには頭の中で声まで聞こえた。ユウヤが唖然として目を合わせてくる。

まさか俺たち女子高生に憑依《ひょうい》されたんじゃないだろうな……とはこんなところでは言えない。

「よーし柿谷、この翔子という女の情報をもっと探れ」本田は指示した。「わたしは立花美紀に直接話を聞く」

※

取調室のパイプイスにぐったりと座っている立花美紀は見るからに哀れだった。ジーンズにベージュのロゴ入りトレーナー。普段着姿で化粧気もなく、いきなりいつもの生活を失ったことがありありと現れている。しかし、それよりも哀れなのは現実を認識できないことだ。

取り調べが終わったら正幸と帰れますよね？　と美紀は初めに本田に向かって訊いてきた。息子が三人を殺したという事実、そんなものを受け入れられる母親はいない。夫は二年前に病死し、それ以来、女手ひとつで子供を育ててきたという。子犬は正幸のために友人から譲り受けたもので、まさに小さな太陽となってふたりきりの生活を照らしていたらしい。

そして今、太陽は消え、息子は保安隊に囚われてしまい、美紀の人生は暗闇に没している。

「高三で転校してきた双海翔子とは、気が合ってすぐに友だちになったんです」

本田が写真立てを渡して事情を尋ねると、美紀はすぐに話し始めた。さっき正幸の最近の動向を根掘り葉掘り訊かれたときよりもずっとスムーズに。

「でも、いっしょにいた時間はとても短かった。夏休みの前に、翔子は突然、姿を消してしまって……」

「失踪、か？」

「はい。この写真が撮られたのは二〇一四年。この年にいなくなりました」

「その後、双海翔子とは？」

「会うことはありませんでした。この写真、わたしがしまい込んでいたのを正幸が見つけて、なぜかとても欲しがって……それで、額に入れておいてあげていたんです。翔子のルックスが気に入ったのかなと思ったら、見てると落ち着くって言うんです。それがわたしもとても嬉しくて……」

美紀は懐かしそうに平和な思い出を語った。今直面している悪夢から目をそらすように。本田はその憔悴《しょうすい》した顔を見ながら、一見無関係に見える点と点をつなげようとした。

なぜ、能力者の正幸少年は双海翔子の写真を気に入ったのか。なぜ、タクヤとユウヤは翔子を目撃したのか。概念が破られる夜、そこから大きな変化が起きることはわかっていた。

だが――あの方は双海翔子のことはひと言も話していなかった。

「もういいですよね」美紀が身を乗り出した。「いいかげん、正幸を返してください」

「それはできない」本田はきっぱり言った。「彼は今、殺人の容疑で取り調べ中なんでね」

美紀は唇を震わせ、息子に濡《ぬ》れ衣《ぎぬ》を着せようとしている暴力刑事でも見るような目を向けてきた。超能力の存在を認めていない現代、この殺人を裁くための法律はない。これ以上の完全犯罪はないだろう。それがどんなに恐ろしいことか、この母親には理解させることは不可能だ。

「そんな、信じられません、正幸が人を殺すなんて――」

本田は机に突っ伏し、細い肩を震わせて泣く美紀を見ていた。その肩に乗っているものは重すぎる。現実を見ないのも、ひと晩中泣き続けるのも自由だ。

でも、あなたの息子が三人を殺したという事実は一生変わらない。

3

『……二〇一六年から続いた核保有をめぐる膠着《こうちゃく》状態は、二〇二三年、予想を裏切る形で突然、破られた。その夏、世界各地で戦いの火の手があがり、第三次世界大戦が勃発。

さらにこの戦乱は、地球の気候変動と地殻変動をも誘発した。地球全土を覆った天変地異により、世界人口の三分の二が失われたのだ』

渋谷センター街の大型デジタルディスプレイには近年の歴史が流れている。直也は兄と並んで、狭い路地からその迫力のある映像を見あげていた。核爆弾、ミサイル、火山噴火、地震、津波、新種のウィルスによるパンデミック……。

〈戦争を忘れるな〉という国営放送製作の映画だ。マイクは路地の壁にもたれ、エミリは階段に腰をかけている。レジスタンスの彼らは人目を避けることが習性となっていて、防犯カメラの設置されていない道をよく知っていた。ここからなら安心して映像を観ていられる。

『……そして、未曾有《みぞう》の危機を乗り越えた人類は、復興への道を歩み始めた』

エンドマーク。聴けば条件反射で涙が出るような感動的なピアノと弦の音楽が流れる。

真剣に観ていた直人が振り向いた。

「隔離されていた俺たちには、あんな戦争のことは知らされなかった」

「うん」直也はうなずいた。

「隔離されていた?」マイクがそれを聞きつけて近寄ってきた。「どこにいたっていうんだ」

「おまえには関係ない」直人はつっけんどんに言った。

ふたりの視線が間近でぶつかる。この武闘派の男たちが反発するのは化学反応のようなものだ。エミリがそれを中和するように間に入った。

「でも、戦争の記憶がないのはあなたたちだけじゃないのよ」

直也はエッとエミリを見た。

「どういう意味だ」直人が訊いた。

「わたしも、他のみんなもそう。誰も戦争や天変地異のはっきりした記憶を持っていない」

「記憶があいまいだってこと？」

「ええ、だからみんな、あの映画を観るのかな。記憶が欠けていることの不安を埋め合わせるように」

「観せられてるんだよ」マイクが言った。「うるせぇくらいそこら中でくり返し流れてるし、配信もされてる。学校や職場でも定期上映されてるし」

「集団催眠とかじゃないのか？」直人が言った。

「なに？　戦争があったのはたしかだろ。実際、人間の数が三分の一になってるんだぜ？　世界のいたるところにゴーストタウンがある。あったんだよ、戦争も天変地異も」

ゴトゴトとレトロなロープウェイが頭上を動いていく。直也はセンター街を歩くまばらな通行人を見回した。研究所にいたときに直也がニュースやドラマで見た渋谷の、あのごった返した風景とはぜんぜんちがう。おかげで人に触れないように歩くのも難しくなかった。

「兄さん、十八年前、この世界にそんなことが起きたなんて」

「ああ、とても信じられない」

直也はビルのデジタルディスプレイを見あげた。〈世の中は物理である〉〈精神エネルギーは存在しない〉〈すべての宗教は詐欺〉……政府広報のプロパガンダが街のいたるところに流れている。それらの真実に反する言葉は、まるで妨害電波のように直也の神経を逆なでし、息をするのも苦しくなってきた。どうしてこんな世界になってしまったのか。

この世界に住む人は目に見えない狭い水槽に囚われている。重たく、自由のない社会。

だが、誰かがこの世界を望んだのだ。

「おまえら、いったい何モンなんだよ」マイクが怪訝な顔をした。

「答えるつもりはない」直人はすげなく言った。

「おい、いいかげんにガードを下げちゃどうだ」

闘犬同士の威嚇は止まらない。吠え声が聞こえないうちに、エミリがまた割って入った。

「直人さん、直也さん。ふたりにもうひとつ見てもらいたいものがあるの」

「ああ、あれね」マイクがうなずいた。「あれを見たら、この用心深くて強情なやつもオレたちに協力しようって気になるさ」

エミリはレジスタンスにしては協調的で、頭も柔らかそうだ。おそらくマイクとは考え方にも隔たりがあるだろう。そのふたつの顔に同じ怒りと悲しみがよぎるのを見て、直也は嫌な予感しかしなかった。

4

「本部長、見てください」

本田が検査室に入っていくと、柿谷教授が興奮を隠しきれない顔で振り向いた。抗菌ガラスの向こうには、博物館に陳列された四体のミイラのようにアルファ隊員たちが検査台に横たわっている。黒木タクヤ、黒木ユウヤ、曽根崎道夫、武藤玲佳。頭にキャップ型の脳波計をかぶせられ、安静状態のデータを採取されていた。

柿谷の前にはMRIによる高精密画像が表示されたディスプレイが並んでいる。おのおのの脳の断面図だ。

「これは黒木タクヤのものです」柿谷はそのひとつを指さした。「松果体が活性化し、前頭葉の神経細胞をつなぐシナプスが一気に増加しています」

本田はタクヤの脳の画像をのぞき込んだ。柿谷が開発された部分をわかりやすく赤くしてくれている。かなりの広範囲だ。小林君枝は目を細めて『あの子は楽しみ』と言っていた。それが能力開発だけのことかどうか本田にはよくわからなかったが。

「そして、こちらが黒木ユウヤ」柿谷は隣のディスプレイを示した。

本田はオッと目を寄せた。少しだが赤い部分がある。

「覚醒が見られるということか？」

「ほんのわずかです。この程度ではお話になりません」

「道夫と玲佳は？」

「そのふたりはまだ」柿谷は首を横に振った。

アルファ隊員たちは戦闘能力だけで選ばれたのではない。保安隊に入る前から能力者として萌芽《ほうが》することを予測されていた者たちだ。だが、能力開発には個人差があるし、環境によっては一生目覚めないこともある。今までも兆候があったアルファ隊員もいるにはいたが、せいぜいスプーンを曲げる程度、弱くて使いものにはならなかった。タクヤとユウヤがめでたく春を迎えたことによって、曽根崎と玲佳も誘発されるといいのだが。

ピーッ……終了の音がして、脳波計が止まった。

「今日は以上です」柿谷がマイクでガラスの向こうの四人に声をかけた。「これから定期的に同様の検査を行い、データを採取させてもらいます」

白衣の研究員が四人に近づき、手早くキャップをはずし始める。曽根崎はあーあ、と大きく伸びをして起きあがった。そのままぼりぼりと体をかきながらガラスに近づいてくる様子は、まるっきり動物園のゴリラだ。

「俺は、能力者になれるんですか?」曽根崎はガラス越しに柿谷に訊いた。「その兆候はあるんですか?」

「おい道夫、そう焦るな」本田が声をかけた。

柿谷も大きくうなずく。曽根崎はバナナのおあずけをくらったゴリラのような顔になった。

そこへ、君枝がつかつかと入ってきた。曽根崎には目もくれず、黒木兄弟の前に立つ。

「タクヤとユウヤはわたしといっしょにトレーニングルームに来て。能力開発のプログラム、第二フェーズに移行よ」

「能力開発のプログラム?」ユウヤは兄を見た。

「おまえもか」すでにプログラムを組まれているタクヤがうなずく。

ベッドに座って手グシで髪を整えていた玲佳がピュー、と口笛を吹いた。

「黒木兄弟、優秀じゃない」

曽根崎が露骨にムッとする。わかりやす過ぎる男だ。キュートな武藤玲佳は男性隊員に人気があり、コンビを組ませたときからこうなることは本田の想定内だった。だが、彼女は銃の扱い以上に男の扱いがうまいから心配はない。

「俺はまだ、なにができるのかわかっちゃいないんだぞ」ユウヤは言った。

「心配すんなって」タクヤは手を広げた。「俺みたいに、なにかブワーッとやりゃいいんだよ」

「……いい気になるなよ、タクヤ」曽根崎は歯軋《はぎし》りした。「すぐに追い抜いてオメーなんて吹っ飛ばしてやるぜ」

どうやら華園高校でタクヤに吹っ飛ばされたことをまだ根に持っているらしい。君枝のあとをついていく兄弟に、曽根崎はレーザービームのような視線を向けた。

「嫉妬か」本田はにやっとした。「いい傾向だ」

全員が退出して本田とふたりきりになると、柿谷はおもむろにディスプレイの映像を切り替えた。隠し球を持った野手のようにポーカーフェイスを装っている。

「さて、こちらをご覧ください」

またしても脳の断面図だ。本田は思わず目を見張った。ほとんどが活性化して赤く染まっている。あの君枝でさえもこれほどの覚醒状態になったことはない。

「これは……？」

「立花正幸です。中心の部分から覚醒化がグラデーションのように広がっている。それだけじゃない、細かな赤い力点が脳の全体に散らばっています。急激な変化があった証拠だ」

怪物だ――本田はモニターに映っている正幸を見た。特別検査室に移されてカプセルの中でこんこんと眠っている。なぜ、この子がここに生まれたのか。立花美紀が双海翔子と仲がよかったこととはなにか関係があるのだろうか。

「至急、母親のデータも取ってくれ」本田は言った。

「遺伝の可能性、ですか」柿谷は顎《あご》をなでた。「たしかに家系的に脳の機能が受け継がれることはあります。いわゆる霊感体質を持った人の身内には、霊感が強い人がいることが多い。調べてみましょう」

「彼女は今、非常に感情的になっている。息子がいる特別検査室の場所は知られないように」

「了解しました」

本田はいかにも母親らしいタイプの美紀を思い浮かべた。とても誰かをコントロールできるような能力者には見えない。だが、正幸だって普段は学校に通っている普通の小学生だ。我々は知らないうちに怪物の親子を捕獲したのかもしれない。

その一時間後、柿谷は残念そうに本田に報告してきた。

「詳しい検査をしましたが、母親にはなにも。能力者じゃありません」

本田はため息をつく。父親の遺伝という可能性もあるが、もう亡くなっていて調べようがない。

「突然変異かもしれません。人類の進化のきっかけの多くは、脳の突然変異によってもたらされたそうです。放射線、薬物、天変地異……その要因はさまざまですが」

あの普通の母性的な美紀から怪物が生まれるとは、宇宙の悪ふざけのようだ。いや、むしろそういう親にこそ特殊な子供が生まれるのかもしれない。それでも、愛情に包まれているだけでは正幸の能力は覚醒しなかった。

怒りはときに愛から生まれる。彼の能力が起動するには、子犬の死という理不尽に対する怒りが、愛情ゆえの復讐心が必要だったのだ。

「我々のやってることは、初めてチーズを作った職人と同じだな」本田はぼそっと言った。

「は？　チーズですか？」柿谷は目を丸くした。

「昔の農夫は原理をまったく知らないまま、とにかく牛乳を同じ状態に置くことでチーズを作り続けたそうだ。菌の存在など知らずにな。原理もわからないままに超能力を開発しようとしている我々の今の状況と、よく似ているだろ」

柿谷は苦い顔でうなずいた。

本田はモニターの中の、小さな怪物の入ったカプセルを見つめながら夢想せずにはいられなかった。この力はまさしく武器だ。もし、正幸の力を分析し、保安隊が自在に利用することができたら。それは君枝よりももっと役に立つ、世界を動かせる偉大なる武器になるだろう。

※

正幸はゆらゆらと夢を見ていた。

コタロウ――ぼくの犬。コタロウがいちばん大事なのはぼくの気持ち。ぼくが楽しいとコタロウもルンルン。ぼくが泣くとコタロウもぺしゃんこ。ぼくたちは双子みたいに心がつながっていた。

でもコタロウは殺された。もういない。もう会えない。

胸にあいた黒い穴。痛い痛い。どこかから同じ痛みが伝わってくる。

悲しみ、絶望、恨み。生まれる前からつながっていた人。

空の上であのお姉ちゃんが、「あの人よ」って教えてくれた人。

お母さん……お母さんだ。

正幸――お母さんの声が聞こえた。

それはなんかの信号みたいにぼくの頭に響いた。脳の中に花火がぱっと広がった。

ぼくの目が開く。生まれて初めてお母さんを見たときみたいに。

まぶしい。お母さんは？　お母さんはどこ？

5

「保安本部だと?」直人は道路の案内標識を見て声をあげた。「俺たちは保安隊のいるところに向かっているのか?」

直人とともに、バンの後部座席に並んで座っている直也が不安そうに窓の外を見る。前方にはひときわ高いタワーがそびえたっていた。ライトアップされた近代的なタワー。レトロムード漂うこの都市において、国家予算が惜しみなく注ぎ込まれたことが一目瞭然だ。レジスタンスのバンは一直線にそこへ向かってい

「そうだよ」運転しているた。「心配ない、この車は正規の登録者だ」

「車から降りなきゃ大丈夫」助手席のエミリもうなずく。「わたしたちだって捕まるようなドジはしないから」

大胆不敵なレジスタンスだ。直人は弟と顔を見合わせた。そうまでして自分たちに見せたいものとはいったいなんなのだろう。もし、今度保安隊に見つかったら逮捕されるか、最悪の場合は射殺されるかもしれない。まあ、直人はどちらもされる気はなかったが。

痛み止めのおかげで脇腹の傷の痛みはだいぶマシになっている。それでも、できれば危

険地帯には近づきたくなかった。特に自分を後ろから撃った、あのタクヤという男には二度と会いたくない。

だけど、立花正幸はもしかしたらあそこにいるかもしれない。

保安隊でどんな目に遭わされているのだろうか。モルモットにされているのか。なんとか忍び込んで助け出せないだろうか。一瞬、そんな無謀な考えが浮かぶ。さすがに大胆なレジスタンスもそんな自殺行為には協力はしてくれないだろう。

バンはタワーの前で曲がると裏側の方へ回っていく。無骨なコンクリートの建物が並んでいる。どうやら保安本部の古い倉庫のようだ。

「見えてきた、あれだ」マイクがスピードを落とした。

数十人の群衆がたむろしている。目立たない場所にバンが停車すると、兄弟は建物の方に目を向けた。

これはなんだ。直人は最初、自分が見ているものがわからなかった。道に面して、倉庫を改造したガラス張りのショールーム——いや、鉄格子のついた檻《おり》が二十個ほど並んでいる。檻の前には銃を持った保安隊員が警備についていた。人々はその前に群がり、中にいる生き物を珍しそうに見ている。だが、そこに入っているのは動物ではなかった。

「幻想にすがってんじゃないよ」見物人の叫び声が聞こえた。「なにが前世だっ」

檻の中にいるのは若い女、中年男、老人……動物園のケージについているようなネームプレートに個人名が記され、見世者にされている。なかには小さな女の子までいた。首に下げた札に書かれているのは犯した罪だ。『わたしは予言者と偽りました』『超能力で人の心を読み取ったと思いこみました』『占いで金をもらいました』『神社にお参りをしました』――。

「これは、更生部屋って呼ばれてるものよ」

唖然としている兄弟に、エミリが怒りのこもった声で教えた。

「保安隊に拘束されると、考えを改めるまで檻に入れられて晒《さら》し者《もの》になる」マイクは言った。「ここにいるのは一部だ。まだたくさんの人が収容所に入れられている」

「そう、マイクの母親も拘束されて……」

「ああ、いつになったら出てこられるかわからない。集まってるのはヤジ馬どもだな。ああして囚人見物を楽しんでいるのさ」

「そんな……」直也は絶句した。「ひどい。ひどすぎる」

まるで魔女狩りが横行していた中世ヨーロッパに逆戻りしたかのような光景だ。祈りを捧《ささ》げている老女、放心状態の少年、壁を叩いている若者。直人はその中に見覚えのある顔を見つけた。

ダイナーでミックに目を治されていたミュージシャン、トオルだ。ボサボサの髪で、ノイローゼの熊《くま》のように檻の中を行ったり来たりしている。その胸にかかっているのは……

『悪徳教祖ミラクル・ミックを信じました』。

　その隣の檻では、まだ小学生くらいの女の子がしゃがみ込んでメソメソ泣いている。『魔法使いを信じました』という札をぶら下げていた。

「あの子、魔法使いのアニメ観て、コスプレしてたんだって」見物人の声が聞こえた。

「魔法？　親も自覚ないよね。同罪でしょ」

　あんな子供を、そんなことぐらいで晒し者にするとは。直人は怒りで体が震えた。なのに見物人は当然の罪と言わんばかり、政府のプロパガンダに完全に洗脳されている。

　魔法──直人はふと御厨の言葉を思い出した。『わたしに言わせれば、魔法も、いかなる超常現象もある意味では存在しない。それは高度に発達した科学の一部に過ぎないんだ。おまえたちの力も同じだよ』

　御厨はその高度な科学的解明に躍起になっていた。彼の研究はまだまだ途中だったが、少なくとも方向性が正しいことはたしかだ。もし科学文明が進んでいけば、こんな遅れた思想で人々を縛りつけることは無意味となる。だが、世界は進むどころか逆行しているのだ。

「最近は特にひどいの」エミリが憂鬱そうな声で言った。「空想や信仰だけで、小さな子供まであんなふうに裁かれるなんて普通じゃない。わたしたちはこんな世界を変えたいのよ」

狂った世界。直也の目は潤み、息づかいが荒くなっている。ここに渦巻いているのは大量のネガティブな思念だ。直人は心配になって弟の顔をのぞき込んだ。

「大丈夫か」

「……檻の中の人たち、なにも悪いことしてないよ」

「あの中に能力者は？」

「いない」直也は首を横に振った。「正幸も、ここにはいない。もっと奥に閉じ込められてる。どうしてこんなに迫害するんだろう」

「ああ、保安隊の中にも能力者がいたのに」

兄弟の会話を耳にしたエミリとマイクが怪訝な顔をした。

「保安隊の中に能力者……？」エミリが言った。

「おいおい、頭ぶっ飛んでんじゃねえのか、おまえら。オレもエミリも、オレたちの仲間も誰も超能力なんて見たことねえんだよ。なあ、エミリ」

弟がちらりと直人を見る。見たら信じるというのだろうか。ちょうどそのとき、見物人の叫び声が聞こえてきた。

「けっ、そんな力があるなら見せてみろ。できるわけねえよなっ」

直人の肩がかすかに震える。エミリやマイクに目の前で見せる気も、説得する気もない。〈スティンガー〉での体験でわかったように、たとえ見せたところで人は自分の好きなように自分をだますのだ。

「なにが神様だ、イカサマババア。神様がいるんだったら、そっから出してもらえよ」

「神様が本当にいたら、戦争なんてあるわけないでしょっ」

「おまえらみたいのがいるから社会がよくなんねえんだよっ」

人々は自分の正義を感じるために攻撃の対象を探している。ここは危険思想矯正の場であるだけでなく、ストレス発散の場であり、残酷な娯楽の場でもあるのだ。直人は必死に怒りをこらえた。

「こんな――こんなこと、許されてたまるか」

「兄さん、怒っちゃダメだ」

弟の手が怒りの電流を逃すアース線のように直人の手に触れる。直人は拳をぐっと握りしめて保安本部タワーを見あげた。

それは王様の居城のようにそびえたって国民を見下ろしている。人々の洗脳、巧妙なプロパガンダ、フェイクニュース。あのどこかに、このすべてを取り仕切っている悪意の源があるのだ。

6

「お母さんはどこ?」

北原《きたはら》カヨは夢の中で自分の声を聞いた。保安本部特別検査室。ベッドにひとりの男の子が座って自分を見つめている。立花正幸少年だ。三人を殺した犯人だと聞かされているが、信じられない。きっとかわいそうな子だ。カヨは自分の手を見下ろした。

電気コードを握り、同僚の研究員の首を後ろからぎりぎりと絞めあげている。彼は顔を真っ赤にしてもがき苦しんでいた。

「言えっ」自分の口が動いた。「お母さんはどこだっ」

同僚は口をパクパクさせた。やがてその頭ががくりとうなだれる。そもそも彼は母親の居場所など知らなかったのだ。カヨは手を離し、転がる同僚をまたいでふわふわと廊下に出ていった。正幸少年は自分の影のように後ろからついてくる。

前方から巡回パトロールの隊員三人がやってきた。白衣姿のカヨを見るといつもデレっとするヒゲの隊員が、今日は不思議そうな顔をした。カヨは知らん顔をしてすれちがう。

そのとき、彼は後ろにくっついている子供に気づいた。

「おい、どこに行くんだ」ヒゲの隊員は警戒した声をあげた。

正幸少年は隊員たちを見あげた。まるであどけない子供のように。ヒゲの隊員はゴソゴソと銃を抜いた。

パン。彼はいきなり隣の隊員を撃った。仲間に撃たれた男は唖然とした顔のまま倒れていく。

「な、なにをっ」三人目が叫んだ。

パン。あっという間に彼も胸を撃たれた。その弾は体を貫通し、カヨに当たった。ヒゲの男は倒れていくカヨを虚ろな目で見ていた。

撃たれた――リアルな痛みがカヨを夢の呪縛《じゅばく》から解き放った。血まみれの廊下。倒れたふたりの隊員。ヒゲの隊員は銃をかまえたまま正幸少年の前をゆらゆらと歩いていく。

マインドコントロールだ。たいへん、死ぬ。みんな死ぬ。

カヨはぬらぬらした床を這《は》いずり、力を振り絞って壁にすがりついた。赤く光る非常ボタンに向かって手を伸ばす。もう少し、もう少し。これはもっと低いところに取り付けるべきだ。今度の会議でそう提案しよう。

生きていられたなら。

意識が遠のく。そのボタンを押せたかどうか、カヨにはわからなかった。

※

ウィンウィンウィン……けたたましい警報サイレンが保安本部タワー中に響き渡った。

非常事態発生だ。能力開発トレーニングルームで小林君枝と打ち合わせをしていたタクヤとユウヤは、はっと顔をあげた。

「なにごとだ」

アナウンスはない。君枝のエメラルドグリーンの目が答えを求めるように宙の一点を睨む。その顔色がみるみるうちに吸血鬼のように青白くなっていった。

「まずい……あの子だわ」

正幸か。強力な麻酔で眠らされているのではなかったのか。兄弟は急いで部屋を飛び出していった。君枝も一歩遅れて頭を押さえながらついてくる。三人がオペレーションルームに駆け込むと、本田本部長がモニターを見あげて絶句していた。

防犯カメラが捕らえているのは、異様な正幸の姿だった。目が鬼のように吊りあがり、額が盛りあがっている。三人の保安隊員がその正幸を守る盾となり、銃をバンバン撃ちながら廊下を進んでいた。

「またかよ」タクヤはうんざりした声をあげた。

壊れたロボットのように虚ろな目。隊員たちは完全にコントロールされてしまっている。彼らの後ろの廊下には点々と隊員が転がっているのが見えた。生きているのか死んでいるのかわからない。正幸を阻止しようとさらに立ち向かう隊員たちも次々と仲間に撃たれていく。

「おい、いいか、子供は撃つなっ」本田が焦って指令を出し、タクヤたちを振り向いた。

「もうすぐこのエリアに来る。正幸を捕獲しろ」

リアルな銃声がどんどん近づいてくる。タクヤはユウヤとともに廊下に飛び出し、銃撃現場へと急行した。曽根崎と玲佳が自動扉の陰に身をかがめているのが見えた。そのふたりを狙って銃弾が飛び交《とか》っている。

「おいおいおいっ」曽根崎がわめいた。「いいかげんにしろよっ」

タクヤは壁ぎわからそっと顔をのぞかせた。そのとたん、異様な空気圧に髪がなびく。廊下の向こうから暗いオーラに包まれた正幸がやってくるのが見えた。自分の倍の大きさの隊員三人を操りながら近づいてくるその姿は、まさに小さな怪物だ。

「お母さんを返せっ」正幸は叫んだ。

バンッ。隊員が発砲し、タクヤのすぐ頭の上に着弾する。急いで顔を引っ込めると、弟の視線とぶつかった。もはや仲間は撃ちたくないと言っていられる状況ではない。

「やめなさいっ」玲佳が立ちあがり、果敢に撃ち返した。

先頭にいた背の高い隊員の肩に命中し、体がぐらつく。だが、その手はまだ自動操縦のように規則正しく銃を撃ち続けていた。痛みを感じないのか。

「チッ、同期の武志《たけし》じゃねぇか」曽根崎がうめいた。「あのバカ、簡単に乗っ取られやがって」

人のこと言えるか。タクヤは銃撃戦の最中に笑いそうになった。武志隊員は知能を失った顔で発砲してくる。曽根崎は銃をかまえながら叫んだ。

「武志、撃つな、俺だーっ」

ふたりの視線がぶつかる。タクヤは一瞬、武志隊員の動きが止まるのを見た。同期の友情が彼の暴挙を食い止めた……わけはない。次の瞬間、武志はうなり声をあげていきなり前に駆け出してきた。焦点の定まらない目で曽根崎に狙いをつける。

「うわっ」曽根崎はのけぞった。

武志は至近距離から発砲した。だが、弾はそれて曽根崎の足元を削る。尻餅をついた曽根崎はなんとか反撃しようとした。そのトリガーにかかった指が動くのが一瞬遅れたのは、仲間に対する躊躇のせいかどうかはわからない。たしかなのは、害虫駆除のときよりコンマ一秒遅かったことだ。

パン。銃声とともに、武志隊員は倒れた。曽根崎はビビり切った顔で振り向いた。躊躇なく撃ったのは彼ではない、本田本部長だ。

「君枝、なんとかしろっ」本田は叫んだ。

タクヤは壁にもたれて頭を抱えている君枝を振り向いた。汗ばんだ焦りの顔。いつもの自信はどこにも見えない。

「すごい力……」君枝はうめいた。「わたしには無理。強すぎる……」

うちの女王様はギブアップだ。いったいどうしたら正幸を止められるのか。そのとき、銃をかまえていたユウヤがウッとうめいて膝をついた。

「どうした、ユウヤ」

「正幸……が……」ユウヤは君枝と同じポーズで頭を抱える。

どうやら弟も正幸の脳波をキャッチしてしまったらしい。受信能力が強くなっているという証拠だ。そして、正幸の力も。

「正幸、もうやめろっ」本田が叫んだ。「こんなことをしてもおまえのためにならないっ」

「お母さんはどこだっ」正幸が叫び返す。

タクヤはその声に幼い迷子のような不安が混じっているのを感じた。こんな怪物のような力を持っていても、所詮《しょせん》、まだ子供なのだ。そして、この異様な力は、母親と引き離されてしまった彼の不安と怒りから発している。

そのとき、正幸の背後に戦闘スーツを着た隊員が五名現れた。気づかれないように子供の背中に狙いをつける。これで片がつくか。

正幸がチラッとわずかに視線を動かした。そのとたん、ひとりの隊員が銃を仲間に向けて撃った。いとも簡単に。撃たれた隊員は倒れ、あっという間に操られた背後の四名がぎくしゃくと正幸の集団に加わる。これで彼の親衛隊は六名になった。

最悪だ。もはや保安隊には彼の力を制御できる能力がない。止められるのは、本人だけだ。

「お母さんに会わせろーっ」正幸の声が建物に響き渡った。

※

どこかから正幸の声がする。

電子ロックのかかった部屋に閉じ込められていた美紀は、息子の声が耳に聞こえたのか頭の中で響いたのかわからなかった。脳の検査で麻酔を投与されたから、まだ頭が少しぼんやりしている。ここのみんなは正幸が心を操って高校生を殺したというが、そんなことがあるわけない。今の今までそう思っていた。

だが、今の声は心に直接響いたような気がする。

それは親子だからだ、と美紀は思おうとした。誰だってそんなことはある。そういえば、あの人が急死したときも声が聞こえた。家で洗濯物を畳んでいたら『美紀』と夫の声がした。会社で倒れて救急車で運ばれたと電話がかかってきたのは、その十分後だった。別によくある話だ。ただ今の世の中はテレパシーなんか認めないだけで。

しかし、父親の死を境に正幸が変化した。ときどき理由のつかないことが起こるようになったのだ。晩ごはんに正幸の好物のハンバーグを五日続けて作ったり、正幸が急にクラスの人気者になって家に友だちが押し寄せたり。たいしたことではない。だが、正幸の気持ちがそれを左右しているのは確かだった。能力の兆候——そう思えば今は納得できる。だが、美紀はなにもしなかった。そんな不思議なことを恐れてはいなかった。

双海翔子のことを思い出す。美紀が常識では説明のつかないことを否定しなくなったのは、翔子のおかげだ。高校時代、翔子に出会ったおかげで、観念のキャパシティが水たまりから海ぐらいに大きくなった。

お母さん——また正幸の声がした。お母さん、どこ?

幼い子供は母親の居場所がわからないと不安定になる。悲しいときや苦しいときは特に。美紀はパイプイスから立ちあがり、金属製のドアに手をかけた。開くわけない。

パン、パン、パン。どこか遠くから銃声が響いた。その直後、警報サイレンが美紀を脅すように鳴り響いた。

なんだろう。美紀は嫌な予感がした。正幸になにかあったのか。

「誰か」美紀はドアを叩いた。「助けて、開けてください」

銃声は止まらない。どんどん多く、どんどん大きくなっていく。なにかたいへんなことが起きているらしい。息子の無事をたしかめたい。

そのとき、ダダダダダッ、とひときわ激しい銃声が聞こえた。機関銃だ。チカチカッと灯りがまたたいて、部屋が真っ暗になった。停電。すぐに青白い非常灯がぽつぽつと灯る。同時にかすかな音がした。

カチッ。ピッタリと閉じていたドアが、母親の執念にギブアップしたように一センチの隙間を開ける。美紀はそこに指を差し込み、力いっぱいこじ開けた。重い。やっとのことで体がすり抜けられるくらいまで開け、薄暗い廊下に飛び出していく。

誰もいない。銃声は遠くでまだ響いている。

「正幸――」

よろよろと歩いて角を曲がった彼女は、ヒッと声をあげて立ちすくんだ。

血まみれの保安隊員がゴロゴロ転がっている。動かない人、まだうめき声をあげている人。まるで戦場だ。ひどい、いったいなにがあったのだろう。正幸は生きているのか。

お母さん？　また頭の中で正幸の声がした。お母さんに早く会いたいよぉ。

7

突然、檻の上についてた警報サイレンが鳴り響き、黄色いランプがくるくる回った。

ウィンウィンウィン。更生部屋を警備していた保安隊員がびくりとし、ヘッドセットで応答してから保安本部タワーを見あげる。檻の囚人たちに向かってストレス発散をしていた見物人は不安そうに顔を見合わせた。

「え、なにごと？」

「テロかもしれないぞ」

いや、レジスタンスならここにいるが、まだ行動は起こしていない。マイクたちのバンに乗った直也は兄を振り向いた。眉をひそめて保安隊員の動きを注視している。

「いったんここを離れよう」マイクが車のエンジンをかけた。「検問が敷かれたりすると面倒だ」

エミリが慎重にうなずく。いったいあそこでなにが起きているのか。直也は本部タワーに意識のアンテナを向けた。とたんに脳に負荷がかかって痛みが走る。

「うっ」直也は頭を押さえた。

ぐわん、と少年の怒りの顔がアップになる。黒焔《こくえん》に包まれたその姿は、まるで魔神だ。鳴り響く銃声、悲鳴、血しぶき。正幸と瞬間的につながった直也は、崖《がけ》っぷちのその感情を共有した。

お母さん、どこ？　お母さんに会いたい。お母さんをいじめるな――。

「どうした、直也」兄の手が肩に置かれた。

「に、兄さん」直也は顔をあげた。「あの子が……正幸が危険だ」

「なんだと。どこにいるんだ?」

「あのタワーの中だよ。怒りでなにも見えなくなってる。助けなきゃ」

「バカヤロウ、あっちは本部タワーだぞっ」マイクが声をあげた。「セキュリティも厳重なんだ。無理だよ」

「直也、俺たちも捕まるぞ」

「そうよ、直也さん」エミリもうなずく。

おかあさーん——正幸の感情の残響が直也の胸に響く。知らない人たちに知らないところに連れていかれ、世界の中心点を失ってしまった子供の孤独。それは自分たちにも覚えがある思いだ。人にはない力があるばかりに親と引き裂かれた過去の記憶は、何度消去しても消去しきれない。

「お願いだよ、兄さん、ぼくたちと同じなんだよ」直也は必死に言った。「このままだと、あの子の運命がここで決まっちゃう。あの子はお母さんといっしょにいたいだけなんだ」

正幸は償いきれない罪を犯した。だが、あの立花家で双海翔子が写った写真を見たとき、直也は彼女の意図を感じた。すべてはつながっている。あの不思議な女子高生は、なにか目的があって正幸の元に自分たちを導いたのだ。

「兄さん、お願いだ、助けに行こう」直也の目頭が熱くなった。「ぼくたちだけでも」

兄が苦しげに自分を見つめる。なによりも恐れているのはいつだって同じ、弟を守りきれないことだ。直也にしても、まだ体も万全ではない兄を保安隊員がうじゃうじゃいるタワーに行かせるなど、できればしたくない。だが、それでも直也は兄の力を絶対的に信じていた。

「……わかった」直人はついにうなずいた。「ただ、正幸と母親、ふたりとも助けられるかはわからないぞ」

「おいおい、冗談だろ?」マイクが声を荒らげた。

「危険を感じたらすぐに逃げる」

「ごめんなさい」直也はあっけに取られているマイクとエミリを見た。「悪いけど、ぼくたちをここで降ろして……」

「あー、もう仕方ねえっ」マイクがイラついた声をあげた。「おまえらは車から出るなよ。顔が割れてるからな。本部タワーにはオレが潜入してやる。それでダメならあきらめろ」

見かけによらずこのレジスタンスは人情があるようだ。エミリも仕方ないわね、とうなずく。政府転覆を図っている彼らは今までどんな活動をしてきたのだろうか。本当なら保安本部タワーをミサイルでぶっ飛ばしてやりたいくらいだろう。

「あ、ありがとう、マイクさん、エミリさん」

動き出した車の窓から直也はもう一度、更生部屋の囚人たちを振り返った。今すぐにでもあの忌まわしい檻から出してやりたい。なぜ、こんな世界になってしまったのか。疑問を発信すればするほど、真剣に問えば問うほど、やがて答えが引き寄せられてくる。

その秘密はおそらくあのタワーの中に眠っているのだ。

8

頭がきりきりと痛む。不安が結晶化したような黒い霧のヴィジョンの中で、黒木ユウヤと正幸の視線がぶつかった。すべてをはねつけるような怒りと憎しみのまなざし。正幸の意識と同期したユウヤの意識に、出口を見つけたように負の感情がなだれ込んでくる。ユウヤにはその内側にしまわれた光景が見えた。

お母さん、お母さん、お母さんがいっぱいだ。

ユウヤは今、正幸と自分がつながったのを自覚した。あのとき、霧原直人と霧原直也とつながったように。この子供は傷ついた怪物なのだ。

敵対して不安と怒りを増幅させるより、それを解消すれば力が弱まる可能性はあるかもしれない。キーパーソンは母親だ。母親ならこの暴走を止められるかもしれない。

立花美紀はこの階のどこか一室に監禁されているはずだ。

「エントランスホールに出ていくぞ」本田が叫んだ。「絶対に脱走を阻止しろっ」

ユウヤは我に返り、兄のあとを追ってホールに駆け込んだ。

ガラス張りのモダンなホールには保安本部のシンボルマークが輝き、高速エレベーターのドアが並んでいる。受付係があわてて避難していった。曽根崎、玲佳、武装した保安隊員たちがすばやく出入り口をふさぐ。そこへ、ゾンビのように操られた六人の親衛隊に囲まれ、正幸がホールに入ってきた。

汚れた顔に涙の跡がついている。その吊りあがった目とユウヤの目がぶつかった。ヴィジョンの中のように。ユウヤは意を決して一歩前に出た。

「ユ、ユウヤ——」タクヤが息をのむ。

「正幸」ユウヤはじっと目を見つめながら言った。「もうやめるんだ」

乗っ取られた隊員たちの銃口がすべてユウヤを向く。だが、意識が通じたなら、正幸には自分に敵意がないことはわかるはずだ。

「黙れっ」正幸は叫んだ。「お母さんはどこだ。返せ。お母さんをいじめるなっ」

キイィィン——彼がひと言言葉を発するたびに頭の中にハウリングのような音が響いた。タクヤや他の隊員たちは頭を抱え、ユウヤの体は硬直した。マインドコントロールではなく、妨害電波のようなものか。正幸はどんどん進化して新しい能力を身につけている。おそらく母親と隔離されて窮地に陥ったせいだろう。

「目を閉じろっ」本田が叫んだ。「意識を合わせるな、やられるぞっ」

そういう本田だけはしっかり意識を保って目も開けている。すでにコントロール下にある隊員たちもなにも感じないように突っ立っている。ユウヤは妨害電波を追い出すように頭をひと振りし、声を振り絞った。

「いじめちゃいない、お母さんは無事だよ」

「ウソだっ」

その瞬間、正幸の赤黒いオーラがぐわんと広がった。さっきより強い妨害電波が隊員たちを襲う。

「うわあっ」曽根崎が頭を抱えてのけぞった。

どんどん強くなっている。このまま進化していったらこの子はどうなってしまうのか。ついには原子爆弾のようになって、もっと大きなものを滅ぼしてしまうかもしれない。ユウヤは目の隅で本田が迷うように銃を持ちあげるのを見た。今、撃てるのは本田だけだ。だが、保安隊員を撃つときには躊躇しなかった彼も、正幸を撃つのには躊躇した。その莫《ばく》大《だい》な能力を失ってしまうことに。

「正幸っ」そのとき、ホールの片隅から女の声があがった。

振り向くと、母親の美紀がエレベーターからよろよろと出てくるところだった。その姿を見たとたん、正幸の強《こわ》ばった顔の筋肉が溶けるようにゆるんだ。

「お、お母さん……」

「もうやめようよ、正幸」美紀は泣きながら近づいてきた。「お母さんは大丈夫だから」

頭を縛りつけていた電波が止み、急に空気が軽くなる。操られていた隊員の銃がだらんと下を向いた。隊員たちは夢から覚めたように顔を見合わせた。その目に光が戻ってくる。正幸のマインドコントロールの呪縛が解けたのだ。

「お母さん、ぼく――」正幸の口調が急に幼くなり、泣き声になった。

子供はひどい目にあっても安心できる人の前でないと泣けない。ネガティブな正幸はたちまちしゅるしゅると小さくなり、たったひとりの味方に手を伸ばした。

「ぼく、怖かったんだ。お母さんがいなくて、ひとりで閉じ込められて――」

「ごめんね」美紀も息子に手を伸ばした。「もうひとりにしないから」

恐ろしい息子の姿を見てしまっても、絶対に自分のことは傷つけないと信じている。美紀は汗ばんだ子供の頭をそっとなでた。さっきまで怪物だった正幸の目にみるみるうちに涙があふれる。ユウヤはほっと肩の力を抜き、恐ろしいほど普通の子供に戻った正幸に近づいていった。

保安隊は壊滅的打撃を受けてしまった。正幸の通ってきたあとにどれだけの死体が転っているかわからない。だが、やっと暴走のスイッチは切れたのだ。「もうきみたちを傷つけたりしないよ」

「安心して」ユウヤは無抵抗だと示すために両腕を広げた。ユウヤは安心させるように微笑んだ。

べそをかいた正幸が母親からユウヤに目を向ける。ユウヤは安心させるように微笑んだ。こんな莫大な力があったら、たとえ罪をまぬがれても普通には生きていけない。国家保安隊になにができるかわからないが、正幸の力を生かす新しい道を探るしかないのだ。

そのとき、正幸がふとユウヤの後方に目をやった。その顔が一瞬にして凍りつく。

「ウソだーっ」正幸はカッと目を見開いて叫んだ。

ざわり。正幸の髪が逆立ち、たちまち怪物の顔になる。母親が驚いてあとずさった。彼の視線を追って振り向いたユウヤは、冷たい顔で壁ぎわに立っている君枝を見た。子供に容赦なくテーザー銃を撃ち込んで捕獲した女。正幸の心の悲鳴がユウヤに突き刺さる。

こいつらは敵だ、敵だ、敵だ。撃て――。

ガシャ、ガシャ、ガシャ。正幸を囲んでいた保安隊員の銃がいっせいに持ちあがった。またしても乗っ取られたのだ。銃口は仲間の保安隊員へ向いている。その銃の先にいるのは、ユウヤだ。銃のトリガーにかかった彼らの指が動いた。

「やめろぉおっ」タクヤの絶叫が響いた。

ヤバい。兄の行動を察知したユウヤの全身が総毛立った。兄貴の力はコントロールが効かない。とっさに床を蹴り、前へ飛ぶ。自分ではなく、小さな体を守るために。

ドカーン。地響きとともに全員が吹き飛ばされた。

ホールがぐらりと揺れ、すべてのガラスが粉々になる。コンクリートの塊が上からボトボト落ちてきた。ユウヤは正幸の体に覆いかぶさって抱きかかえた。そのまま壁に向かって飛ばされていく。

ガツン。頭蓋骨に衝撃が走った。視界が真っ白になる。やがて気がつくと、子供を死守して瓦礫の中に転がっていた。

もうもうと砂埃があがっている。その向こうに放心状態で膝をついているタクヤが見えた。一瞬、ふたりの視線が絡む。

生きてるな――タクヤは弟の無事を確認して薄く笑った。そして、すべてのエネルギーを使い果たしたようにばったりと倒れた。

「あ……兄貴」ユウヤはかすれた声をあげた。

体が動かない。兄が放った巨大な衝撃波はエントランスホールを模型のオモチャのように破壊していた。あちこちに負傷した隊員たちが転がっている。立っているのはなぜか本田だけだ。この途方もない力を、兄は弟を助けるために放ったのだ。

「イタタタ……」

玲佳が頭を押さえながら起きあがってくる。倒れたタクヤのそばに這い寄っていこうとした彼女が、ふとなにかを感じたように上を見た。

高い天井から大きなオブジェがぶら下がり、振り子のギロチンのように行ったり来たりしている。保安本部のシンボルマークだ。鉄でできた巨大なWの形が細いワイヤーでかろうじてつながっている。その真下にいるのは、正幸を抱いたユウヤだ。

ブチッ。不気味な音がした。ブチブチブチッ。

「ユウヤッ」玲佳が叫んだ。

ワイヤーが切れ、ぐらりとオブジェが落下してくる。反射的に玲佳の手が伸びた。ユウヤに向かって。その命に向かって。

ユウヤはオブジェの影に包まれた。スローモーションで自分を潰そうとしている鉄の塊が見える。もうおしまいだ――。

だが、なにも起きなかった。

オブジェは中空で止まっている。それ以上落ちることができなくなったように。我が目を疑っている場合ではない。ユウヤはとっさに正幸を抱いたまま転がった。その間、三秒。それだけあれば十分だ。オブジェはそれを待っていたように落下を再開した。

ガシャーン。オブジェはユウヤの体スレスレに落ち、床にめり込んだ。

もうもうと立ち込める砂埃で、しばらくは息もできない。胸の下で熱くほてった子供の息づかいが聞こえる。お母さん、危ない、お母さん……心の囁きが響いてくる。

ユウヤは正幸を抱きしめた。ふたりとも生きている。

顔をあげると、霞んだ視界に腕を伸ばしたままの玲佳が見えた。驚愕で目をいっぱいに見開いている。人間は命の瀬戸際で、他に手段がないときに最大限の能力を発揮する。追い詰められたときしかオンにならないＤＮＡがあるのだ。

玲佳はたった今、覚醒を遂げた。ユウヤの命を救うために。

ユウヤは痛む首をひねってあたりを見回した。ちぎれたケーブルから火花が飛び散り、バチバチと音をたてている。あちこちでうめきながら人が起きあがってくる。だが、正幸の母親の姿はどこにもなかった。

9

「なんだ、なにが起こったんだ」直人はあまりの惨状に声をあげた。

保安本部タワーで爆発音がしたのは、およそ一分前のことだ。直人と直也、マイクとエミリはバンの中からめちゃくちゃになったエントランスホールを見渡して唖然としていた。ガラス張りだったホールは完全に吹きさらしになり、戦場のようにもうもうと砂埃があがっている。太い柱がエンピツのように折れ、あちこちにコンクリートの塊が落ちているのが見えた。まるで直人がダイナーで起こしたような騒ぎ、いや、あれよりもっとひどい。

しかし、おかげで保安本部のセキュリティも機能不全になったため、マイクの運転する車はどさくさに紛《まぎ》れてゲートを抜けることができていた。

「爆弾テロか？」マイクがウィンドウを下げ、車から身を乗り出して様子をうかがう。

これ以上は近づくことはできなかった。直也は人に見られないように座席の窓から顔をのぞかせている。

「あ、兄さん、あそこ」

ツツジの植え込みの陰に、女がひとり倒れている。見覚えがある、あれは立花正幸の母親だ。振り向くと、弟は車からもう降りていて母親に向かって走っていた。

「直也っ」直人はあわてて弟を追いかけた。

保安隊に見つかったらどうするのだ。直也は我が身をかえりみず、かがみ込んで母親を抱き起こした。どこにも出血は見当たらない。だが、意識が朦朧としている。

「正幸……」血の気のない唇が動いた。

正幸はこの近くにいるようだ。直人はあたりを見回し、体をかがめて壁ぎわに移動していった。そっとエントランスの中をうかがう。

まさに阿鼻叫喚。奥の方に隊員たちが集まり、あわただしく救助活動をしている。正幸らしい子供を抱いて壁にもたれている隊員が見えた。あれは昨日、自分たちが対峙した黒木ユウヤだ。そのそばに倒れているのは、黒木タクヤのようだ。負傷したのか、死んだのか。新たに応援が駆けつけ、ホールはたちまち戦闘スーツの保安隊員でいっぱいになった。

「直也」直人は弟のところに駆け戻った。「今、あの子を救い出すのは無理だ」

母親は完全に意識を失っている。その手を握っていた直也が顔をあげた。また無謀にも接触リーディングで情報を受け取っていたのだ。

「兄さん、正幸がお母さんをここに飛ばしたんだよ。安全なところに」

「なんだって」

「ぼくたちがここに来たのは、この人に会うためだ」

パパッ。マイクが短くクラクションを鳴らす。振り向くと、エミリが焦った様子で携帯電話で誰かと話しているのが見えた。

「なにやってんだ、早くしろっ」マイクが窓から顔を出した。「更生部屋のロックがはずれて囚人たちが脱走した。すぐにこの辺は閉鎖されるぞ」

10

小林君枝は倒れている黒木タクヤに急いで駆け寄り、頸動脈に手を触れた。もし、この男が死んだら自分のせいだ。いったんおとなしくなった正幸少年が攻撃を再開したのは、自分の姿を見つけたからだとわかっていた。

相手が子供だろうと老人だろうと、君枝は捕獲の手段を選ばない。結果的にそれが世界のためになるとわかっているからだ。

だが、おかげでタクヤはまた力を使うハメになり、エネルギーがエンプティになってしまった。君枝の指先にはなんの反応も伝わってこない。

「本部長」君枝は本田を振り向いた。「脈、ありません」

死者や怪我人《けがにん》が多数転がっているホールに本田は無傷で立っている。君枝の言葉にタヌキの顔色が変わった。動線にぼーっと突っ立っていた曽根崎をじゃけんに突き飛ばして走ってくる。

「どけっ」

哀れな曽根崎はワッと声をあげて転がった。

「医療班を呼べ」本田が血相を変えてわめく。「早くっ」

今やタクヤは保安隊の秘密兵器だ。君枝はすばやく彼のジャケットの前を開き、心臓マッサージを始めた。汗ばんだ弾力のある肌が手を押し返してくる。

死なせない。この男は死ぬわけない。

「あ、兄貴……」ユウヤがうめいた。

弟のほうも頭を打って薄目を開くのがやっとだ。その膝には気を失った正幸が抱かれている。君枝はこのふたりの間に通信があったことを察知していた。ふたりとも能力がどんどん開発されている。ユウヤは体を震わせながら兄のそばに行こうとした。

「ダメッ」玲佳がすばやく制止した。「じっとして、ユウヤ」

その声には厳しい姉のような愛情がこもっている。まさかこの女までもユウヤを助けようとして覚醒するとは。

「こちらにも医療班を」玲佳が声を張りあげた。「危険な状態です」

白衣姿の医療班がストレッチャーを押しながら走ってくる。君枝は除細動器を持った看護師に場所を譲った。エネルギーをチャージしたパドルを押しつけられ、タクヤの体が跳ねあがる。バンッ。バンッ。君枝は腕を組んでそばに立っていた。祈るように見守る、なんて自分には似合わない。バンッ。エネルギー量をあげてもう一度。バンッ。

「洞調律《どうちょうりつ》」看護師が冷静な声で告げた。

「搬送を急げ」本田がわめく。

君枝はストレッチャーに乗せられて運ばれていくタクヤを見送った。ついに意識を失ったユウヤも看護師に介抱されている。君枝はいじけたように床にへたり込んでいる曽根崎を見下ろした。

まだ自分にできることがここにあった。

「またタクヤに助けられたわねぇ」君枝は皮肉な口調で言った。

曽根崎はクッと悔しそうに顔を歪めた。まったくわかりやすい男だ。

「あなただけよ、なんにもしてないの」

「そりゃ、あんたも同じだろ」曽根崎は口を尖らせて言い返してくる。

まったくもってガキンチョだ。曽根崎は正幸に歯が立たなかった君枝を揶揄《やゆ》しているが、ここで同じ低レベルになってはいけない。

「わたしは諜報部《ちょうほう》だから」君枝はスルーした。「戦闘はあなたの仕事でしょ？」

曽根崎にいらつきの感情が溜まっていくのを感じる。意識の電気信号はエネルギーを動かす。物質を動かすサイコキネシスは超能力の中では荒い波動に属していて、強い感情と密接につながっている。さっきの玲佳の覚醒がいい例だ。

「いいかげん、あなたも役に立ちなさい」

君枝はできの悪い生徒を叱る教師のように言い捨て、さっさと背中を向けた。曽根崎の歯軋りの音が聞こえるようだ。彼女は人を悔しがらせるポイントなら熟知していた。

「クッソオォォ」曽根崎が欲求不満の虎《とら》のように吠えた。

君枝は目の隅で彼が拳を振りあげるのを見た。ハンマーのように床に打ちつける。

ビシビシビシッ。君枝のブーツをかすめて床に亀裂《きれつ》が走った。石の破片が宙に浮く。地割れは生き物のようにまっしぐらに進み、受付のブースを吹っ飛ばした。

本田がはっと振り返った。医療班が驚いて固まっている。地割れの起点には、曽根崎の拳がめり込んでいた。

「は、ははは」

あっけに取られていた曽根崎が、気がふれたようにへらへらと笑い出した。

「やった、やったぞ……っ、ははは」

玲佳が目を丸くさせている。君枝は薄く微笑み、能力者のひよっこたちに背を向けて歩き去った。曽根崎をプッシュして覚醒させてあげた。背中を押すのではなくて、毒爪《どくづめ》を食い込ませて。この男は単純構造だからスイッチも押しやすい。

ああ、これでやっと、わたしも今日は保安隊の役に立てたわね。

11

放課後の三年二組の教室はガランとしていつもより広く見えた。

テスト前なので全校生徒はとっくに下校している。ずっとあちこちを探し回っていたわたしはほっと息をついた。夕暮れの赤みがかった光に、彼女の丸めた背中が浮かびあがっていたから。またどこかに消えてしまったのかと心配していたのだ。

「翔子……どうしたの？」

カリカリカリ……ノートの上ではボールペンを持った手が動いている。無心になにか書いているけど、どうせテスト勉強ではないだろう。わたしは背後から近づいていくと、ノートをのぞき込みながら翔子の肩に手を置いた。

がくり——いきなり翔子の頭がのけぞった。

わたしは驚いて悲鳴をあげた。花が開いたり閉じたりするように収縮を繰り返している瞳孔。だが、その手はまだ別の生き物のように動いている。ノートにびっしりと書き連ねられているのは、ぐにゃぐにゃと曲がりくねった奇妙な文字——象形文字だ。

窓も開いていないのに風が吹き、翔子のツインテールが揺れた。どこかからプリミティブな打楽器の音が聞こえてくる。ズン、ズン、ズン……それはわたしの脳の奥を震わした。

視界に閃光が走った。フラッシュ、フラッシュ、フラッシュ。瞬時に意識が飛び、現実が消えた。わたしはナスカの地上絵を見た。マヤのピラミッドを見た。イースター島のモアイ像やイギリスのストーンヘンジを見た。世界の遺跡が誰かに置かれた目印のように点々と光っている地球。わたしは宇宙からの視点でその光景を見た。ぐるぐる回る銀河の渦。まばゆい光に呑《の》まれて視界が真っ白になる。

気がつくと、いつの間にか元の教室に突っ立っていた。わたしは陸に戻った浦島太郎のように混乱していた。黒板の日付は、二〇一四年七月十日だった。

「見えた……？」翔子がきらきらした目でわたしを見つめていた。

わたしは呆然とうなずいた。今のは翔子のせい。彼女の時間旅行に巻き込まれたのだ。

「他にもいろんなもの見たよ」翔子は言った。「すっごい昔の人とも会った」

「すごい昔って……？」

「歴史の教科書にも出てないくらい、ずーっと昔。巨人みたいに大きい人や、ウロコのある人もいたよ」

まるでディズニーランドにでも行ってきたみたいに翔子は無邪気に笑った。

「それから、未来も見た」

「なにそれ——すごい」

「……美紀」翔子は急に真面目《まじめ》な顔になってわたしの手を握った。「このことは、ふたりの秘密ね」

どうせ言っても誰も信じない。わたしは戸惑いながらうなずいた。

「でも翔子、どうしてわたしに……？」

翔子は自分の書いたノートに目をやった。まさか、この変テコな字が読めるのか？　いや、書けるのだから読めるに決まっている。いったいなにが書いてあるのだろう。

「美紀……ごめんね」翔子は言いにくそうに言った。

「どうしたの、急に」

「将来、あなたが産むことになる子供……その子は、とても……大切な役割を担っているの」

わたしはあっけにとられた。子供のことなんて、まだ考えたこともなかったから。

「やだ、なに言ってるの翔子、やめてよぉ」

思わず笑うわたしに、翔子は真剣な顔で告げた。

「とても……つらい、悲しいことが起きるけど……でも、その出来事から逃げないで。その子供は……特殊なの。さっき見えた遺跡みたいに地球に必要な存在」

冗談はやめてと笑うしかなかったことが、そのときのわたしにはまったく想像もつかなかったことが、今ならわかる。正幸。わたしの子供は人殺しになった。

どうして、どうしてなの、これが必要だっていうの、翔子……？

※

嫌な夢でも見ているのだろうか。直也はソファに寝かされてうめいている立花美紀をそばで見守っていた。息子が人を殺してしまったら、人生そのものが悪夢になる。うなされていた立花美紀はまぶたをぴくりとさせて目を開けた。

霧原トイズ内、レジスタンスのアジト。直也はほっと安堵《あんど》して兄を振り向いた。

「よかった、気がついたよ」
「あ、あなたたちは……」美紀は顔をしかめて起きあがった。
彼女にとって兄弟は、いきなり自宅にやってきて息子が人を殺したと告げた男た
だが、直也にはもうわかっていた。この母親は薄々感じていたのだ。息子に普通でな
あることを。どんな魂も地球に生まれ変わるときには親を選ぶことができる。正幸はあ
意味、キャパシティのある親のところに生まれてきたのだろう。だが、子供の力はまちがった方向に使われてしまった。
「ここは――ここはどこ？」美紀は恐々とあたりを見回した。「正幸はどこにいるのっ？」
「あの子は無事です」直也は静かに言った。「だけど、ぼくたちは保安本部に戻ることはできません。あそこには強い能力を持った人たちがいる。危険なんです」
あの保安本部タワーの爆発は、おそらくあの黒木タクヤという男の力で起きたものだ。ダイナーで出会ったときに比べると、能力が格段に増していた。もしこのままコントロールができなければ、肉体や脳が壊れてしまうかもしれないくらいの危険な力だ。直也はソーダ水の白い泡の記憶であの兄弟とつながったことを思い出した。シンクロニシティーは波動が高いときに生じる現象だ。彼らと自分たちはなにか関係があるのだろうか。
「おい、こっから出るんじゃねえぞ」マイクが美紀に怖い声で言った。「あんたはオレたちの顔見てるしな。しばらくおとなしくしてな」

美紀は息をのんだ。エミリは彼女に同情するような眼差しを向けたが、反論はしない。

「どうして……」美紀は見たくない現実をふさぐように顔をおおった。「どうしてこんなことに――どうしてなの、翔子?」

絞り出すように発した名前に、直也ははっとして兄と顔を見合わせた。美紀の心の中には今も双海翔子が生きているのだ。


テーブルの上にはエミリが運んできたマグカップが湯気をたてていた。美紀は自分を落ち着かせるように出されたコーヒーをすすった。その手はまだ震えている。直人と直也は向かい側に座り、マイクとエミリはそばに立って話を聞いている。

「翔子は……」彼女は憔悴しきった顔で直也を見た。「わたしの現実を広げてくれた、不思議な子でした」

「立花さん」直人は口を開いた。「俺たちは、あの写真のままの彼女に会って、あなたにたどり着いた」

「え……翔子に会った?」

「今、彼女はどこにいるんだ?」

「わからない。消えたんです」

「消えた?」

「こんなこと言っても、信じてもらえないだろうけど、翔子は……」

「や、俺たちが会ったときもそうだった」直也がすばやく言い添えた。「現れたかと思ったら消えてしまったんです」

美紀は驚きに目を見開いて直也を見つめた。

「そうなんです、翔子は高校生のときもときどき消えてました。それで、ついに消えたままになってしまった……死んだんじゃなくて、この世界から消えたんです」

マイクがハーッとため息をつき、エミリを向いてこれ見よがしに肩をすくめる。バカらしくて聞いていられないというアピールだ。

「それはいつですか？」直也は美紀に尋ねた。

「二〇一四年の……七月」美紀が答えた。

二〇一四年。それは、兄弟がミクリヤ超能力研究所に入れられた年だ。あのころ、直也はリーディング能力のおかげでダメージを受けることが多くなり、人と会うことができなくなっていた。直人のほうもすでに学校に行けなくなっていた。目に見えない力で友だちにケガをさせてしまい、バケモノと気味悪がられるようになったからだ。兄弟が社会から隔絶された年に、翔子がこの世界から消えた。なにか関連性があるのだろうか。

「翔子は生きてるの？」美紀は身を乗り出した。「翔子と会ったのよね？」

彼女の人生にとって翔子は最初から不思議な存在だ。歳をとっていないと聞いても、今さら驚きはしないのだろう。だが、マイクは不機嫌そうに眉をあげた。

「おいおい、おまえら勝手に盛りあがってんじゃねえよ、なあエミリ。オレらにもわかるように話せって——」

「まあ、とりあえず聞こうよ」エミリは冷めた声で言った。

マイクにわかるように話そうとしたら来年になってしまう。どうやらエミリは精神エネルギーに理解がありそうだ。彼女自身がいわゆるカンのいいタイプで、直感力がある。そんな直感力などカケラもないマイクがエミリの言葉にぐっと詰まった。

「翔子がいったいどういう存在なのか、俺たちにはわからない」直人はマイクを無視して話を続けた。「他に翔子について知ってることはありませんか?」

美紀はためらい、空になったマグカップをいじくった。その姿を見ながら、直也は翔子と彼女が友だちになったのは偶然ではないと思った。翔子はなにか目的を持って友だちを選んだのだ。

「ずっと黙ってたの……こんな翔子との思い出を話したら、今の社会ではひどい目にあうから」

「ああ、おまえら、まちがいなく更生部屋行きだよっ」マイクは鼻息荒く言った。

直人が美紀を見つめてうなずく。俺たちは味方だというように。彼女は意を決したようにカップをテーブルに置いた。

「翔子からノートが届いたの」

「ノート？」

「あれは……わたしが二十六歳のときだった。二〇二三年に届くようになってたみたい。消印は二〇一四年の七月。翔子が消える前よ。それは、いつか翔子が放課後に書いてたノートで、ロンゴロンゴで書かれていた」

「ロンゴロンゴ……イースター島の文字か」

「ええ、未解読の古代文字。読めるわけないと思って見てたら、その中のいくつかの文字が光って……なぜか言葉の意味がわかったんです。それが、翔子からわたしに向けたメッセージだって」

つまり、翔子は暗号化したのだ、と直也は理解した。他の人間には知られてはいけないことを伝えたかったのだろう。

「その年の七月二十五日、神社のお社《やしろ》の中でひと晩を過ごせって、そう書いてあった」

「七月二十五日？」直也が言った。

「そう、自然のサイクルで作った暦《こよみ》では、その日は大晦日《おおみそか》で、時間をはずした日って言われてるそうよ。わたし……そのメッセージどおりにした。ノートを持って、自宅の近くの小さな神社のお社の中で、ひと晩過ごしたんです」

つまり神社の結界の中に入っていたことになる。翔子はなにかから美紀を守ろうとしたのだろうか。

「で、朝、目を覚ますとノートは消えていて、外に出ると街ががらんとしてて」美紀はみんなを見回した。「……三ヵ月が過ぎていた」

ひと晩で三ヵ月。直人もエミリも唖然としている。マイクはうんざりしたように大きなため息をついた。

「時間がずれたとしか言いようがありません。だから、わたしは戦争や天変地異があったなんて知らないし、体験もしていない。翔子がわたしを導いたんです」

バン。いきなりマイクがテーブルを叩いた。カップが跳ねあがり、美紀はヒッとのけぞる。

「おいテメエ、いいかげんにしろっ。そんなこと信じられっかよ」

「マイク、やめてよ」エミリが制止する。

「なんだとエミリ、おかしいのはこいつらじゃねえか――」

今にも世界観をかけた仲間割れが勃発しそうだ。直也は助けを求めるように兄を見た。

直人は類人猿でも見るように冷ややかな目をマイクに向けている。

そのとき、ドアが開いてひとりの男が入ってきた。

「どうしたマイク、なにをもめてんだ」

黒覆面の風間だ。フードの中からのぞくトカゲのような片目、アーミーパンツ。たちまち部屋に威圧的な空気が満ちる。美紀は怯えたように体をすくめた。

「霧原兄弟」風間はじろりと兄弟を見た。「我々の思いは伝わったのか」

「思い？」直人は眉を寄せた。

「見てきたんだろ、現政府のやっている時代錯誤な更生部屋を。あれを見て怒りを感じなかったとは言わせないぞ。保安隊のやってることはまるでナチスだ」

なんとしても風間はふたりをレジスタンスの仲間に引き込むつもりのようだ。たしかに国の政策は常軌を逸しているし、ふたりは彼ら以上に怒りと悲しみを感じている。だが、この武装集団といっしょに銃だの爆弾だので戦うのは別次元の話だ。

「本部タワーが爆破されたのは痛快だった」風間は続けた。「誰がやったか知らないが、囚人たちが脱走して街は混乱状態になっている。今がチャンスだ」

「それが風間さん、こいつらその現場から変な人連れてきちまって」マイクが不満そうに訴えた。

「あん？」

風間はソファに縮こまっている美紀に視線を向けた。美紀がゾッとしたように体を震わせる。

「聞いてくれよ、こいつの話がめちゃくちゃなんだよ。人が消えたとか、時間が飛んだとか」マイクは美紀を犯罪者のように指さして怒鳴りつけた。「あんたの頭はぶっ飛びすぎなんだよっ、人をおちょくるのもいいかげんにしろっ」

いいかげんにしてほしいのはこちらのほうだ——直也がそう思ったとたん、マイクの後ろで床に積んであった鉄パイプがふわりと浮きあがるのが見えた。一本、二本。生きているように宙に浮かぶ。エミリがはっと立ちすくんだ。

ガシッ、ガシッ。いきなり鉄パイプは矢のように飛び、マイクの足元に突き刺さった。美紀への威嚇に警告を与えるように。床板が砕けて飛び散り、パラパラと落ちる。

風間の片目が点になった。

「……頭の固い政府に抵抗するレジスタンスなら、能力者がいるってことも信じるんだな」直人が冷静な声で言った。

マイクが腰を抜かして床にへたり込む。さすがのエミリも自分の見たものが信じられずに口を開けている。直也はレジスタンスたちの固定観念が崩れる音を聞いた。

「フッ」風間が変な声を漏らした。「フフフ……」

ショックで頭がおかしくなったのか。風間はのけぞってワッハッハと笑い出した。

「こいつは最高じゃねえか」

マイクは裏切り者を見つけたように風間を睨んだ。

12

保安本部のオペレーションルームでは、吉本がコンピューターにかじりついてネットワークシステムの復旧作業に没頭していた。血走った目、リストのピアノ曲でも弾《ひ》いているような猛スピードでタイピングする指。しかし、サバイバルモードにスイッチが入った彼は生き生きしていた。この若者は心のどこかで、保安本部が壊滅的なダメージを負ったこの危機的状況を楽しんでいる。柿谷教授は複雑な思いでその姿を見守っていた。

もしかして、自分にもそんな部分があるのか。でなければ、保安本部のスカウトにホイホイ応じなかっただろう。平和はヒーローを生まない。ここに集まっている人間はどこかで平穏よりも波乱の人生を選んでいる。悪い状況を乗り越えるときにこそ、自分が能力を生かして活躍できるとわかっているのだ。

「状況はどうだ」

そこへ、彼をスカウトした張本人、本田本部長が入ってきた。その顔はゴムマスクをかぶったように無表情だ。保安隊員の死者は三名、重傷者十名、軽傷者二十名。マスコミには予測不可能の天然ガス爆発が発生したと発表しているが、本田は責任を問われることになるだろう。とてもこの地獄を楽しんでいるようには見えなかった。

「はい、システムの九割が復旧しました」柿谷は報告した。

「ご苦労」本田はうなずいた。「ゴタゴタがやっと収束してきた」

「どさくさに紛れて脱走した囚人たちも再逮捕できたと報告が入ってます。正幸少年の母親は依然、行方不明ですが」

「母親については気にしなくてもいい。あの状態ではなにが起きても仕方なかった……今度は大丈夫なんだろうな」

「はい、正幸少年は薬で意識レベルを極限まで下げ、脳の情報を監視しています。ご覧ください、もうあのようなことはありません」

柿谷が示した特別検査室のモニターには、カプセルの中で眠っている正幸が映っている。青白く生気がない肌。まるで電源の入っていないアンドロイドだ。おとなしくさせるということは、生命活動を抑えることに他ならない。正幸はもはや半分死んでいるように見えた。だが、このタワーにはそれをかわいそうだと思う人間はもういないだろう。

「死傷者もたくさん出た」本田は言った。「だが、結果として収穫も大きかった」

「覚醒、ですね」

「ああ、黒木タクヤや正幸に触発されたのかわからんが、玲佳と道夫がたて続けに覚醒してくれた」

「これで全員、第二フェーズに進めますね」

ただ覚醒しただけでは意味がない。威力があっても座標を定められないミサイルと同じ、訓練によってコントロールできなければ使いようがないのだ。現にタクヤは、たった一発大砲をぶっ放しただけでユウヤを助けて正幸を制圧したが、自分の職場も派手にぶっ壊してくれた。

「で、タクヤの様子は?」本田は尋ねた。

「問題ありません。体には心肺停止のダメージがほとんど残っていません。能力の完全な覚醒に体が驚いて、仮死状態になったようです」

「ふん、その表現が科学的なのか非科学的なのかわからんな」

本田がブツブツ言うと、キーボードを叩いていた吉本が振り向きもせずに言った。

「それって、一気にデータを読み込み過ぎたパソコンが固まるようなもんじゃん。再起動すれば直る、みたいな」

柿谷は呆れて吉本の猫背を見た。このオタクの体にはどこかにリセットボタンがありそうだ。上官に対する態度といい、天才的な頭脳といい、とても自分と同じ人類とは思えない。だが、一度吉本の脳関係のデータをとってみたことがあるが、現実的な部分だけが異常に発達していて、超能力の兆候はみじんも見られなかった。

「タクヤの脳はわずかの間にリミット近くまで開発されました」

柿谷はキーをタップしてモニターにタクヤの脳の断面図を出した。ほとんどが赤く染まっている。

「彼が力を発揮したときの脳の活動痕跡《こんせき》です。信じられないほど強くなった」

「正幸以上か」本田は満足げに顎をなでた。「タクヤは完全に覚醒したな」

「はい、予想を超えた力です……恐ろしいほどの」

「その力を我々の目的のために使う。それが重要だ」

もし万が一、国家転覆を企《たくら》むテロリストなど、よけいな勢力のために使われたらたいへんなことになる。タクヤの力は正幸少年の力と同じように、国が囲い込みをするべき力なのだ。

「本部長」

そのとき、噂の本人がゆらりと入ってきた。いったいどこにあんな破壊力を秘めていたのか、モデルのようにスリムな体型で、乱れ髪が麗しい顔にかかっている。黒木兄弟がともに覚醒しているということで、柿谷はできれば両親のデータもとりたかったが、残念ながら行方不明だという話だった。少なくとも親のどちらかが美形なのはたしかだ。

「どうだ、気分は」本田の目尻《めじり》がかすかに下がった。

「大丈夫です」タクヤはぼそりと言った。「ご迷惑をおかけしました」

「問題ない」本田は寛大にうなずいた。「おまえがユウヤを救い、あの怪物を制圧したんだ。よくやった」

吹き飛ばされたホールの修繕費の額は知らないほうがいいだろう。タクヤの表情は褒められても複雑そうだ。無理もない、と柿谷は察した。覚醒からあれよあれよという間に強くなってしまい、そこらの武器では比べものにならない攻撃力を持った。いきなり自分が別の生き物に生まれ変わったような気分だろう。

「ユウヤはどこに？」

「先に訓練に入った」本田はタクヤの肩をポンと叩いた。「おまえも力をコントロールするための訓練に入らないとな。明日からだ。期待してるぞ」

「今からでもできますよ」

「今日は休め」

タクヤはうなずいたが、まだ行こうとしなかった。親に隠し事がある息子のようになにか言うのをためらっている。

「なんだ」本田は言った。

「……あの兄弟の情報は？」タクヤは訊いた。「まだ、行方はわからないんですか？」

霧原直人と霧原直也のことだ、と柿谷は察した。タクヤは非常に彼らを意識しているようだ。ダイナーでの映像を分析したところ、直人は人間離れした衝撃波を発生させていた。つまり、タクヤと同じタイプの力だ。

「すぐにまた、会うことになるだろう」本田はさらりと告げた。

「えっ」タクヤはたじろいだ。

ときどきこの上司は予言者めいたことを口にする。それが本人の能力ではないことは柿谷も知っていた。

「運命ってやつは厄介だな。逃げ道がどこにもない。そのときは、おまえが彼らを制圧するんだ」

本田はそれ以上は語らず、さっと背を向けて行ってしまった。タクヤに驚きと戸惑いを残したまま。

聞き耳を立てていた吉本がちらりとタクヤをうかがう。まるでゲームオタクがラスボスとの戦いを楽しみにするような、期待のまなざし。柿谷もちょっとワクワクする不謹慎な自分を抑えきれなかった。

黒木タクヤと霧原直人の戦い――もし本当に実現したら、いったいどちらか勝つのだろう。

※

「ふーん、あのふたり、霧原直人と直也っていうの」

向かい側に座っている小林君枝は興味津々でユウヤに訊いてきた。同じ能力者として当然だ。

「はい、なぜか名前が頭の中に入ってきて……音じゃなくて、漢字で視えたんです」

ユウヤは頭の中で答えた。どうしてもまだ緊張してしまう。こんなありえないほど親密な状態で会話しているのに。

三つある能力開発トレーニングルームのうちの一室、広いドーム形の部屋には円いフィールドが設置され、その真ん中でふたりは結跏趺坐《けっかふざ》を組んで目を閉じている。君枝によると、この背骨をまっすぐにする瞑想《めいそう》のポーズはチャクラをつなげ、もっともエネルギーが流れやすくなるという。チャクラとはエネルギーの出入り口で、人間の体には七つあると教わった。ユウヤは自分の眉間《みけん》のチャクラ、いわゆる第三の目がジンジン反応しているのを感じていた。

「ふふ、すばらしいわ、あなたの読み取る力。それを自らの意思で使えるようになってもらわなきゃ」

「読み取る?」

君枝の声は耳で聞いているよりはっきり聞こえた。互いの言葉はそれぞれの頭の中に直接、テレパシーで響いている。口で話すときはごまかせるし、嘘もつける。だが、テレパシーだと瞬時に思考が伝わってしまうため、もし自分が変なことを考えたらバレバレなわけだ。

そのせいで俺はいつもより行儀がよくなっているのかも。そう、君枝のことが怖いんじゃなくて。いやいや、こんなことを考えたら……。

「雑念でいっぱいのようね、ユウヤ」

「や、そういうわけじゃ――」

「ふふ、隠し事なんて、肉体という壁に隔てられた人間の娯楽みたいなものよ」

そこまで割り切れるようになるのはいつになるのか。頭は常によけいなことを考えている。自分の思考が勝手にあっちこっちに行ってしまうのを抑えるのはひと苦労だ。

「そのうちにコントロールできるようになるわ。それは、時間の問題。あなたはタクヤや道夫、玲佳とは持っている力がちがう。わたしともちょっとちがう。人の心や情報を読み取る力があるの。もしかしたら、過去や未来も視えてたりしてね」

思い当たることはある。あの白い泡の記憶や、霧原兄弟のことが会う前に視えていたこと。正幸少年の感情がなだれ込んできたこと。

「けどね、だからこそこれだけは覚えておいたほうがいいわ。自分をシールドで守るイメージ」

「シールド？」

「そう、心をシールドで防御する。覚えておいて、こんなイメージで……」

君枝はスルスルと緑色の光のドームを上から下ろしてくれた。とたんにユウヤは大きな安心感に包まれた。なんだか繭の中にいるイモムシの気分だ。

「読み取る力とシールド、両方をコントロールできないと意味がないわ。あなたの力はタクヤみたいに攻撃できないけど、とても危険なの。あなたはこの能力が否定された世界に感謝すべきだと思う」

「どうしてですか？」

「子供のころから無防備に、他人の意識が入り込んできていたら、それこそ正常ではいられなかったはずだから」

ユウヤにはよくわからなかった。視えたときには頭は痛くなるし、正幸のときはショックも受けたが、今のところそこまでダメージを受けたことはない。

「わからない？　まあ、今まではラッキーだったってことね。不意に他人のネガティブな意識が入ってきたら、シールドで自分を守ることをイメージするのよ」

君枝はこともなげに、誰にでも簡単にできることのように指導した。

「……あなたは、今の力をどうやって覚醒させたんですか？」

「わたしはね、生まれつきなの。突然変異って言われてる。ただ、使えるから使ってるだけよ。飛べるから飛んでる鳥と同じ」

そう言うと、君枝は右手を伸ばしてユウヤの手に触れた。ユウヤの体に軽い電流が走ると同時に、緑色のシールドが幕があがるようにすっと消える。

次の瞬間、ユウヤは濁った泥水の中に倒れ込んでいた。

「うわっ」

雨上がりの森。ぬかるんだ道をブーツを履いた男たちが走っていく。そこは、保安隊の屋外訓練場だ。坂道で足を滑《すべ》らせて転んだユウヤはまだ十代。それを指さして、同世代の隊員たちが嘲笑《ちょうしょう》している。

「みっともねえやつだな」「なんでこいつが保安隊に入れたんだ」「クソだな」「黒木兄弟ムカつく」「どっかいけよ、目障《めざわ》りなんだよ」「兄貴がいなけりゃなんもできないだろ」

ユウヤは歯を食いしばり、冷たい泥水から起きあがってまた走り出した。森が迷路のように入り組んでいき、先に行った隊員たちの姿が見えなくなる。自分の居場所がわからない。ここはどこだ。いつの間にか足元が石畳になり、トンネルを走っている。暗い通路を抜けたかと思うと、いきなり街に出た。

渋谷のスクランブル交差点。雑踏の中に走り込んだユウヤは呆然と立ちすくんだ。なぜ、こんなところにいるのか。

「こいつエラそーだな」

すれちがいざまにユウヤを睨む男の声が聞こえた。騒音とともに、大勢の不満の声がいっせいに押し寄せてくる。

「雌ブタどもが、ジャマなんだよ、ちんたら歩いてるんじゃねえよっ」

「あいつ、ぜってーぶっ殺す」「はあ、会社行きたくねえ、潰れねえかな」

「死にたい、死にたい、死にたい」「苦労も知らないガキが、働け働け」

「うるさい、うるさい、しつけどうなってるのよ」

「すけベジジイ、財産たっぷりあんだろ」「いっしょに死んで、お願い」

ネガティブな思念が嵐《あらし》のようにユウヤに襲いかかってきた。耳をふさいでも消えない。それは頭の中で響いているからだ。ユウヤは頭を抱え、横断歩道にがくんと膝をついた。その上に四方から人々の黒い影が覆いかぶさってくる。

「両親は犯罪者なんだろ？」「お偉いさんの隠し子とかじゃない？」「かわいそー、両親に捨てられたらしいよ」「もう親、死んでんじゃない」

地獄だ。罵詈雑言《ばりぞうごん》が鋭いナイフのように心をグサグサ突き刺す。ユウヤのいちばん痛いトラウマを狙って。

「うそだっ」ユウヤは叫んだ。「やめろおぉぉっ」

気が狂いそうになったそのとき、一閃《いっせん》の光が差すように凜々《りり》しい女の声が響いた。

「シールドッ」

君枝だ。必死に緑色のドームをイメージした。たちまちネガティブな声が遠ざかる。あのままだったらどうなっていたことか。

だが、ほっとしたのもつかの間、ピシッと嫌な音がした。見れば、卵の殻のようにシールドにヒビが入っている。まさか、嘘だろ、そんな——。

シールドは爆発するように砕け散り、ユウヤはたちまち襲いかかってくる黒い影に呑み込まれた。目の前が真っ暗になる。どこへも行けない闇。息ができない、もうおしまいだ、死ぬ——。


「ユウヤッ」

両頰《りょうほお》が冷たい手に包まれた。ユウヤはかっと目を見開いた。光。目の前に君枝のエメラルドグリーンの瞳が揺れている。

「どう？　少しはわたしの言ってる意味がわかったかしら」

ユウヤは元のトレーニングルームに胎児のように丸まって転がっていた。床に汗が滴《したた》り落《お》ちている。すべては君枝がきっかけを与え、ユウヤの潜在意識から掘り起こされたヴィジョンだったのだ。

「こんなの……耐えられない」ユウヤは荒い息をつきながらうめいた。

「耐えられるようになるの」君枝は催眠術をかけるように顔を近づけてきた。「あなたは選ばれた人間なのよ」

顔が近い。ユウヤは君枝の手を振り払って起きあがった。最悪にみっともない姿をさらしてしまった。

「俺は——あんな弱い人間じゃなかった」

「知ってるわよ。あなたは強がって生きてきた。でも、もしも子供のときに覚醒していたら、強がって生きることなんてできなかったはず。弱々しい内気な人間になっていたの。あなたは能力を否定し続けてきたこの社会に守られてきたのよ」

君枝の言うとおりかもしれない。人はなんとたくさんの悪意を抱えているのだろう。ひとつひとつは小さくても、集合になったら途方もない力だ。そんなものを幼いときから受け続けていたら、自分の精神は破壊されていただろう。

「だから、借りを返さないと。この世界の秩序を守るためにその力を使うのよ」

そんなことが自分にできるのだろうか。この保安隊はその秩序を保つための最高機関だ。幼いときからここで育てられ、忠誠心はしっかりと体に刷り込まれている。読み取りだろうがスパイだろうが、役に立てるならなんでもやらなければならない。

だが、ユウヤにはそれよりもやりたいことがあった。

「もし、過去を読み取ることができるんだったら、俺は……」

「なに？」

「……ある夜のことが知りたい」

それ以上は話したくなかった。君枝はかわいい男の子を見るように目を細めた。ヴィジョンを共有して両親のことを知った彼女なら察しがつくはずだ。

「努力しなさい。能力を大きくする努力を」

「……ああ、わかってる」

「ちなみに今日は落第よ。あんなペラペラのシールド、赤ちゃんにだって破れるわ」

ユウヤは悠然と歩き去っていく君枝の後ろ姿をぼんやり見送った。視線が勝手にキュッとあがったヒップに下りていき、あわてて目をそらす。ドアが閉まるとき、彼女の心の声が聞こえた。

お尻《しり》ならいくらでも観賞なさい。ほらね、わたしは怖くないでしょ。

※

武藤玲佳は曽根崎道夫といっしょに別のトレーニングルームでオブジェを使った特殊訓練をしていた。それは、積み木だ。三歳の子供でもできる遊びだが、一個の大きさがひと抱《かか》えもあり、しかも手を使ってはいけないという、こんなとんでもない積み木はここにしかない。

「ぐぬぬ」曽根崎は顔を汗だくにして力を込めていた。「ぐうう」

うるさい。四つ目の積み木に挑戦していた玲佳は、気を散らさないように前方を凝視していた。曽根崎ときたら、やっとのことで円柱形が浮かびあがって四角い積み木の上に載っかったときには、ギザのピラミッドでも建てたように感動してギャーギャーわめいていた。どうしていちいち声を出さずにいられないのだろう。躍起になって玲佳の気を惹《ひ》こうとしているが、逆効果だ。

玲佳は丸い積み木に念を集中させた。日の出のお日様みたいにプカプカ浮きあがる。もう少し上、もう少し……視線を使って持ちあげていく。だいぶコツをつかんできた。

「ぬぅぅ」曽根崎は三角の積み木を持ちあげようとしていた。ブルブルと不安定に震えながら浮きあがっていく。「――あっ」

ガタン。三角の積み木は手が滑ったように落ち、せっかく積みあげた二個も崩れ落ちた。

「あああっ、もう少しだったのに――チクショウッ」

「うっさいっ」玲佳はついに怒りの声をあげた。「んもう、集中できないじゃない」

曽根崎がムッと振り向く。生存競争を勝ち残ってきたこの男は負けず嫌いだ。その目が玲佳を恨めしげに睨んだとたん、あっという間に丸い積み木が飛んできて彼女の頭にポカッと当たった。

「いたっ」

「やったぞ」曽根崎はスカートめくりに成功した悪ガキのように小躍りした。

「なんでそういうイジワルはすぐにできるのよっ」玲佳は負けずに三角の積み木をさっと飛ばした。

カン。曽根崎の頭に尖った角が当たる。ザマアミロ、今のは相当痛かったはずだ。だが、彼はラブレターでももらったように目を輝かせた。ウザいかまってちゃんだ。サービスでもう一個四角い積み木を飛ばしてやったら、今度はモロに鼻にぶつかった。

「いってーっ」曽根崎の顔は真っ赤になった。「こんのやろう――」

痛みは恋愛感情を凌駕《りょうが》する。ヒートしたふたりが超能力バトルを繰り広げそうになったとき、ドアが開いて君枝が入ってきた。とたんに冷蔵庫を開けたように部屋の空気が冷える。

「力の無駄づかいはやめなさい」君枝は言った。「まるで子供の喧嘩《けんか》ね」

曽根崎はライオンが巣に入ってきたときのトラのように警戒した。玲佳は最初にマインドコントロールで刃の幻視を見せられて以来、君枝にはあまり近づかないようにしている。能力者としては大先輩だが、どうも肌が合わないというか、エネルギーが摩擦を起こす。

この人、またわたしたちを串刺しにきたんじゃないでしょうね。

「何年も研究されてわかったことは、能力は感情に大きく左右されるってこと」

君枝は散らかった積み木を見回し、氷のような白いキューブを拾いあげた。

「感情に?」玲佳は言った。

「そう、でもコントロールするコツをつかむと、能力を感情から切り離して使えるようになるのよ」そう言うと、君枝は白いキューブをポンと手で投げてきた。

玲佳はとっさにそれを力でキャッチした。宙に浮いているきっちりとした四角い六面体。なんだか心を見透かされているような気がする。

感情——胸のどこかがザワザワした。あのとき、黒木ユウヤの上空のワイヤーが切れたとき、自分の中で未知のなにかがつながる音がした。命の源のような神経。そして、考える間もなく力が放たれていた。完全にナチュラルに。

玲佳にそのロックをはずす暗号を打ち込んだもの。それは、ユウヤの危機だった。彼女はそのとき、初めて自分の底に潜んでいた感情に気づいた。

わたしは彼を失いたくなかったのだ。絶対に、絶対に。

13

早くここを出ないと危険だ。

工場の窓から駐車場の方をうかがっていた直人は、灰色のバンが二台やってくるのを見た。アーミージャケットを着たレジスタンスたちが次々と降りてくる。なにやらものものしい雰囲気だ。彼らはトランクを開けて無造作に武器を下ろし始めた。オモチャではない、本物のマシンガンだ。

直人の力を目撃した風間は異様なまでに興奮していたが、どうせロクでもないことを考えているのだろう。しかし、レジスタンスの方向性ははっきり言って自分たちとは逆だ。

「そろそろここを離れたほうがいいね」

後ろにやってきた直也がぽつりと言った。弟に思考が伝わるのは、声が伝わるのと同じことだ。直人は弟を振り向いてうなずいた。そうなるとひとつ問題がある。ふたりは同時に、ソファに座っている立花美紀に目を向けた。

疲れたように黒猫をなでている。猫は彼女の膝に顎をのせてゴロゴロ喉を鳴らしていた。だが、彼女の頭の中は正幸一色だろう。

「……いっしょに連れていく」直人は言った。「正幸をなんとかしてやりたいが、今の俺たちにはどうすることもできない」

超能力者の母親。その苦しげな姿はふたりの母親、霧原直美と重なる。放ってはおけない。直也がほっとした顔になった。まさか猫もいっしょに連れていきたいなどと言い出さなければいいのだが。

「兄さん、ぼく、電話をかけてみたんだ。研究所に」

「なんだと、御厨に連絡したのか」

「お金の封筒に電話番号が書いてあったから、ここのネット電話をこっそり使って。でも、通じなかった」

「留守だったのか？」

「ううん、おかけになった電話番号は現在使われておりません……て」

どういうことだ。まさか自分たちの自宅のように、御厨の研究所までなくなってしまったのか。直人が眉をひそめたとき、ドアが開いてマイクが顔を出した。

警戒の視線。直人が鉄パイプを飛ばして以来、彼は必要以上に近づいてこなくなった。

「おい、話がある。ちょっとミーティングルームに来てくれ」

直人は直也と顔を見合わせた。どうやらすんなりとは出ていけなさそうだ。

ミーティングルームと名付けられた部屋は、オモチャ工場の元休憩室だったところで、くっつけられた数台の大テーブルをパイプイスが囲んでいる。その上にはパソコンがいくつか並び、モニターのひとつにニュースが映っていた。保安本部タワーの爆破事件の続報で、原因不明の天然ガスによる爆発ということにされている。

「おう、来たか霧原兄弟」

風間はテーブルに広げられた地図や見取り図の上にかがみ込んでいたが、兄弟が入っていくと片目を輝かせて来賓を迎えるように立ちあがった。その後ろには、先ほどやってきたレジスタンスたちがずらりと並んで立っている。サングラスやマスクで隠した顔、ピストルやマシンガンを持ったいかつい手。

嫌な予感がするには充分だ。直人の体が弟を守るように勝手に前に出る。

「こいつらはみんなレジスタンスの仲間だ」風間は誇らしげに紹介した。「我々を含めて全部で七グループある。今の国家体制を解体するために活動しているんだ。みんな、こちらが霧原直人、そして弟の直也だ」

直人はいっせいに戦士たちの値踏みする視線にさらされた。どうやら自分の力のことは聞いているようだ。

「話とはなんだ」直人は言った。

「とある作戦を実行する」風間はふたりに近づいた。「いよいよ実力行使だ」

「実力行使……?」直也が言った。

「我々はここを襲撃する」

風間の黒手袋をはめた指がさっとモニターを指さす。ニュース画面は天気予報に変わっていた。AJM――オールジャパンメディア国営放送と表示されている。直也が小さく息をのむ音が聞こえた。

テレビ局だ。ネットの時代になってもまだまだ放送局は影響力を持っている。

「そうだ、テレビ局を占領して、生放送の番組を乗っ取る。そして、国家の正しいあり方を国民に訴えるんだ」

　レジスタンスの考えつきそうなことだ。直人は冷たく突き放した。

「なにをしようとおまえたちの勝手だが、バカなことはやめるんだ。保安隊に勝てるなんて思わないほうがいい。全員、捕まって終わりだ」

「我々もバカではない。そのくらいのことはわかっている。だが、このまま黙ってこんな閉塞《へいそく》状況で生きるつもりはない。俺がなぜこんなナリをしてるかわかるか？」

　風間はそう言って手袋をはめた手で自分の黒覆面に触れた。部屋の中でも常にかぶっているところを見ると、警察に面が割れているからでもカッコつけているからでもなさそうだ。

「学生のころ、ただ歌ってただけで顔も知らねえジジイに火をつけられたのさ。長い間生死の境をさまよった。なぜだ？」風間は目元をぴくつかせた。「その歌が空想を歌ったもので、到底許されるものではなかったからだとよ。保安隊もそいつを逮捕しなかった。それが正義とされているからだっ」

　凄絶な話だ。国の正義のために若者に火をつけるほど一般人が洗脳されてしまうとは。風間の顔や体には人に見せられないほどのケロイドが残っているのだ。

「数年後、俺はその男を見つけて火だるまにしてやったよ」風間は暗い声で言った。「二度と同じ目にあう人間を生まないようにな」

実力行使——それは風間自身の復讐から始まっていたのだ。風間は後ろでライフルをかまえている男を振り向いた。

「そいつのばあちゃんは、閉鎖された神社に参拝しようとして逮捕された。その隣のやつの親は、子供に宇宙人の映画を観せて逮捕だ。わかるか、この世はいつからか狂っちまった。すべて政府に監視、干渉され、自由な思想や想像の世界を語ることすら許されない」

レジスタンスたちの顔に悲しみがよぎる。反政府活動の動機は、理想主義者が掲げる社会変革ではない。自分たちの当たり前の人生を踏みにじられたことに対する怒りだ。

「やつらが言う秩序とはなんだ？　なんのためにこんなことをしている？　少なくとも政府が考える目的のために、俺たちが犠牲になることはない。我々は自分の意思や選択で生きていける世界を取り戻すんだっ」

風間は小さな演説で怒りをぶちまけた。その言葉にこもっている正義を求める気持ちは本物だ。

「なあ、直人、協力しろ。おまえの力があれば世界を変えられる」

やはりそうきたか——直人は冷静に風間を見つめていた。こいつは俺の力を利用したいのだ。

「直人に出会って、放送局乗っ取りの大きな意味を見出すことができた」風間は直人の前に立った。「ただ主義主張を語っても一般の人の意識は目覚めない。もっと効果的な方法がある。直人の力を放送すればみんな目が覚めるだろ」

「俺にアトラクションをやれと言うのか」

「ちがう、正当なプロパガンダだ」

なんと大胆不敵、単純無知な計画を立ててくれたものか。この怒りに染まった男は、そんなことをしても視聴者にトリックだと言われてしまうことがわからないのだ。

「それはできない」直人はきっぱり言った。

わかってくれない——風間の片目に失望が走る。ふたりはじっと見つめあった。風間はため息をつき、マイクにちらっと視線を送った。

その瞬間、マイクが銃を抜いて直人に向けていた。無駄なことを。直人は瞬時に彼の手から銃を弾《はじ》き飛《と》ばした。

「わあっ」マイクが手を押さえ、尻もちをつく。

カラカラと銃が床を滑った。レジスタンスたちは驚きの目を直人に向けた。人は話を聞いただけでは信じられないどころか、実際に見ても信じられない者もいる。自分の世界を固定する意識はかくも強力なのだ。しかし、彼らの動きが止まったのは一瞬だった。

「あっ」直也が声をあげた。

あっという間に三人のレジスタンスが銃を直也に突きつけていた。頭、背中、胸。ひとりでも引き金を引いたらおしまいだ。

「直也っ」

「おっと、抵抗するなっ」風間が声をあげた。「力を使えば即座に直也を撃つ」

動けない。直人は完全に自分の弱点を握られていた。やれやれとマイクが起きあがってくる。超能力さえ封じれば、鍛えあげられた戦士のほうが腕力は強い。

「こんなことはやめて」エミリが抗議の声をあげた。「卑怯《ひきょう》よ」

「おまえもわかってるだろ、エミリ」風間は当然のように言った。「こいつらの力が必要だってことは」

ガツン。いきなり直人の後頭部に衝撃が走った。後ろから忍び寄ったレジスタンスに銃で殴りつけられたのだ。野蛮な暴力に屈し、直人はあえなく床に崩れ落ちた。

「兄さんっ」直也が思わず前に出ようとする。

「おとなしくしろっ」マイクが後ろからその体を羽《は》交《が》い締《じ》めにしようとした。

直人は朦朧としながら弟がマイクと接触するのを見た。声が出ない。直人は心の中で叫んだ。直也、心に鍵をかけろ——。

「ぐっ」直也がダメージを受けて体を折った。

同時にマイクがハッと電流から手を引っ込めるように直也を離した。よたよたと後ずさっていく。

「な、なんだよ今の——へ、変なもんが」

「マイク、どうした」風間が眉をひそめた。「なにを言っている？」

　マイクの怯えた目がウロウロ動きながら風間を、そしてレジスタンスたちを見回した。

「テレビ局で、みんなが——オレたちがみんな……死んでた」

　立て続けに超能力を体験するとは、この男は運がいいのか悪いのか。マイクは恐れ切った目で直也を見た。

「風間さん」直也は頭を押さえながら訴えた。「攻撃は失敗する。やめたほうが——」

「うるさいっ」マイクは恐ろしさのあまり直也を銃で殴りつけた。「黙れっ」

　エミリが息をのんだ。直也は声もなく床にうずくまった。レジスタンスの銃はまだ弟をしっかり狙っている。直人は頭に血がのぼったが、なにもできない。

「弟にはよけいな能力があるようだな」風間は冷たい声で言った。「だが、我々が失敗するわけはない。おまえの兄さんが言うことをきいてくれさえすれば」

　直人は彼がサディスティックな表情でかがみ込んでくるのを見た。その手には細い注射器を持っている。

「直也は人質だ。しっかり協力しろよ」風間はプスリと直人の首に針を刺した。

　兄さん、と弟が叫ぶ。その泣き顔が霧のベールに包まれたようにフェードアウトしていった。

14

なんだ……？

保安隊の寮、自室に戻ってソファでぐったりしていたユウヤは、顔をあげて瞬きをした。視界が揺らぐ。君枝のトレーニングを受けてからどうも頭の調子が悪い。いや、悪いのではなく脳がバージョンアップしているような感じだ。現実はもっと柔らかいものだと教えるように。

今、霧原直也が視えた。なんであいつが……？

直也はかわいい顔を歪ませて泣いていた。なにかあったのか。それとも、これは過去のヴィジョンなのだろうか。

君枝は未来や過去も読み取れるようになるかもしれない、と言った。おかげでこれからのトレーニングも俄然《がぜん》やる気が出た。もし未来が視えたら便利なこともあるだろう。保安隊の役にも立てるかもしれない。だが今、もっとも知りたいのはただひとつ、自分たちの両親がなぜ失踪したかということだ。ユウヤは目をつむり、またあの夜に焦点を合わせようとした。

そのとき、後ろでドアが開く音がした。タクヤが帰ってきたのだ。力が覚醒して以来、兄はみるみるうちに超人になってしまった。おかげで四度も助けてもらったが、早くコントロールを身につけてくれないとそのうちこの部屋も吹っ飛ばされるかもしれない。

「兄貴、またあいつが視えた――」

振り向いたユウヤは、息をのんだ。そこに立っているのは、霧原直人だ。メガネ越しの兄貴よりも鋭い目、ファッショナブルな黒いコート。頭がくらりとする。なぜ、こんなところにいるのか。どうやってこの部屋にきて、なにをしているのか。だが、訊きたいことはなにひとつ言葉にならないまま、視界が銀河系のように渦巻いてどこかに吸い込まれていく。

シュワッ。目の前で白い泡が弾けた。

泣き叫ぶ母親。父親の動揺した顔。そばには幼いタクヤとユウヤが眠っている。

空になったソーダ水のコップ。テーブルの上に広げた人生ゲーム。

ドアのところに男が立っている。両親を鋭い顔で睨んでいるのは、霧原直人だ。

直人が母親に近づき、その腕をぐいと引っ張る。抵抗する母親。なにかを叫ぶ父親。

部屋全体を見回すと、あちこちに人が倒れている。戦闘スーツと銃。飛び散る血。

保安隊員たちだ――。

「わあああっ」ユウヤは驚愕の叫び声をあげた。

「どうした、ユウヤ」タクヤの声がした。

駆け寄ってきた兄が肩を揺さぶる。心配そうな顔。直人はどこにもいない。さっきは兄の姿が直人に見えていたのだ。

細切れのヴィジョン。あの日の出来事。自分の視点は弟の直也のものとぴったり重なっていた。ユウヤは誰にも調べられなかった過去、いちばん知りたい過去にたどり着けたが、そこには思いもかけない真相が隠されていたのだ。

「……視えた、父さんと、母さん」ユウヤは荒い呼吸をしながら言った。「あの夜」

「あの夜?」

「ああ、あの最後の夜……俺たちの両親を連れ出したのは、あいつらだ。直人と直也」

「なんだって」

「保安隊の隊員を倒して——それが視えた。あいつらだっ」

いったいなぜ、直人たちが両親を、どこへ連れ去ったのか。ふたりは生きているのか。

ユウヤは自分の覚醒に感謝しながら、呆然と立ちすくんでいる兄と目を合わせた。

絶対に、絶対にあいつらを捕まえて吐かせてやる。

15

目が覚めると、聞いたことのない小鳥の声とザワザワした音がした。窓の外でたくさんの緑の葉っぱが風に揺れている。

ここはどこだ。起きあがった俺は、やたら大きなベッドの中で隣に寝ている直也を発見した。見たことのない広い部屋。『ヘンゼルとグレーテル』に出てきそうな古いレンガの暖炉がある。昨夜、かすれた意識の中でぼんやりと見た洋風の屋敷を思い出した。

ここは、誘拐犯の隠れ家だ。

俺は木でできた重そうなドアを見た。子供にとってこういう古い家は、魔法使いの家かお化け屋敷だ。一刻も早くこんな不気味なところを出て、二段ベッドのある自分たちの子供部屋に帰りたかった。

「直也、起きろ」俺は弟を揺さぶった。

「……お母さん？」直也が寝ぼけた目を開けた。

お母さんはここにはいない。俺たちのいるべきところは、親たちのいるところだ。

「行くぞ。逃げるんだ」

俺は直也をうながし、そっと丸い金属のノブを回してドアを開けた。長い廊下が伸びている。俺は先に出てあたりを見回した。誰もいない。直也においでおいでと手招きして、ふたりで歩き出す。古い床板がきしみ音を立てた。

「直人、直也、起きたのか」後ろから男の声がした。

振り向くと、頭がボサボサでタバコをくわえた男が立っていた。誘拐犯だ。俺は急いで直也を後ろにかばった。

「……誰も、おまえたちを閉じ込めようとは思ってない」誘拐犯は言った。「部屋の鍵も開いていただろ？」

だまされるもんか。きっとそれは罠だ。

「朝食の準備がしてある。こっちにおいで」誘拐犯は俺たちに背中を向けて歩き出した。

昨日からなにも食べてない。お腹はペコペコだった。だけど、魔女もお菓子で釣って子供を食べようとした。

「どうした？」誘拐犯は振り向いた。

「俺たちは帰るんだよ」

「それは――残念ながら、無理だ」

無理じゃない。子供だと思って俺を見くびるな。帰ると言ったら帰るんだ。

「どけよっ」

俺はためらいなく誘拐犯をぶっ飛ばした。誘拐犯はウワッと叫んで壁にぶつかり、タバコがオレンジ色の火の粉を飛ばした。生まれて初めてこの力があってよかったと思った。

俺たちは走り出した。走って走って、悪者の住処《すみか》から出て森の中に駆け込んだ。緑の匂いが俺たちを包む。一本道だ。誘拐犯がすぐに追ってくるかもしれない。先を急ぐ俺のあとを、直也はいっしょうけんめいに足を動かしてついてきた。

「待ってよ、お兄ちゃん——あっ」

草に足を取られ、直也が転んだ。

「だ、大丈夫か?」俺は駆け寄った。

弟は膝小僧《ひざこぞう》をすりむき、Tシャツが土まみれになった。直也は涙ぐみながら、うん、とうなずいた。こんな小さな子を親と引き離すなんて、あの誘拐犯は悪魔だ。

俺たちは手をつないでまた走り出した。しばらくいくと、霧が出始めた。ミルクみたいに濃い霧。その向こうに白いロープが揺れているのが見えた。

やった、出口だ。

近づいてみると、ロープは俺たちを通せんぼするように左右にずっと伸びていた。途切れたところはない。でも、こんなものはくぐれば簡単だ。

「行こう、うちに帰るんだ」

俺は先にロープをくぐろうとした。そのとたん、体がなにかにぶつかって弾き飛ばされた。驚いてしげしげと前を見たが、なにもない。俺はそっと手を伸ばした。

なにかに触れた。

「お兄ちゃん?」直也もくぐろうとしたが、尻もちをついた。「な、なにこれ?」

小さな手が見えない壁を探り、小さな口がぽかんと開いた。俺は壁を触りながら横に移動してみたが、ロープにそってずっと続いている。それは誘拐犯の土地を取り巻いているようだった。こんなことはあり得ない。

「ちくしょう、どうなってんだよ」俺はいじわるな壁を叩いた。「出せよ、俺たちは家に帰るんだっ」

そのとき、後ろでパキンと枝が折れる音がした。振り向くと、息を切らした誘拐犯が立っていた。俺たちを捕まえにきたのだ。

「出られないのか……」誘拐犯はゼイゼイしながら不思議そうな顔をした。

どうせ演技だ。こいつが子供にはわからない仕掛けを作ったに決まっている。そう思ったら、誘拐犯はひょいとロープをくぐった。なににもぶつからずに。

俺たちはあっけにとられた。

「こんなことがあるのか……」誘拐犯は驚いた顔で、またひょいと戻ってきた。

なぜ、俺たちだけ出られないのか。俺と直也は見えない壁にしがみつき、叩き、蹴飛《けと》ばした。俺は壁に向かって思い切り力を放った。

だが、壁はビクともしなかった。

「うちに帰せよっ」俺は誘拐犯に向かって叫んだ。「おまえ、俺たちを閉じ込めたんじゃないって言っただろ、俺たちは帰りたいんだよっ」

俺は誘拐犯の胸を叩いた。俺にはなにも動かせない。壁も、この男も。直也を家に帰してやることもできない。叩いているうちに無力な自分に泣けてきた。誘拐犯は言葉を失ったように俺にされるがままになっていた。

ウワーン――直也がとうとう声をあげて泣き出した。ウワーン、ウワーン。

森がその声に反応したようにざわめいた。そのとき、急に俺の視点が変わった。

鳥になったようにぐんぐんと上昇し、俺は空から森を見下ろしていた。誘拐犯の屋敷を中心にして円形状にロープが張り巡らされている。そして、その上に濃い霧が発生していた。雲のドーナッツのように。

これはなんだ。まるで結界じゃないか――。

『長年にわたり続いてきた中東諸国の紛争状態は、ゴッドウィル以降、終息に向かうであろうと予測されていましたが、昨今の状況はいかがでしょう、灰谷さん?』

ぼやけた頭に女性アナウンサーの現実的な声が響いてくる。直人は体に振動を感じながら目を覚ました。走る車の中だ。ニュースは天井につけたディスプレイから流れている。

どうやら夢を見ていたようだ。俺たちの二〇一四年の悪夢を。

「目が覚めたか」男の声がした。
顔をあげると、直人を注射で眠らせた張本人がなんの呵責《かしゃく》もない顔で隣に座ってい
た。頭にカッと血がのぼり、とたんにくらりとする。目覚めてもまだ悪夢は続いている。
直人は覆面からのぞいている冷たい片目を睨みつけた。
「おい、直也は無事なんだろうな」
幼いときから弟を守り続けてきて、ずっとそばにいるのが当たり前になっていた。外の
世界に出られたのはいいが、ここは直也を傷つけるものでいっぱいだ。その中でも凶悪な
ものが今、弟の首根っこを押さえている。
「おまえ次第だよ」風間は薄笑いを浮かべた。
「おまえたちの言うとおりにすれば、直也の安全は――」
「約束するさ。試しに逆らってみるか?」
直人はぐっと感情を押し殺し、拳を握りしめた。今にも両手から力が噴出しそうだ。運
転席にいるのはマイク、他にもレジスタンス三人が乗っている。この男たちをたたむのに
は十秒もかからないだろう。だが、直也の命を危険にさらすリスクは冒せない。
『どうですかねえ。世界にはまだまだ危険思想、たとえばスーパーナチュラルなどと呼ば
れる思想をいまだに信仰したりする地域も残ってますし。それが要因の争いから、再び大
きな戦争になる危険性をはらんでいることはまちがいないでしょうね』

画面で大口を叩いているのは、評論家の灰谷裕一郎だ。番組はＡＪＭニュース、テロップには〈危険空想主義と世界情勢〉とある。これからレジスタンスが襲撃するテレビ局の番組だ。

『なるほど』女性アナウンサーがうなずいた。『ではその点、日本の保安対策については、他国と比べてどのように見ていますでしょうか？』

『我が国の場合、法整備や取り締まりも強化されてますからね。平和国家日本として、世界の見本になっていると言ってよいのでは――』

バシッ。そのコメントが終わらないうちに、風間が手袋をはめた拳でシートを殴った。

「なにが平和国家だっ。空想ひとつできない世界に平和なんかあるものかっ」

風間は息を荒らげ、直人を見た。その視線には複雑な感情がミックスされている。羨望と憎悪。今まで本当にあるかどうかわからなかった力、それを現実に見せられた風間にとっては、たまたま拾った宝箱から伝説の魔人が出てきたようなものだ。だが、その魔人、直人には協力を拒《こば》まれてしまった。自分たちこそまぎれもない正義であるのに。風間は今、直人を支配することでレジスタンス活動の正当性を証明しようとしている。

愚かな、と直人は思った。この作戦が失敗に終わることは直也が予知しているというのに。せっかく直也とヴィジョンを共有したマイクも、なにも見なかったように災《わざわ》いへと車を走らせている。この連中にとって予知などなんの意味もなかったのだ。

「おまえの役割は、日本中の人間の目を覚まさせることだ。しっかりその力を披露しろよ」

風間は未来にひとかけらの不安も感じていないように、片目でまっすぐ前を見た。

16

立花美紀はミーティングルームの隅で使われていないガス管につながれていた。細い左腕に巻かれた太い結束バンド。ぐったりした彼女を黒猫が心配そうに匂いを嗅いでいる。

直也はため息をつき、自分の両手両足を縛っている黒い結束バンドを見た。床に座らされた自分を、ゴーグルをはめたレジスタンスがこれ見よがしに銃をかまえて見張っている。エミリは心配そうな顔でイスに座っていた。

『続いてはお天気です。灰谷さん、今週も過ごしやすい陽気でしたね』

テーブルの上のタブレットからは、ＡＪＭのニュースが流れていた。見張りの戦士はもうすぐ楽しみな番組が始まるようにそわそわしている。他のレジスタンスたちは今、兄を脅してこのテレビスタジオに向かっているのだ。

「兄さんは、命令なんか聞かない」直也は言った。

「おまえの命がかかっている」見張りはうっとうしそうに言った。「言うことを聞くしかねえんだよ」

気が短くてすぐに引き金を引きそうな若者だ。自分がテレビ局襲撃に連れていってもらえなかったのでイライラしている。人の運命とはわからない。おかげでこの男は助かるかもしれないのだ。

直也のヴィジョンでは、テレビ局のスタジオの中で、風間も戦士たちもみんな撃たれて死んでいた。もう少し視えたら状況もわかったのに。だが、今ならまだ間に合う。

「あなたたちの計画は失敗するんだ。すぐにやめたほうが――」

「うるさい、黙ってろっ」見張りはさっと銃を直也に向けた。

予知は当たる当たらないではない。未来に起きることをあらかじめキャッチするのだ。並行世界が無数に存在する未来は、むろん百パーセント確定的ではない。だが、坂道の上でボールを手放すように、このまま転がっていくしかない地点があるのも事実だ。直也が今、この時点で視えている予知はほぼ確実に現実化するだろう。

「直也さん……ごめんなさい」エミリがすまなそうな顔で言った。

ゴーグルに透けた若者の目がじろりとエミリを睨む。下手をしたら仲間を撃ち殺しそうだ。

「あなたにはわかってる」直也は言った。「こんなやり方はまちがってるって……そうでしょ？」

言おうか言うまいか——エミリの葛藤《かっとう》が伝わってくる。どうやらなにか隠していることがありそうだ。

「……双海、翔子」エミリは思い切ったように言った。「……夢に出てきたの。この工場に、兄弟がやってくるって……きっとあなたたちのことだったんだって思う」

予知夢だ。普段は特別な能力がなくても、睡眠下で未来を視ることができる能力者は多い。地震や事故が起きることを警告したり、有名人の死など重要な出来事を予見したり、家族や友だちの未来を視たりする。本来、人は潜在意識ではさまざまなことを知っているのだ。だが、起きているときは肉体の影響下にあり、意識が現実の一点に絞られている。寝ている状態だと意識の制限がはずされて、現実では知りようがない高い周波数の情報にアクセスできるようになる。直也の場合は、目覚めていても潜在意識につながることができるのだった。

双海翔子はこの直感力のあるエミリに夢でメッセージを伝えたのだ。そして、ここに兄弟とレジスタンスを導いた。その結果、兄弟は立花正幸とその母親の美紀に出会い、彼女のことを救出することができたのだ。

だが今、兄弟はレジスタンスの無謀きわまる計画に巻き込まれている。これも翔子の作った複雑なパズルの一部なのか。

「今の世の中はすごく居心地悪い」エミリは言った。「でも、こんなやり方はまちがってる」

「なら、やめさせないと」直也は身を乗り出した。「みんなが危ない」

「黙ってろと言っただろっ」見張りは直也の頭にぐっと銃を突きつけた。

暴力で言うことをきかせることが当たり前になっている。エミリはそんな仲間に怒りの目を向けた。

「やめて、そんなことしなくても――」

見張りはいきなり銃口を彼女に振り向けた。エミリがハッと体を硬直させる。

「エミリ、わかってんのか。俺たちは真剣なんだ。おまえの夢になにが出てこようと知ったこっちゃないんだよ。直人が逆らったら、俺はこいつを殺す」

たとえ同じ方向を向いていても、手段がちがう。ふたりのレジスタンスの間には見えない壁があった。エミリがそれ以上相手を刺激しないよう黙っていると、見張りはケッと吐いて銃を下ろした。

兄さん――直也は兄を思い、タブレットに映っているAJMのニュースを見あげた。

評論家の灰谷裕一郎がまたもったいぶった顔でスーパーナチュラルを否定している。厳しく規制されたこの世界。保安隊に追われている兄がテレビなんかに出たら危険だ。だが、自分を助けるためなら、兄は迷わず力を放つだろう。たとえそれで愚かなレジスタンスの一味と見なされることになっても。

17

かつての人生を取り戻すのはもう不可能だ。風間は覆面の隙間から歪んだ世界を見つめ、自分の使命を強く感じていた。できるのは、抑圧された人々を目覚めさせ、この腐った政府を倒すこと。そのために今は生きている。

七年前まではソロのシンガーソングライターだった。そのころは今ほどライブハウスの取り締まりも厳しくなく、その夜も小さなコンサートを開いた。ステージでギターを弾きながら歌っている風間に襲いかかったのは、会社帰りのサラリーマンだった。

暴力的な歌でも、猥褻《わいせつ》な歌でもない。風間が歌ったのはただのラブソングだ。遠く離れていても心が通じ、夢を共有して空を飛んでいた恋人たち。女は死んで星になるが、男にはまだ彼女の声が聞こえる……。だが、サラリーマンは憎悪に満ちた顔でステージに駆けあがってくると、風間の頭からオイルをぶっかけ、ライターで火をつけた。たちまち半身が炎に包まれ、風間は観客の悲鳴の中で倒れていった。

気がつくと、病院のベッドに寝かされていた。体につながっているたくさんのチューブ。一ヵ月間昏睡状態だったという。全身の六十パーセント、顔の四分の三にケロイドが残ると聞かされたのは、そのまた一ヵ月後だった。右目は完全に見えなくなった。

事件は報道され、犯人の事情聴取がおこなわれた。だが、空想の歌を歌うこと、それ自体がすでに犯罪と見なされた。サラリーマンは逮捕はされず、それどころか彼の暴挙は正義だと、賛同の意見ばかりがマスコミに取りあげられた。情報操作だ、と風間は声を荒らげた。自分が作ったのはただの愛し合うふたりの夢物語の歌だ。表現の自由なんて当たり前のことなんだと。だが、家族まで世間にバッシングされ、その歌を捧げた恋人も去っていった。

この世界は狂っている、狂っている、狂っている。

醜《みにく》くなった風間の体から怒りがとめどなく噴き出した。こんな束縛された世界で生きていてなんの意味があるのか。風間は退院すると、それまでの交友関係を断ち切り、家族からも離れた。すべてを失った彼は覆面で顔を隠し、同じような不条理な目にあった被害者を探し出した。大勢の人間が見つかった。長年プロデュースしていた人気ファンタジーゲームが発禁処分になり、回収、焼却されて涙にくれたエミリ。ＵＦＯを目撃して宇宙人の存在を信じた母親が拘束されてしまったマイク。思想や表現の自由を奪われた彼らの怒りと恨みは大量に、地下を流れる大河のように溜まっていた。風間はそれをひとつに集めて組織を作った。

言論自由同盟。方向性を与えられた怒りが武力に変わるのは時間の問題だった。こうして風間の前に新たな道ができた。

※

「搬入口に入ります」マイクがハンドルを切ってバンをテレビ局の地下駐車場に向けた。

直人は憂鬱な気分で窓からＡＪＭ放送局のビルをうかがった。あちこちに制服を着たガードマンが見える。過去にも爆発物事件や襲撃事件が起きているから、そう簡単に外部の人間は入れないはずだ。地下へ向かう直人の乗ったバンの後ろからは、さらに二台、レジスタンスたちが乗った車が続いている。きっと誰かが怪しむはずだ。

「ご苦労様です」マイクは入り口ゲートの前で停車し、愛想よく窓から顔を出した。「新番組で使う美術品の搬入です」

ガードマンに許可証のカードを渡す。ガードマンはカードに目を走らせ、三台の車をちらっと確認した。早く気づいてくれ、と直人は祈った。こいつらは武装したレジスタンスだ。

「ちょっとお待ちください」ガードマンは光センサーでカードを読み取った。

ピッ。許可のサインが出て、入り口のバーがあがる。バンはなにごともなく駐車場に侵入していった。

「許可証の偽造も完璧だったな」風間が満足げに言った。「さてと」

バンが駐車場の空きスペースに停車する。風間はおもむろに携帯端末を出し、画面を直人に向けた。

「直也っ」直人は思わず声をあげた。

そこに映っているのは、アジトで捕虜のように手足を縛られている哀れな直也だ。その後ろには銃を持ったゴーグルのレジスタンスが立っている。

『兄さんっ』直也がカメラ目線になった。

「無事なんだな？」

『ぼくは大丈夫。それより、そこにいるみんなを止めないと、計画は失敗――』

バン。その言葉が終わらないうちに背後のレジスタンスが銃を撃った。直也がフレームアウトする。直人の髪がザワリと逆立った。

「直也ーっ」

心臓を針で突かれたような痛みが走る。まさか――。

『……兄さん』直也の声がして、また顔が画面に現れた。『ぼくは、大丈夫』

直人は大きく息をついた。今のはわざと直也をフレームアウトさせたのだ。直人に弟を失うという恐怖を刻みつけるために。

「きさま……っ」直人は風間を睨みつけた。

「おおっと、当てちゃいないだろう。そんなに怒るな」風間は平然としている。「言うとおりにすれば、直也を撃たずに済むんだ。だが、俺になにかあれば話は別だ。忘れるなよ」

風間は携帯端末を部下に渡した。部下は風間にそのカメラのレンズを向ける。直人が風間に手を出したら最後、リアルタイムで直也の見張りに伝わってしまうのだ。

「おまえにはちょっとその力を披露してもらうだけ。

冷静になれ、と直人は自分に言い聞かせた。レジスタンスたちは目的を達するまでは絶対に直也を殺すわけがないのだ。

「おまえたちのやりたいことは理解した。だが、そんなことをしてもトリックだと切り捨てられて終わりだ」

「そこはちゃんと考えてあるさ」

どうせロクでもない考えに決まっている。バンのドアが開き、直人はマイクとレジスタンスに車から引きずり降ろされた。ふたりに両側を挟まれて、意気揚々と歩く風間のあとからテレビ局の廊下を歩きだす。レジスタンスの一団がその後ろに続いた。見たことのある女性タレントとテレビ局職員がエレベーターから降りてきて、ギョッとしたようにアーミー柄の服を着た一団を見た。

「や、ドラマの撮影ですよ」マイクが笑った。

ああ、と職員たちはすぐに納得して微笑んだ。一行は難なくエレベーターで二階にあがると、堂々と廊下を進んでいった。誰も警報器を鳴らす者はいない。見送るスタッフたちの顔にも危機感はない。直人の願いも虚《むな》しく、レジスタンスたちは誰にも止められることなくメインスタジオに到着してしまった。

〈ON AIR〉の赤いランプが光り、『出演者、灰谷裕一郎、アナウンサー横井《よこい》まゆみ』と書かれたプレートがかかっている。風間が防音ドアに手をかけた。

「あ、入っちゃダメだよっ、本番中本番中」

制服のガードマンがすっ飛んでくる。やっと気づいてくれたか。直人がそう思った瞬間、レジスタンスのひとりがすばやくスタンガンを取り出し、ガードマンの首に押し当てた。

バチバチッ——小さな火花が飛び、ガードマンは声もなく床に沈んだ。

ついに始まってしまったのだ。

18

「CMのあとは本日の特集を、灰谷解説員とともにお送りします」

アナウンサーの横井まゆみはカメラ目線でとっておきの笑顔を決めた。カメラのレンズの上にある赤いランプが消え、ディレクターの声がスピーカーから降ってくる。

『はい、CMに入りましたー』

やれやれ。横井アナは隣に座っている評論家の灰谷を見た。見た目も中身もおもしろみのない中年オヤジだ。自分のことを気に入ってときどき食事に誘ってくるが、うまく断っていた。楽しい会話ができるとは思えない。実は、横井アナは焼却処分される局のビデオテープから昔のSF映画や心霊番組のものを抜き取り、こっそり自宅に持ち帰って鑑賞していた。おもしろいものはおもしろい、ただそれだけのことだ。だが、灰谷にバレたら即刻通報されるだろう。

「今日はこれであがりですか?」

横井アナはにこやかに声をかけた。ここは機嫌をとっておくところだ。

「いやあ、また夜にバラエティでさ、超能力がインチキだって証明するやつがあるのよ」

「さすが、灰谷さん、その道の第一人者ですものね」

灰谷がダブついた頬をゆるめる。お世辞も決まったところで、横井アナはスタッフが用意してくれていたコップの水をひと口飲んで喉を潤した。アナウンサーになって七年、最初は胃が痛くなった生放送も今やお手のものだ。

そのとき、入り口の方が急に騒がしくなった。機材の間を抜けてアーミー柄の服を着た武装集団が小走りで入ってくる。今日はこんなゲストがあったかしら、と横井アナは思った。

「なんだあんたら」アシスタントディレクターの叫び声がした。「なに勝手に――」

バン。銃声のような音がした。横井アナは驚いてコップを手から滑らせた。床に落ちて割れたコップの破片がハイヒールの足に飛ぶ。かまえた銃を天井に向けている覆面の男が見えた。

なにこれ、ドッキリ？ 上を見た横井アナは、シーリングライトの横に銃痕があるのを見つけて口を開けた。

本物だ。

「な、なんだねきみたちはっ」灰谷が声をあげた。

三人の覆面の男たちが一直線に灰谷に駆け寄ってきて銃を突きつける。カメラマンや照明スタッフたちは凍りついた。

「あなたがネタにしている無秩序な人間ですよ、灰谷先生」黒い覆面の男が進み出てきた。

横井アナはまじまじとその顔を見た。覆面で隠れて片目しか見えない。その目はアドレナリンが出たようにギラギラ光っている。どうやらこの男がリーダーのようだ。その後方にひとり、背の高いイケメンが立っているのが目に入った。ファッショナブルな黒いコート、ハーフフレームのメガネが知的な顔に似合っている。武装した乱入者の中で、彼だけは武器は持っていないようだ。この人は異質だ、と横井アナは感じた。長年テレビ局にいると、オーラのある人間とない人間はなんとなくわかるようになる。こんなときに不謹慎だが、彼女はこの男がテレビに出たら一発で売れるだろうと確信した。

「我々は武装している」リーダーが灰谷を見据えて言った。「命令に従ってください」

どうやらターゲットは灰谷だ。横井アナの防衛本能が心の中で声をあげた。

あなたはこの連中に逆らわずにおとなしくしていなさい。

「おい、だだ、誰か保安隊に通報を」灰谷はあわてふためいた。「——ヒャッ」

リーダーがすかさず灰谷の禿《は》げあがった額に銃口を押し当てた。

「今日の主役はあなたですよ。あなたには、我々の特別番組にご出演いただきたい」

「な、なにをするつもりだ」

リーダーはゴミでも見るように灰谷を見下ろし、その頭を銃で小突いた。

「嘘で固められた政府への鉄槌《てっつい》だよっ」

横井アナはちらりと副調整室のブースを見あげた。誰か通報してくれたのだろうか。だがガラス越しに、アーミールックの男たちに羽交い締めにされたディレクターがもがいているのが見えた。ダメだ、すでに武装集団に占拠されている。

「風間さん、サブも押さえました」インカムをつけた外国人の武装男がやってきて報告した。「いつでもいけます」

番組を乗っ取られた。スタッフもこのまま利用するつもりだ。まさか、アナウンサーも……横井アナは息を詰めてそっと立ちあがろうとした。ジャリ――ハイヒールがガラスのカケラを踏む。風間と呼ばれたリーダーがさっとこちらを振り向いた。猛禽《もうきん》類が次なる獲物を見つけたように。その片目と目が合ったとたん、横井アナは毒でも飲まされたように胃が痛くなった。

19

『き、緊急放送です。ただ今、放送局が、放送局が――AJMスタジオが国家権力の腐敗を糾弾する団体に占領されました。現在、人質はメインスタジオに残っている当番組スタッフと出演者、二十二名です。他の局員、関係者、および一般の方々は順次AJM放送局ビルより避難しているところです』

横井アナウンサーの声はうわずって震えている。縛られたままタブレットを見ていた直也は息をのんだ。さっき放送事故があったようにいきなり番組が中断し、〈しばらくお待ちください〉のテロップとお花畑が出ていた。再登場したアナウンサーは死にそうな青白い顔になっている。直也の隣では見張りのレジスタンスが食い入るようにニュースを見守っていた。

『そしてこれより、代表者からメッセージの発信があるとのことです』

映像が切り替わり、銃を手にした風間が映った。正面からのカメラ目線。灰谷と横井アナウンサーの前に置かれたデスクに腰をかけ、悠然と足を組んでいる。全国の注目を浴びた風間は、人生の頂点に立ったように生き生きしていた。

『我々は言論自由同盟だ。国家権力がなす腐敗と嘘の告発のため、本日、具体的な行動を起こした』

見張りが大好きなスターが映ったようにヒュー、と口笛を吹いた。

「さすが風間さん。計画は順調だ」若者は直也を軽蔑《けいべつ》の視線で見た。「なーにが失敗するだよ」

兄さんはどこだ。直也は見張りの握っている携帯端末を見た。スタジオにいるレジスタンスが横から風間を撮影している。その隅にちらりと兄の後ろ姿が見えた。風間は我こそは救世主だというように両手を広げている。

『……国家による今の管理体制に疑問を持つ者は多いはずだ。思想をはじめ、文化、創作物の内容に至るまで、なぜタブーとして弾圧されなければならないのか』

おや、と直也は思った。風間の話はもっと先に進んでいる。

「変だ」直也は言った。「テレビ放送が遅れてる」

「通信のタイムラグだろ」見張りがうるさそうに言った。

「でもタイムラグがこんなに長いなんて……なにかおかしいよ。これ、本当に生中継？」

「ゴチャゴチャうるせえな――ウグッ」

頭の上で鈍い音がしたかと思うと、男はいきなり体を折った。その手から携帯端末と銃が転がり落ちる。立花美紀がはっと顔をあげた。振り向くと、歯を食いしばって鉄パイプを握りしめたエミリが立っていた。

「エ、エミリさんっ」

「……こいつ」若者がうめき声をあげる。「裏切るのか……」

「やっぱり、こんなやり方まちがってるっ」エミリは叫んだ。「みんなを助けないと」

この人はやはり味方だ。直也は一抹の希望を感じた。彼女は正しい方向に流れを修正しようとしている。ここで直也が解放されたら、兄はもうレジスタンスに協力しなくて済むのだ。

だが、次の瞬間、見張りが獰猛《どうもう》なうなりをあげてエミリに飛びかかった。

「キャアッ」不意をつかれたエミリが倒され、鉄パイプが転がる。

たちまち乱闘が始まった。押さえ込もうとした男をエミリは下から蹴りあげる。のけぞった男の下から必死で逃げ出した。だが、男はその足をむんずと捕まえる。

「やめろっ」直也は叫んだ。

「うるせえっ」

若者の力は強い。もがくエミリを引きずり寄せ、脇腹を殴る。エミリはウッと体を丸めた。ふたりはもみ合い、ゴロゴロと転がった。男が馬乗りになってエミリの顎にパンチを食らわす。

「う……」エミリはぐったりとして動かなくなった。

見張りは口元の血をぬぐうと、銃と鉄パイプを拾いあげてエミリを見下ろした。

「……次はおまえの頭を鉄パイプでかち割ってやるからな」

直也はため息をついてうなだれた。正しい者が力を持っていたら、とっくに世界は平和になっている。床に転がった携帯端末では風間が声を張りあげて演説をぶっていた。

『過去の文化的、芸術的財産をなきものにする行為の正当性はどこにあるのかっ』

見張りは惚《ほ》れ惚《ぼ》れとタブレットのリーダーの勇姿を見ながらイスに腰を下ろした。

「イテテ……三人とも、おとなしくしてろよっ」

『これらはすべて、社会的秩序保全という名目の、自由の剝奪《はくだつ》に他ならない。やつらは人々の思想に規制をかけ、偽りの事実を作り出すことでこの社会をコントロールしているのだっ』

直也は携帯端末とタブレットを見比べた。やはり現実と放送がズレている。レジスタンスが完全に放送を乗っ取ったなら、こんなことは起きないはずだ。

『真実の隠蔽《いんぺい》——その一例として、政府が否定するスーパーナチュラルの証拠を、今からすべての日本国民にお見せする』

いよいよ兄を登場させるつもりだ。直也は逼迫《ひっぱく》した危機感を覚えた。カメラ目線の風間の顔がスクリーントーンをかけたように暗くなっていく。これからなにか恐ろしいことが起ころうとしている。

危険だ。兄さんを助けなきゃ――直也は意を決して携帯端末の画面に集中した。ネットワークの雑多な情報の海に入れば、ネガティブな波動でどんなダメージを受けるかわからない。だが、直也は意識を果敢にピクセルとピクセルの隙間に飛び込ませた。ただひたすら、兄のために。

電脳空間。そこに距離はない。

直也の意識はマトリックスの中を駆け巡り、兄の意識が光る一点を目指した。たちまち黒いものが襲いかかってくる。すり抜け、逃げ、振り切る。フラッシュ。AJM放送局ビル。フラッシュ、メインスタジオ。照明を浴びた風間が視える。片隅に直人。フラッシュ。デジタル柄の制服が視えた。

シュワッ。いきなり黒木タクヤの顔。セット裏に戦闘スーツの隊員が何人も隠れている。

保安隊だ。充満する殺意。ひとりの覆面男が保安隊と顔を近づけて話している――レジスタンスだ。

「プハッ」直也は水からあがった潜水夫のように空気を吸った。
そこは元の工場だ。直也はゴホゴホと咳き込んだ。煙が胸に詰まったみたいに苦しい。
窓の向こうにポプラの木が揺れている。木々は地球の浄化システムだ。吸収してしまった
ネガティビティを息とともに吐き出《はだ》し、緑に送った。黒いもやが自分の口から出ていくの
が視える。すぐに新しいエネルギーが送られてきて、胸を満たした。
「……どうしたの?」エミリがうめき声をあげて顔を起こした。「大丈夫……?」
ネットワークにアクセスするなんて、こんな無謀なことをしたと知ったら、兄はどんな
に怒ることか。だが、おかげで重要な情報をゲットできた。
「あ、あなたたちの仲間に、裏切っている人がいる」直也は息せき切って言った。「保安
隊が待ち伏せしてるんだ。放送もコントロールされている。早く、早く風間さんに知らせ
て」
見張りの男がじろりと直也を睨み、床に転がっている携帯端末を拾いあげた。
「黙ってろ」
もちろん彼は一画素も信じていなかった。

20

直人は二名のレジスタンスに銃を突きつけられながら、スタジオカメラの後ろで待機させられていた。カメラマン、照明スタッフ、アシスタントディレクターはレジスタンスの命令に逆らわずに働いている。誰もが一秒でも早くここから解放されることを願っていた。こんな暴力的なやり方で視聴者の共感が得られるわけがないのだ。

「さて」風間は灰谷を手で示した。「みなさんよくご存知の灰谷裕一郎氏だ。灰谷氏は政府の意向に沿って、これまですべての超常現象を否定してきた人間だ」

「な、なにをやるつもりなんだ」灰谷は怯えた。

「今から、おまえの目の前で超能力の実演をする」

灰谷は酸素不足のコイみたいに口をパクパクさせ、やっとかすれた声を出した。

「ば、ばかな――」

なるほど、風間が考えてあると言ったのはこれのことか。直人はスケープゴートとして選ばれた灰谷を見つめた。政府お抱《かか》えの有名な識者が超常現象に対する意見をひるがえせば、『あの人が認めたなら超能力はあるのかも』と視聴者も大きく影響されるだろう。彼の目の前でスプーンでも折れというのだろうか。

「おまえ自身が能力によって傷つけられれば、信じざるを得ないだろ？」風間は灰谷に言った。

なんだと——直人は耳を疑った。灰谷の顔から血の気が引く。

「……わたしを……傷つける……？」

「おまえが否定している力だ。信じてないんだったら、怖くないだろう？」

なんと卑劣なことを思いつくものか。無抵抗の人間を直人に傷つけさせようとは。たとえそれで視聴者が超能力を認めることになっても、残酷な力として心に刻まれるだけではないか。

「では、今からみなさんに、我々の友人でもあり、親愛なる本物の超能力者でもある男を紹介しよう」風間は直人に手招きした。「さあ、出番だ」

横井アナが驚愕の視線を直人に向ける。だが、直人は一歩も動かなかった。こんなテレビに出たらおしまいだ。レジスタンスが銃の先で乱暴に直人を小突いた。

兄さん——そのとき、直人は頭に響く弟の声を聞いた。切羽詰《せっぱつ》まった声。直也になにかあったのか。

「さあ、早く来るんだ」風間がイライラと近づいてきた。「こいっ」

「待て、直也は本当に無事なのか？」

「おいおい、まだゴネるのか。弟がどうなってもいいのか？　——もう一度見せてやれ」

風間に命じられた携帯端末を持っていたレジスタンスが画面を見てあわてた。

「おい、映ってないぞ。早く弟を出せっ」

アジトとのやりとりのあと、レジスタンスは急いで画面を直人の目の前にグッと突きつけた。直也がアップで映っている。それを待っていたように。

『兄さん、逃げてっ』直也は叫んだ。『罠だよ、そこは保安隊に囲まれてる』

「なんだと」

『テレビ局のスタッフにも保安隊がいる。放送はコントロールされているんだ。あいつら、兄さんを殺すつもりだよ。レジスタンスも全員だ。視たんだよ、レジスタンスの仲間にスパイがいたんだっ』

風間が信じられないように片目を大きく見開く。その瞬間、すぐ近くで銃声が鳴り響いた。

「グッ」風間が声を詰まらせた。

直人はその腹に小さな穴が開いているのを見た。振り向くと、覆面をかぶったレジスタンスが風間に向かって銃をかまえていた。銃口から煙が立ちのぼっている。

「……すみません、風間さん」覆面を剝ぎ取ったマイクは、すまなそうに言った。「これがオレの仕事なんで」

だまされた――直人は後ずさった。更生部屋を兄弟に見せて憤っていたマイク。風間に同調して打倒政府の作戦を立てていたマイク。しかし、それは彼のかぶった偽りの仮面、実は保安隊の潜入捜査員だったのだ。つまり兄弟のことも最初からすべて保安隊に筒抜けだったということだ。だが、さっさと逮捕するのでは効果的ではない。テレビ局を襲撃するように風間を誘導して番組を乗っ取らせ、国民が観ている前で兄弟もろともレジスタンスを一網打尽にしようと企んだのだ。

「保安隊の……犬め……」風間はマイクを睨みながら前のめりに倒れた。「地獄に……落ちろ……」

その腹から広がった血でスタジオの床が汚れていく。直人はしぼんでいく風間の片目を見た。自由な世界を追い求めた彼が、その目で最期に見たのは醜い裏切りだった。

「風間さん」マイクは無感動な目でそれを見下ろし、ぼそりとつぶやいた。「地獄なんてありもしないもの、信じちゃダメだよ」

保安隊の姑息《こそく》な作戦は今、直人をも呑み込もうとしている。マイクはさすがに学習したのか、直人には銃を向けないで警戒しながら後ずさった。逃げるなら今のうちだ。

そのとき、ドカドカとブーツの足音が響き渡り、セットの後ろから十名の保安隊員たちが走り出てきた。

「よーし、全員動くなっ」「武器を捨てろっ」

振り向くと、入り口のドアからも保安隊員が突入してくる。挟み撃ちだ。レジスタンスたちはあわてて保安隊に向けて発砲した。だが、銃弾は戦闘スーツに弾かれ、レジスタンスは片《かた》っ端《ぱし》から撃たれて倒れていく。

直也の予知したとおりだ。スタジオに死んだレジスタンスたちが無惨に転がる。灰谷がヒーローを見るような目を保安隊に向けた。袋のネズミだ。直人は開けっ放しのドアに向かって走った。

「待てっ」

その前に銃を持ったスタッフが前に立《た》ち塞《ふさ》がる。これも変装した保安隊員だ。直人は迷わず力を放った。

「うわっ」スタッフがライトを倒しながら転がっていく。

その瞬間、スタジオの隅にいた保安隊員が反応した。

黒木タクヤだ。ふたりの視線が一瞬、宿敵に再会したかのようにぶつかる。直人は身をひるがえしてドアから廊下に走り出た。

「逃げた、霧原直人が逃げたぞっ」後ろからマイクの声が響く。「やつを逃すなっ」

直人は全速力で廊下を駆け抜けた。テレビ局の人間はすでに避難して誰もいない。すぐに後ろから追っ手の足音が聞こえてきた。

「待て、霧原直人っ」

タクヤだ。銃声が轟《とどろ》き、直人の足元の床が削れる。立ち止まって振り向くと、タクヤが冷たい目で睨みつけていた。

「おまえにはいろいろ聞かなきゃいけないことがあるんだよ」

直人は正面からタクヤと睨み合った。ハンターのような目。この男はずっと頭の中でも自分を追跡していたのだ。それは自分が能力者だからなのか、あの白い泡の映像を共有したからなのか、それともなにか別に理由があるのか。

「レジスタンスのアジトも襲撃計画もわかっていたんだな」直人は言った。「だったらどうして事前に止めなかった」

「わざと襲撃を実行させた」タクヤは言った。「本当の目的は、保安隊がテレビを通じて力を示すこと。そして——霧原兄弟を捕らえることだ」

こいつは骨の髄まで保安隊員だ。直人は彼の国に対する盲信に怒りを感じた。同じ能力者でもわかりあえる余地などない。

「タクヤッ、おまえはすっこんでろっ」

そのとき、彼の後ろから見覚えのある保安隊員ふたりが走ってきた。まるでハンターについてきた猟犬のように。

「タク兄、ここはやらせて」

女隊員がタクヤの前に走り出てくる。ダイナーで直人が吹っ飛ばした女だ。ふたりとも正幸の家でも相手にならなかったのに、どちらもやる気満々だ。

「やめておけ」直人は冷静に警告した。「ケガをするだけだ」

「ハハハ、力を使えるのがおまえだけだと思うなよっ」

男はガラガラ声で笑うと、戦隊モノのヒーローのようにさっと手を前に出した。同様に女も両手を出す。そして、ふたりは同時に力を放った。

「ハアッ」

衝撃波が飛んできた。一瞬、廊下がグワンと揺れる。どうやら攻撃能力は身につけたようだ。だが、その力は砂場でお砂をぶつけっこしている幼稚園児並み、ふたり合わせても直人の力と比べものにはならない。

愚か者め。直人は右手のひと振りでその力を一度に払った。

パシッ。天井の蛍光灯が割れてガラスが飛び散る。ふたりの隊員はあっけに取られた。

直人は微動だにしていない。どうやら今のがふたりのマックスの力だったようだ。

女隊員があわてて銃に手をやる。結局、古臭い無駄な攻撃に戻るわけか。銃弾をブロックするのにはエネルギーを消費する。直人はすかさず彼女の体の動きを止めた。

「クッ」女隊員は固まった。引き金が引けない。「わわっ」

焦った彼女の体が無重力空間に放り込まれた宇宙飛行士のようにふわっと浮きあがる。

直人はクイッと手をひねった。それに合わせて彼女の体の角度が変わる。まるでゲームのキャラクターをコントローラーのスティックで操作しているようだ。唖然として見ている男の隊員に向かって、直人は女隊員の体を頭からぶつけた。

「キャアッ」「ぐわっ」

ガツン。ヘルメット同士がぶつかって激しい音を立てる。ふたりは重なりあって廊下に倒れ込んだ。タクヤがあわてて駆け寄っていく。

「道夫、玲佳っ」

たあいもない。直人はその隙に身をひるがえして逃げ出した。一刻も早くここから脱出しなくては。保安隊は工場がレジスタンスのアジトだと知っている。兄弟を捕らえるのが目的なら一度に動くはずだ。

直也が危ない。

21

『襲撃犯は国家保安隊によって鎮圧されました。くり返します、襲撃犯は鎮圧されました……』

ミーティングルームのテーブルに置かれたタブレットからは、男性アナウンサーの声が響いている。カメラの目の前で起きた風間の銃殺は全国に放送されたが、保安隊がダメージを受けた場面は巧みにカットされていた。評論家の灰谷は保安隊に保護され、巻き添えを食らった横井アナウンサーは鎮静剤を与えられて泣きながら退出していく。このリアルサスペンスは最高視聴率を記録しただろう。

「風間さん……」

直也たちを見張っていたレジスタンスはゴーグルの下から涙を流し、世界が崩壊したように棒立ちになっていた。風間とやりとりしていた携帯端末の画面には、スタジオの床で絶命している仲間の顔が映っている。

兄さんは捕まっていないはず——直也はそう信じながらも、一抹の不安を感じていた。あの保安本部タワーの爆発を思い出す。黒木タクヤという男の力は明らかに増幅していた。もし、彼と戦うことになったら兄も苦戦するだろう。

そのとき、ソファで丸くなって寝ていた黒猫が耳をピクッとさせ、なにかを感じたように顔をあげた。直也も同時にそれをキャッチした。大勢の人間がここに近づいている気配。

「誰か来る」直也は若者に言った。「すぐに逃げないと」

「いいからじっとしてろっ」見張りはイライラと銃を直也に向けた。

「あなたも見てたでしょ」エミリが冷静な声で言った。「作戦は失敗した。みんな死んだか捕まったかして、もう仲間は誰も残ってない。わたしたちはおしまいなのよ」

見張りはぽかんと口を開けた。今までリーダーに頼り、指示に従って動いていた男は、自分の頭を失ったように思考不能に陥っている。その鈍い脳を震わすように表から重い低音が響いてきた。

ゴロゴロゴロ……保安隊の装甲車だ。

「くそっ」若者は走り出した。「クソーッ」

彼がわめきながら部屋から飛び出していくと、エミリはすぐさま立ちあがって鍵を閉めた。さっきの乱闘で足を痛めたらしく、右足を引きずっている。それから、デスクの引き出しを開けてカッターナイフを持ってきた。

「逃げなきゃ」エミリは直也のそばにひざまずき、手首の結束バンドを切り始めた。

「ありがとう」

直也は部屋の隅につながれている立花美紀を振り向いた。ぐったりとしてかなり衰弱している。エミリもさっきの乱闘でダメージを負った。はたしてここからいっしょに走って逃げられるのだろうか。

「エミリさん、あなただけ先に逃げて」

「ダメ」エミリは首を横に振った。「もともとわたしたちのせいなんだから――」

やっと手首の結束バンドが切れると、エミリは足首の方に取りかかった。直也は赤くなった手首をさすりながら、自分の非力を悔《く》やまずにいられなかった。せっかくの予知はなんの役にも立たず、迫りくる保安隊から逃げることもできない。

こんなときに兄さんがいれば——。

そのとき、どこかで一発の銃声が鳴り響いた。

※

裏門の前で装甲車から降りた黒木ユウヤは、門のそばに転がっている撃たれたばかりの男を見下ろした。

ゴーグルが割れて頭から血が流れている。銃をかまえて工場から飛び出してきて、たちまち保安隊員に銃殺されたレジスタンスだ。見ればユウヤと同じくらいの若い男だった。

ユウヤは廃工場を見回した。霧原トイズ。マイクの調べによると、ここは霧原兄弟の父親が経営していた会社らしい。直人と直也は過激なレジスタンスと手を組んだのか、それとも利用されたのか。この中には今、あの霧原直也がいる。自分たちの両親を連れ去ったやつらの片割れが。

「情報によると、武装しているレジスタンスはもう一名いるはずだ」ユウヤは隊員たちに無線で伝達した。「霧原直也と立花美紀の両名はできるだけ確保しろと」

『了解』隊員たちの声が返ってきた。

抵抗が予想される。だが、直人がいない今、攻撃能力のない弟の確保は難しくないだろう。無害そうな顔をして、両親の失踪に加担していた彼に憎しみが湧きあがってくる。

「全員、殺傷許可が下りてるわ」君枝が装甲車から降りてきて言った。

まずい、とユウヤは思った。

「いや、確保が最善だ。ふたりとも大事な情報を持っている」

「できればね」

冗談じゃない――ユウヤは麻酔銃をチェックした。俺が絶対に生きたまま確保してやる。

隊員たちが工場周囲の配置につき、合図を送ってくる。アルファ隊員のユウヤと君枝は銃をかまえて突入の先頭に立った。君枝は相変わらず戦闘スーツを着ていない。この女は自分が生き残ることに妙な自信があるのだ。

「ゴー」君枝が合図を出した。

ユウヤは決意とともに工場に踏み込んだ。両親の居所を吐かせるまで、絶対にあいつを殺させはしない。

22

AJM放送局ビルの地下駐車場に逃げ込んだ直人は、防犯カメラに映らないように体を低くしてずらりと並ぶ車の陰を走っていった。黒い国産車の前で立ち止まる。このビルはおそらく保安隊に包囲されているだろう。突破できるかどうかわからないが、直也を助けるためにはやるしかない。彼は力を飛ばしてロックをはずし、運転席に乗り込もうとした。

バキュン。銃声とともにフロントガラスが木っ端微塵《こっぱみじん》になった。

「霧原直人、止まれっ」

コンクリートの駐車場にピリついた声が反響する。振り向くと、懲《こ》りもせずタクヤがハンドガンをかまえていた。

「……黒木タクヤ、またおまえか」直人はうめいた。

「俺はおまえを倒すためにここにいる」

「俺を倒す？　そんなことがおまえにできるのか？」

「ああ、できる」

タクヤの顔に自信がよぎる。この男がいる限りここからは出られない。直人は決闘でもするように彼に対峙した。

「おまえたちは、なんのためにこんなまどろっこしいことをする？」

「まどろっこしい……？」タクヤは怪訝な顔をした。「なんのことだ。おまえたちのような連中は、社会を混乱に陥れる。それを防ぐには、危険思想を駆逐するさまを大衆に見せつけ、保安隊の力を世に示すことが必要なんだよ。すべては社会秩序の――」

「そんなことを訊いてるんじゃないっ」

直人は手を振りあげ、模範的な答えを並べ立てているタクヤに力を放った。彼の手からハンドガンがふわりと浮きあがる。直人がギュッと手を握ると、銃はまるで紙でできているように丸まり、啞然としているタクヤの足元にポトリと落ちた。

「さっきのふたりも、そしておまえも能力を持っている」直人は言った。「なのになぜその力を否定する?」

「……答える義務はない」タクヤは硬い声で言った。

おそらく機密事項なのだろう。その、国に忠実な態度にますます怒りがかきたてられる。

「なんの罪もない人間までも檻に閉じ込めて、晒し者にし、人々が信じたいものを否定し、迫害する。そんなものが正しい社会と言えるのか」

「ああ」タクヤは堂々と言った。「正しい」

「風間のやり方はまちがっていた。しかし、あいつらもおまえたちに虐げられた連中だ。おまえたちがレジスタンスを作り出したんだよっ」

不条理な世界に対する怒りと痛み。それが体の奥からマグマのように噴きあがってくる。この男はその世界の象徴だ。

「……社会にはルールってもんがあるんだよ。そっから逸脱したもんは裁かれる。そうやって俺たちは、この社会の秩序を守ってるんだっ」

タクヤはそう言うと同時に右手を出した。

グワン。コンクリートの床を砕きながら直人に破壊の力が押し寄せてくる。左右の車が揺れながら浮きあがった。

「なら、おまえは――」直人は両手をあげ、幕を下ろすようにさっと下げた。「おまえ自身はそのルールから逸脱してないっていうのか?」

直人のバリアにタクヤの力が衝突し、跳ね返る。直人はそのまま力を黒い車に向けた。メリメリと音をたてて車が持ちあがっていく。

「答えろっ」直人は車を前方に投げた。「タクヤーッ」

重さ一トンはあろうかと思われる車がサッカーボールのように飛んだ。タクヤというゴールを目がけて。タクヤの目がカッと見開かれた。

「うっせえんだよっ」

同時に自分に向かってきた車をバリアで受けとめる。車は猛スピードで壁に衝突したようにひしゃげた。今度はタクヤがその壊れた車体を思い切り直人に投げつけてくる。敵のシュートを打ち返すように、軽々と。

「ウッ」直人はとっさに車をバリアで押しとどめながらも、その衝撃にたじろいだ。

甘く見てはいけない。思ったよりタクヤは強くなっている。

「抵抗するだけ、時間の無駄だ」タクヤは叫んだ。「いずれおまえは逮捕され、俺たちの両親の件についても容疑がかけられる」

「両親？　なんの話だ」

「とぼけるなっ。ユウヤが視てんだよ、おまえたち兄弟がオヤジと母さんといっしょにいたのをな」

直人は眉をひそめた。この男はあの爆発で頭でも打ったのか。

「なにわけのわからないことを――」直人は声をあげた。

タクヤがヘルメットを放り捨てた。その顔は怒りで燃えている。いきり立ったタクヤは、いきなりそばにあった赤い車を力で投げつけてきた。

グワシャン。直人は黒い車を盾にしてそれを受けとめた。赤と黒、二台の車が潰れ、巨大な一個の鉄の塊になる。それは隕石のように火花を散らした。

「おまえの両親が、なんだっていうんだっ」

直人は力を振り絞り、ツートンカラーの鉄のボールをタクヤに投げ返した。これがドッジボールだったらまるでガキの喧嘩だ。だが、ふたりの能力者による重たいキャッチボールは、どちらかが弱ければ命がない。しかし、タクヤは激しい勢いで飛んでくる鉄のボールを当たり前のように受け止めた。

「おまえのほうが知っているはずだっ」タクヤは叫んだ。

「知らない。なんのことだ?」

「消えたんだ。俺とユウヤが子供のころに、俺たちを残して消えた」

「消えた? 行方不明になったのか?」

「ふざけるなっ、おまえたちが連れ去ったんだろ——」

タクヤが鬼の形相になり、鉄のボールを浮きあがらせる。それは燃えるように白い炎を放った。

「待て。連れ去っただと?」直人は言った。「俺は、おまえの両親と会ったことはない」

「嘘だ、本当のことを言えっ」

「知らない、本当に知らないっ」

だが、タクヤの怒りはおさまらない。直人たちが犯人だと頭から信じ込んでいる。保安隊がこの世の正義だと信じるように。鉄のボールを浮かせているタクヤの背後でエネルギーが増幅し、オーラが赤い炎の形になった。

直人はその姿に目を見張った。まるで不動明王だ。

「そうか——なら、しっかり思い出してもらわないとなっ」

今や、タクヤの攻撃力は直人に肉迫している。いや、同等かもしれない。タクヤは渾身《こんしん》の力を込めて鉄のボールを放った。

「やめろーっ」直人は叫んだ。

ボールは白い炎をあげて彗星《すいせい》のように直人に突進してくる。直人は自分のエネルギーフィールドが揺らぐのを感じた。これほどの力を受け止めたことはない。受け切れるか。激しい衝撃が走り、体が浮く。まるで宇宙空間に放り出されたように。

胸の真ん中に今まで経験したことのない痛みが走る。次の瞬間、目の前にまばゆい閃光がひらめいた。

ピカッ——そして世界は真っ白になった。

23

霧原トイズの工場、保安隊の先頭に立って古いオモチャのポスターが貼られた廊下を進んでいたユウヤは、ひとつのドアの前で立ち止まった。どこかで猫の鳴き声が聞こえる。目を閉じて部屋の中に集中すると、壁が透けて霧原直也と正幸の母親、そして女レジスタンスのシルエットが視えた。

「この部屋だ」ユウヤは君枝に向かってうなずいた。

古い金属のドアノブに手をかける。当然鍵がかかっている。破壊するために銃を持ちあげ、もうすぐあいつを捕獲できると確信した、そのときだった。

「ウッ」ユウヤは頭に手をやった。

得体の知れない感触。どうしたのと聞きかけた君枝が、一テンポ遅れて不安げに上を見た。嵐の前触れじみた風の音とともに、建物全体が身震いしている。まるでこれから襲われることを知った生き物のように。

「感じる……」ユウヤはうめいた。「力が……どんどん強く……」

なにかが、未知の異変が起きようとしている。どこから？ 空の上からか？

いや、この部屋の中からだ。

「危ない」ユウヤは口走っていた。

「えっ」君枝がこちらを見た。

「下がってっ」

ユウヤは君枝に飛びかかり、床に押し倒した。次の瞬間、鈍い音とともに白い閃光がドアを透過してあたりを貫いた。まるで爆弾が炸裂《さくれつ》したような強烈な光。保安隊員たちが目を覆い、床に伏せる。

工場が爆発する――ユウヤは体に力を込めて君枝を抱いた。

だが、いつまでたっても爆発音はしなかった。しばらくじっと息を詰めていたが、なにも起きない。ユウヤは顔をあげて目を瞬《まばた》かせた。

異様なエネルギーはすでに去り、建物はまた元の静けさを取り戻している。

「な、なんだったの、今のは……？」君枝がまぶしそうに目を細めながら体を起こした。

隊員たちも呆然とあたりを見回している。なにも壊れてはいない。ユウヤは立ちあがり、銃底を叩きつけてノブを壊すと、銃をかまえて部屋の中に駆け込んでいった。

「霧原直也、確保するっ」

ユウヤはあたりを見回した。ターゲットはどこだ。

寄せ集められたテーブル、散らかった地図や見取り図。画面が固まった数台のパソコンとタブレット。部屋には猫一匹いない。直也も、立花美紀も、レジスタンスも。さっきまで三人はたしかにここにいた。誰ひとり出ていかなかったのに。

あっけにとられたユウヤは、イスの下に落ちているちぎれた結束バンドを見つけた。直也はここに囚われていたのか？

「ここじゃない、きっと別の部屋よ」君枝の声がした。「早く見つけて」

隊員たちはすばやく散って周囲を探し始めた。だが、ユウヤにはわかっていた。どこを探しても、もう彼らが見つかるはずはないと。

「……消えた」ユウヤはつぶやいた。

霧原直也は消えたのだ。あの双海翔子のように。

24

その光にはたしかに衝撃があった。だが、破壊の波動ではなかった。タクヤが膝からくずおれたのは、怒りにまかせて自分の力を使い果たしたからだった。恐ろしいほど跳ねている心臓。足元のコンクリートの床は粉々に砕けている。ここで心肺停止になっても誰も助けてくれないだろう。四つん這《よ ば》いになったタクヤは顔をあげ、ぼんやりとした視線で敵の姿を見極めようとした。

今、攻撃されたらおしまいだ。

あたりにはもうもうと砂埃があがっている。その向こうに直人は確認できない。だが、最後の渾身の攻撃であいつもダメージを負ったはずだ。

「……どこだ……」タクヤは目を細めた。

もしかして死んだのか。まだ両親の話を聞き出さないうちに。

霞んだ視界がだんだんクリアになっていく。めちゃくちゃになった地下駐車場。ふたりがぶん投げあった車のおかげで壊れた車の残骸《ざんがい》は数台ではきかない。ひしゃげた車から火が出て黒煙があがっている。しかし、その戦場にもう霧原直人の姿はなかった。

彼が立っていた周囲は丸く陥没している。死体もない。この駐車場で生きている者はただひとり、自分だけだった。

「どこに行きやがったーっ」タクヤの叫びが虚しくコンクリートに反響した。

霧原直人は消えた。

25

白、白、白。

直也は今まで見たことのない真っ白の中にいた。まるで世界が生まれる前のまっさらな光。それは彼を包むように守っていた。

自分を潰そうと押し寄せてくる暴力的な波動の中に、直也はあの男を感じていた。黒木ユウヤ。ユウヤのほうも自分をはっきりととらえていた。なぜか彼とは反応が起きる。ユウヤは自分たちを憎んでいた。

怖い。このままなにもできず、エミリや美紀も助けられないことが。この世界の不条理に呑まれてしまうことが。自分にはなにもできない。壁越しにドアの前まで来たユウヤが視えた。

そのとき、突然、白い光が炸裂した。外からではなく、自分の胸の内側から。

真っ白な空間の中で、記憶がほぐれてバラバラになっていく。自分は誰なのか。自分はなんなのか。なにもかもわからなくなりそうになったとき、声が聞こえた。

「直也――」

その声は瞬時に方向性を作った。行くべきところ。生きるべき世界。

兄さん――直也は高次元の白いベールをくぐり抜け、混沌《こんとん》たる現象の世界へと降りていった。

（下巻に続く）

この作品は書き下ろしです。

〈著者紹介〉

飯田譲治（いいだ・じょうじ）

1959年長野県生まれ。映画監督、脚本家。脚本を手がけた主な作品に『あしたの、喜多善男』（2008）、監督を務めた映画に『らせん』（'98）『アナザヘヴン』（2000）など。

梓 河人（あずさ・かわと）

愛知県生まれ。著作（飯田譲治との共著）に『アナン、』『盗作』など。単著に『ぼくとアナン』。

NIGHT《ナイト》 HEAD《ヘッド》 2041（上）

2021年8月12日　第1刷発行　定価はカバーに表示してあります

著者……………………飯田譲治《いいだじょうじ》　協力 梓《あずさ》 河人《かわと》

発行者……………………鈴木章一

発行所……………………株式会社 講談社

〒112-8001 東京都文京区音羽2-12-21

編集03-5395-3510

販売03-5395-5817

業務03-5395-3615

KODANSHA

本文データ制作…………講談社デジタル製作

印刷……………………豊国印刷株式会社

製本……………………株式会社国宝社

カバー印刷………………株式会社新藤慶昌堂

装丁フォーマット………ムシカゴグラフィクス

本文フォーマット………next door design

ISBN978-4-06-523976-6　N.D.C.913　348p　15cm